渡辺洋三著

「学徒出陣」前夜と
敗戦・捕虜・帰還への道

北條　浩・村田　彰 編

御茶の水書房

東京帝国大学入学当時

No.

心の窓

原　稿（心の窓・南方一年・詩）

No. 1

序文

大學に入つて一年余の月日が流れ去つた。暇な折々と思ひついたことや感じたことなどを書きなぐつてみたのが、今集めてみると三百頁を突破してゐるので纏めたくなつて入營前の忙がしい時間を割いて整理してみた。

讀み直してみると色々おかしい所もあり訂正したい所もあるが矢張りそれはその儘に載せることにした。

私の忠実な語り手であつたそれらの文章を書き改めることは今の私を記念する

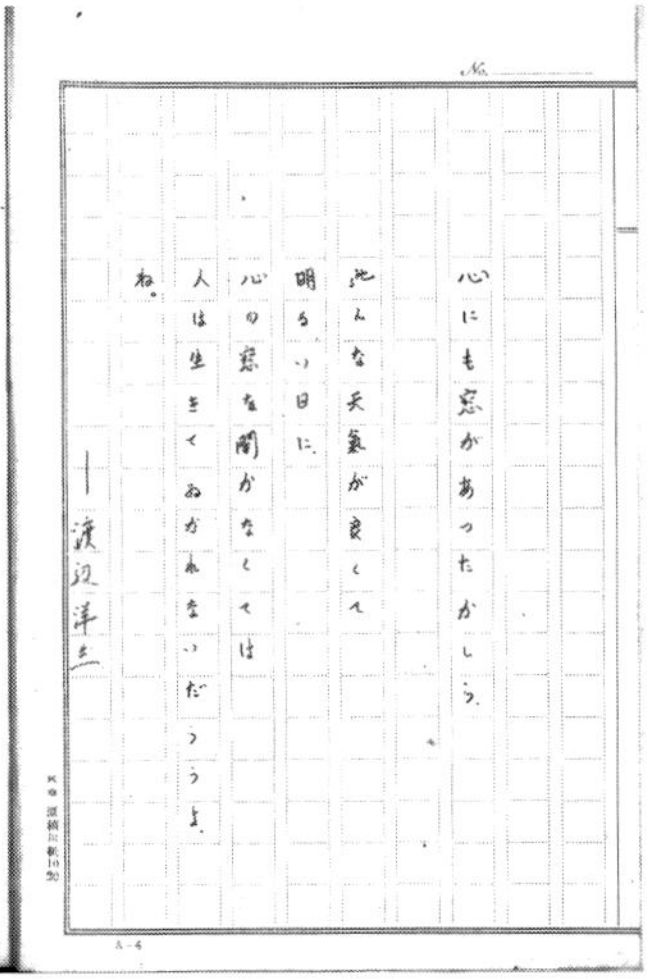

No.

心にも窓があつたかしら。

こんな天気が良くて
明るい日に、
心の窓を開かなくては
人は生きてゐかれないだらうよ。
ね。

——渡辺洋三

A-4

南方一年

いけない。英軍の将校には敬礼をしなければいけない。英軍で指定
する以外の物を持つてはいけない。筆墨一概命令に無条件であつて
それの違犯者は厳重な処罰として厳罰に処せられるといふ。
終戦後あらゆる道は破れ、こちらを虫はあしらつて、とうとう此んなうす
暗いゴムの林に入れられてしまつた。
毎日のやうに英軍の将校がジープを運転しては巡視にやつてく
る。そして、日本使なのか、ターバンを巻いた異様な印度の兵
隊が時々巡回するのを見る。
ゴムの木は大陽の光をさえぎつて、ところどころは日なたなのであるに
過ぎない。又、ゴムは湿気を吸収するそうで、ゴム林に起居するの
は本に悪いらしい。
當の一番恐れてゐたことは労役に使はれることであつたが
急。その労務も少しづつ要求されるようになつた。
遊ばせておくわけはない。相当苛烈な態度で臨むかもしれないことも
は覚悟せねばならない。今日は何くそうとし
戦闘の慘事であると思へば、無条件への楽観が多分にはいることは
許されない。苦しい日が前にあるのだ

○十月十四日
命。英軍の使役を命ぜられた。セッセ海岸へ一週間の予定
で出張することになつた。片山部隊百名、他の部隊から二百名、全部
で三百名の大部隊だ。此のゴムの林から七、八里まで七里位はある。個人装備
を背ふて歩くのは楽でない。部隊は夜明けと共に行軍を初めた。
私は通訳を兼ね設営の先発隊となつたので、比較的体の弱い者を
集め食糧をまとめて英軍が廻してくれた自動車にのつて先行す
る。
暮ぶし前に海岸に着き、待つてゐる内に若い英人の将校がやつて
来てキャンプの位置を限定した。初め海岸に近く緑草地を指定したが
附近には井戸もないからと言ふて私は懸命に頼んで若干場
所を移動して貰つた。人が生きてゆくのには一時も水なくてはやつてゆかれる
ものではない。宿営地の選定の第一条件が飲み水にあることは明らかで
あつたから、此の点だけはいくら英軍のものでもこちらの要求を容れない
わけにはゆかなかつたのであろう。英人の将校は、我に親しい態度を

6

作品一

マラッカに
夕陽は映えて
美しき黄金のさざ波
（南方の海の 何という
明るく澄明な ことでしょう）
椰子一木 ななめに立ちて
炊煙は みきはに消える
（目が出ましたよ
ほらあの椰子の葉蔭に）
本当に淡い日だ
郷愁が ちらりと
頭をすぎる

作品二

日輪は
大海原を真紅に染めて
悠容と
今水平線に没しゆく
マラッカ海の落日は
その美と雄渾の調和に於て
まこと
類稀なる景観でありましょう

第一高等学校正門・サッカー部

第一高等学校サッカー部

第一高等学校学生の応援

第一高等学校サッカー部合宿

本文引用書

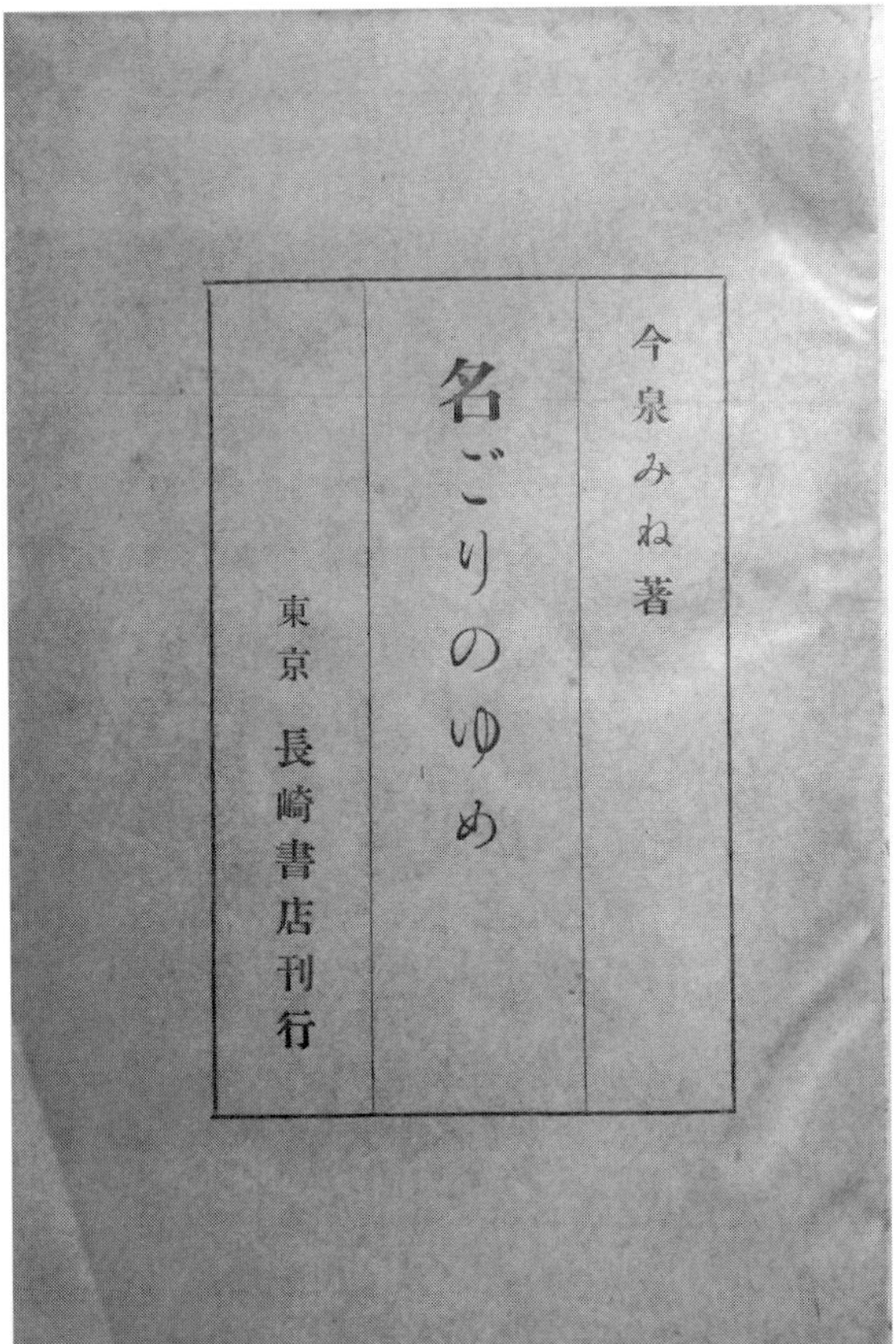

今泉みね『名ごりのゆめ』長崎書店

郷愁記

杉　正俊『郷愁記』初版・弘文堂

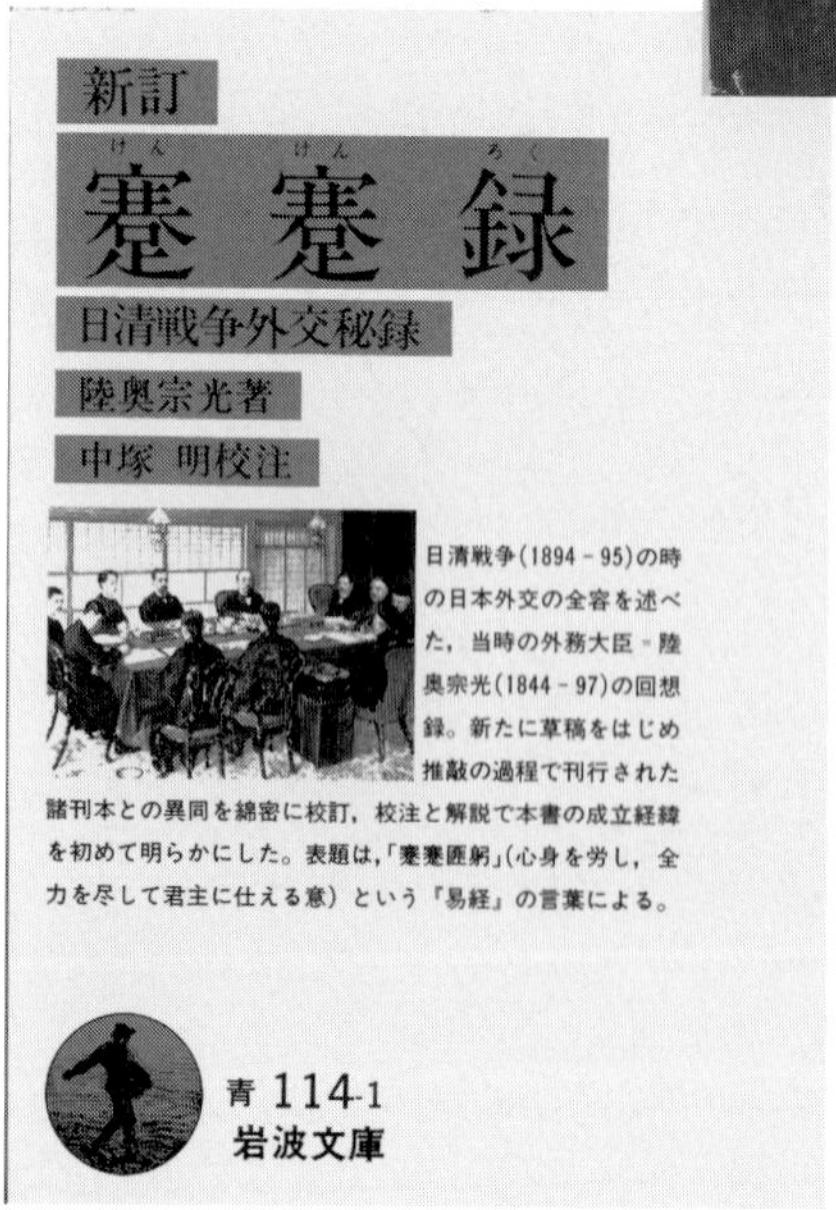
新訂
蹇《けん》蹇《けん》録《ろく》
日清戦争外交秘録
陸奥宗光著
中塚　明校注
日清戦争(1894－95)の時の日本外交の全容を述べた，当時の外務大臣＝陸奥宗光(1844－97)の回想録。新たに草稿をはじめ推敲の過程で刊行された諸刊本との異同を綿密に校訂，校注と解説で本書の成立経緯を初めて明らかにした。表題は,「蹇蹇匪躬」(心身を労し，全力を尽して君主に仕える意）という「易経」の言葉による。
青 114-1
岩波文庫

陸奥宗光著『蹇蹇録』岩波文庫

東京大学研究室

東京大学赤門前

「学徒出陣」前夜と敗戦・捕虜・帰還への道　目次

目次

一　心の窓

心にも窓があったかしら、
此んな天気が良くて
明るい日に、
心の窓を開かなくては
人は生きていかれないだろうよ、
ね。

渡辺洋三

序文

大学に入って一年余の月日が流れ去った。暇な折、色々と思いついたこと感じたことを書きなぐってみたのが、今集めてみると三百頁を突破しているので、纏《まと》めたくなって、入営前の忙しい時間を割いて整理してみた。

読み直してみると、色々おかしい所もあり軽々しい所もあるが、矢張り、それはその儘《まま》に載せることにした。私の忠実な語り手であったそれらの文章を書き改めることは、今の私を記念することになりはしても、今迄の私を表象するものになりはしない。その意味で、此の一年間の私を具顕《げん》するものとして、折に触れ書いたものをその儘纏めてみた。

此の内容は実に雑然として居り、それは単なる随筆や感想や批評ではなく、それらが混沌として雑居している不体裁なものである。

書物の評があるかと思えば、詩があり、回想があり、又小論文もあるという訳で、一貫しない題材の下に一貫しない論法が採られているのである。然《しか》し、私はそれらを通じて、矢張り一貫せるあるものを懐《いだ》いていたのである。此の厳しき嵐の一年間に、絶えず私の胸中を往来し、繰り返し問うていた問題を心の底に秘めつつ筆を取ったのであり、結局私の言わんとする所は同じであったと言えると思う。最も大きな部分をなす書評にしても、私は単に書物の内容を忘れない為に敢えて、それを再び書こうと思ったのではなく、それらの書物の内容から私の気持ちを示《じ》顕してみたいと思ったからなのであり、書評に口を借りて私の忘れられない憂慮を暗示してみたいと思ったからなのである。

「人は如何なる危険を陥し、如何なる偽りを打破っても、常に正しい認識と健全聡明なる判断を忘れてはならない」というのは、私の揺ぎなき確信なのである。而《しか》も私の経験せる現実の世界では、此の確信は顧みられないかに見えるのであって、人は深き反省なくして徒《いたずら》に付和雷同し、真実に正しきものを探究せんとする意欲に欠くる様にも思われる。仮想せる表面の奥に真実は常に儼乎《げんこ》として存在するのであり、何時かは自己を主張して跳り出すものである。私達は——少くとも教養を誇りとする私達知識人は——その真実を把握するに軽率であってはならない。真実なるものを——例えそれが美しかろうと醜くかろうと——飽くまで追求して止まない心こそ誠に溢《あふ》れた心なのであり、美しい魂なのである。私達は国を愛すれば愛する程、現実に対して厳しくあろうとする冷徹な心を持ちたくなる。今の日本が、世界動乱の巷《ちまた》に処して苦悩多き道を歩む時、私達は最早ひとりよがりな自己陶酔や、独善的迎合的な甘き感傷を以て一切を解決するには余りにも現実が厳しくなっていることをひしひしと感じざるを得ない。茲《ここ》に於て、「どうすることが本当に日本の為であるか」を、日本人は今一度反省す可《べ》きではないかと思う。そして、かかる反省をなす人は必ずや愛国心が現実への正しき認識の上に立たなければならないことを体験し得るであろう。

　私が茲に集めた雑文を書き残した裏には大なり小なり、そうした感慨が秘められていたのであり、そこには何らかの意味で真実を探求せんとする意図を持っていたのである。

或は私の考えは間違えであるかとも言われ得るかも知れない。然し、今迄の私はそれが必ずや国の為になるであろうとの確信を持って来たのである。

今や私も過去の一切の世界を超えて、新しく兵としての職務に全身を捧げねばならない。思えば此の一年は、最後の学園生活として感慨深き一年であった。そして又、みのり多き一年でもあった。さはあれ、時は永劫《えいごう》の生を求めて流転し、新しき流れは古き流れを超えてゆく。まして私達には未来がある。常にある。茲に終らんとする学園の生活を想起しつつ、又来らんとする未来の生活に強き抱負を懐きつつ透明な感慨もて筆を置きたいと思う。

昭和十八年十月三十一日

随想　赤組

渡邊洋三

楠乃園会員はいざ知らず、他の方は此の名前を御覧になっても、はてと、首を捻《ひね》る事でしょう。他の二組の方でお互いに御存知の人は極めて僅《わず》かしか居りませんから。顔が分っても名前が出ず、名前が出ても顔が分らず、といった様な具合では「ああ、あの人か」と言って目前に髣髴《ほうふつ》させる事は滅多にありません。でも六年間あの懐かしい徽章《きしょう》の下で幼い誇りと夢とを秘めて、同じ校庭を駈けずり廻ったのも奇しき縁と言えましょうか。たとえ顔は知らなくとも、名前は思い出さなくとも、たった一つ可憐な撫子《なでしこ》の花は風と共に清らかな香りを私達の心から心にそっと伝えて呉《く》れるでしょう。楠乃園会を通じて、僕等赤組の間では心も通じて居りますが、外の撫子の友の為に此の香りの囁《ささや》く儘、簡単に一文頭に浮かぶ所を書き寄せて戴きます。

○

つい先日、或《あ》る古本屋で本を渉猟《しょうりょう》していたら何処《どこ》かのおぢさんが小さな古本を大事そうに持ってとび込んで来た。「おい此の本を売りたいんだが」――「どれ、いやぁー、これはドイツ語ですな、一体何です」――「おれにも良く分らないんだが、とに角こりゃぁゲーテのものだぜ。おぢさん少くとも三円には売れますぜ。何しろゲーテのものなんだから」――「成程、ゲーテと書いてある様ですな、宜しうございます、二円五十銭でお買いしましょう」。話しはきまったらしい、売手は颯爽《さっそう》と出て行った。傍で本の頁をめくりながら私は苦笑を禁じ得なかった。売る方も売る方なら、買う方も買う方で呑気な本屋さんもあるものだが、一体こんな人に勝手な値段をつけられては買う人がたまらないだろうと思われて可笑しかった。がそれにしてもこうなると成程ゲーテは偉いものだ、此の一語に魔法の力でもあって、二人ともその術に曳《ひ》き寄せられて無限の信頼の上に安居して平気でいるのだから恐しい。然し笑い事ではない。世のゲーテを知ると自称する人の内果して何割の人が此の無知な本屋と大同小異の謗《そしり》を免れ得るかと私は尋ねたい。ゲーテの作品を読んだと言う人には沢山出会ったが、突っこんで聞くと訳の分る答えをして呉れた人はその何分の一であったか。要するに後の人はあの本屋同様ゲーテと言う名前しか知らない、而もそういう人に限って後生大事と此の詩人を偶像崇拝しているのだから面白い。一粒の麦が地に落ちて死んでも、下の土壌が肥えてなくては豊かなる実は結ばれない――同じ対象に接しても偉くなるかどうかの境界線は此の一線にあると私は何時も信じている。

○

「空の神兵」を見ていた。健康な肉体に旺盛な精神は伴う。一つの事に心を打ちこむその真剣な姿は、道に精進する者のみが持つ逞《たくま》しく強い心の影像である。畢竟《ひっきょう》、精進そのものが深い静かな一つの完成された道と言われねばならぬ。此れから初降下、眼下の地上に遥かなる思いを寄せ兵の顔は緊張に歪む。唇は乾き目は魅入られた様に釣り上る。胸打たれる厳粛な場面である。と囁く様に笑い声が起った。兵の顔が妙であったからかどうかは知らぬが、一瞬私は愕然《がくぜん》として周囲の暗に光る鈍い目を見廻した。然し、直《す》ぐに笑いは消えて、何事もなかった様に真面目な表情に帰っていた。些細な事である。

然し私には此の時大衆の顔が何よりも縁遠いものに思われた。そして此ういう大衆が安易なセンチメンタリズムに他愛もなく同情する心を思って慄然《りつぜん》とした。而もかかる大衆の傾向に迎合せんとする業者の商売根性に至っては不快にならざるを得ない。「一本のマレー戦記なし」と言われる近頃の日本劇映画の余りにも低調貧困なるを思う時、而も映画が大衆娯楽の王座を占めると言われる時、世人の一考を促す可き問題が存するであろうと思われる。

○

博識で成程頭が良いなと思われる人は世の中に、殊に学生には案外多い。所が偉いなと思われる人は又案外少い。学問とは本を読む事なりとでも考えているのか、まるでくるくる廻る二十日鼠の如く一にも読書、二にも読書と言う具合に多読濫読、遂には人生の凡《あら》ゆる面に広い知識を拾得する人が居る。成程こういう人と話しをしていると話題が豊富で面白い。所が此の場合は相手も頭で語るし、此方《こちら》も頭で受ける。人間が面白いのでなくて、頭の中の知識が面白いのである。結局本を読む様なものである。此ういう人でその知識が信仰にまで高められた人、つまり本当に知識を身につけている人は中々見つからないものである。自分の生活が一切の中心であるのも忘れて何時の間にか足が浮く。然し足を掬《すく》われて倒されるまでは得々と突っ立っている。頭が良いにも不拘《かかわらず》馬鹿である。偉そうな事を言う奴には先ず最も簡単必要な事を尋ねるに限る。「あなたには友達が出来ましたか」、「あなたの生活には何が一番大切ですか」、「あなたが一番愛するのは何ですか」、「世間をどう考えられますか」等々。此う尋ねると、一体毎日何を考えて生きているのかも分らない様な人が沢山居る。然し流石に人格は争われないもので、偉い人に接すると、恥ずかしくて此んなことを尋ねる気持など更に起らない。理屈ではない、三十分も話しをしてみると、自然頭が下る思いのする人間が実際居るのである。人間には先ず何よりも人間である事が求められなくてはならぬ。而も大東亜戦下、現在の教育は如何なる帰趨《きすう》を辿《たど》らんとしているか、と思って茲に至れば慄然たらざるを得ないであろう。現実は、率直に言って、口で叫ばれる事とは反対の傾向にあるのではないか。学問に重点が置かれ、根底にある人間は忘れられているのではないか。而もその学問すら、真理愛の情熱でなく、何か目に見える結果を挙げんとする功利的なものではないか。現実を勇敢に直視せよ。私は敢えて言う、教育尊重の事実は未だ顧みられぬと。

精神という抽象的な無内容の言葉を振り廻す一方、如何に唯物的功利的考えが世相を支配しているか。又滅私奉公の合言葉の裏に如何に利己的な行動が隠されているか。此の実情を捨てて顧みぬ事を真剣な教育者は何と考えるであろうか。当座を繕《つくろ》わんとする速成主義と純真なる感情を抑圧する独善的押し込み主義からは真の人間は生れて来ないであろう。かかる教育から生れるのは己れ自らを律する事の出来ない不具の人間であろう。私は今の学生、殊に若い中・高等学校の生徒が、良く勉強し本は読むが而も人間として非常に劣っている事を痛感し、此れが現代教育の致命的欠陥である所以《ゆえん》を思ってひそかに杞憂するものである。

○

以上の堕文は思い浮べる儘を散漫ではあるが飾らないで書き並《つら》ねたものです。此ういう事は書き出せば何時までもきりのない事で、而も人間の考える事などは所詮《しょせん》似たり寄ったりなものです。同じ事を考えても、それを一に感じるか、百・千に感ずるかに依って無限の差異が生じます。此の強度というものが人生の重要なモチーフであるに不拘、現代の人にはそれが少いと思います。それ故意志の弱い人間や感情の乏しい人間が生れて来るのです。

私の言いたかった事は終極此の一事だったのです。「何事にも、intensity を失わない事」。現代日本の色々な方面での低調貧困がかくして救われるであろう事を信じて疑いません。

昭和十七年十月二日

たそがれ

薄暗い夕方であった。五六人の立った人を乗せた儘一台のバスがグランド前の停留所に差しかかった。其処《そこ》には子供を背負った中年の女がさっきからバスを待っていた。晩秋のそして又たそがれの風の中で、寒そうな女は、その顔に憂い深そうな皺《しわ》を寄せていた。曲って見えはじめたバスの車体に一瞬女の顔は晴れやかになった。僅かな変化ではあった。然し注意深い観察者は、その中にどれ程の満足と期待が秘められているかを見抜いたであろう。女は二三歩前へ出た。が丁度その停留所の前に一台の荷車が置いてあった。運転手はそれに気を取られ、ぐっと大きく廻った。そしてその迂回して出た運転手の目に、此の女の期待に溢れた姿は明らかに写ったのである。バスはがくんと揺れとまるかに見えた。がその時車はもう女の前に出て、女の姿も運転手の視界から半分消えんとしたのである。哀れな彼女はそれでも当然とまるものと思っていた。その場所に居た誰もがそう思ったであろう。と揺れてスピードのおちた車に新しいエンジンの音が起った。先程ちょっと目を向けた運転手は、それだけであった。何事もなかったかの様に冷然と、正しく冷然と前方を眺めた彼は無言のままハンドルを握っていた。呆然たる女の事など頭から消えてしまったのである。そして女はよろよろと元の地位に戻った。その顔にはさっきよりももっと深い深い憂えの皺を刻んだ儘。泣くにも泣けない女の顔に冷たい風は一層冷ややかであっただろう。

○

私は単なる傍観者として、唯此《ただ》の事実を提起する。而も私がその運転手の冷たい眼に対して覚えたる心からの憤りは、今尚《なお》忘れる事は出来ない。そして又その女のバスに近づいた時の安堵している嬉しそうな顔も忘れる事は出来ない。些細な事であるが私は強く強く心を打たれた。「面倒臭かった」が為に一人の人間の心を踏みにじった運転手の罪は重いと私は思う。

昭和十七年十二月一日

市電の中

近頃の混雑する市電の乗り降りに当っては心の余裕が失われ勝ちである。稀には美しい、ほほえましい人間の些細な、本当に些細な思いやりが、一場の人に言い知れぬ暖かさと、なごやかさとを与えて呉れる事もある。然し多くの場合、私は落ちつきを失った浅ましい心を見出しては淋しさと不快を感ずるのが常である。

厳しい人生は飽くまで優勝劣敗の戦場であるかどうか私は知らない。然し年寄った、やるせない老婆の、又不安の眼におじける可憐な子供の見るも気の毒な有様を見て、私は茲にも又冷い戦いが有る事を悲しく思うのである。

恐らく此等の争っている人々の中には、家に帰れば良き父、良き兄であり、職場に出ては真面目な働き手である人も沢山居るであろうに！

それが何故、かかる公衆の間にあっては浅ましい人間と成るのであろうか？

もっと余裕を！私は飽く事なく繰返したい。ほんの一寸の余裕を、忍耐を、と。

昭和十八年一月十三日

たしなみ

私等に取って、たしなみと云《い》う事はもっともっと顧みられる可きではないか——私は近頃良くそんな事を感じる。日常の生活に就いて、如何に不愉快な事が起り、如何に言わずもがなの議論が世を混乱させるか。私達は正しく自己を見つめなくてはならぬ。そして私達は僅かにちょっとした、たしなみを忘れたが故にどんなに世を煩わしているかを、はっきりと知らなくてはならないと思う。混雑する電車の中で浅ましく先を争ったり、目の前に居る老人にも席を譲らない様な学生を見る毎に、私はその学生が全く学生としてのたしなみに欠けている事を思って悲しくなる。と同時に席を譲って貰っても何等の挨拶をさえしない人を見ると矢張り私の心は悲しくなる。「お礼を言われる事を期待していけない」と与える徳を唱えるやかましい人々は言うかも知れぬ。然し此れは倫理的にどうこう言う厄介な事ではない。席に座る時に会釈をする事位、譲られる者のたしなみなのである。私の心を悲しくさせるのは、こうして忘れられゆく人としてのたしなみなのである。誰であったか、「たしなみのない所に誇りがない」と言ったのは。

誠、私達が真に日本人としての誇りを持つならば、其処に、いかでか日本人としてのたしなみが生れずに居られるであろうか。

たしなみは自己の生活に深く根ざすものである。そしてたしなみ有る人とは誠実に自己の生活を掘り下げて行く人なのである。

たしなみが有るからとか、無いからとか言って世間が大騒ぎをする訳ではない。天才的な頭脳とか該博《がいはく》な知識とかに於けるように、たしなみは世間の眼を驚かせる派手な所を持たない。それは地味なつつましいものですらある。而も尚それは凡ゆる人に凡ゆる所に許された人間の最も美しい徳なのである。常住不断、日常茶飯の生活の中に、私達はその時々に応じた、たしなみをしっかりと身に付けなくてはならないと思う。

私達は日本の学生である。日本人としての、はた又学生としての誇りは私達に日本人の学生たるたしなみを失う事を決して許しはしないであろう。私達は厳しく自らを顧みる可きである。そして他人が私達の生活を知らずして非難したからとて、何故私達までが彼等のたしなみを忘れた行為を真似する必要が有るであろうか。私達は飽くまで自己のたしなみを守って矩《のり》を踰《こ》えず、而もつつましく気高い生活を歩まねばならぬ。明日は前戦に銃を執る身であるかも知れぬ。而も今日私達は学生のたしなみとしての学問に精進しなくてはならぬのである。

——浜までは、あまも蓑着る、時雨かな——

不図《ふと》此の言葉を思い出す。其処に真の日本の学生の姿があるのではないであろうか。思って茲に至れば私は自分の生活に限りない責任と栄光とを感ぜざるを得ないのである。

昭和十八年一月十四日

デイッケンズ

——モロアを通じて——

「デイッケンズは単なる一民族の偉大な大衆作家であるに止まらない。彼は此の民族の形成に偉大な役割を演じたとさえ言い得るであろう」モロアの断言は如何にも大胆に見える。然し彼の作品に接する者は此の言が必ずしも誇張でない事を発見するであろう。彼はそれ程自己の背後に大衆を強く強く意識していたのである。そして彼の特質は畢竟凡て此の点に落着くであろう。彼を非難する者も正しくモロアの言う如く此の大衆性に攻撃の土台を据えるのである。「構成を欠くとか、作中の人物が梗概《こうがい》式であるとか、道徳的目的を追求しているとか、余り伝奇芝居がかった筋にまとめ過ぎているとか」いう事は何れも彼が本質的に大衆作家である事を呈示するのである。而も彼の作品に触れてみて我々が通常の大衆小説には付きものの軽薄さとか愚劣さとか幼稚さとかを感じないのは何故であろうか。彼の小説も亦大衆小説であるとするならば、私達は「文学」と呼ばれるものの本質をも一度ふり返ってみる必要がありはしないだろうか。純文学作品と称する高尚な作品が大衆文学よりも一層高いものであるとする理由は何であろうか。感動の深さ、生命の誠、体験の豊富であると人は言うであろう。文学は詩である。そして私は詩を持たない文学を大衆文学と呼びたいと思う。その意味に於てディッケンズは上述の如き一切の大衆性に拘らず私は傑《すぐ》れた作家ではないであろうか、と反問したくなる。内に深く自己を顧みるよりも、外に広く自己を発する彼の性質の故に、屡々《しばしば》彼の作品の純粋性が疑われてはいる。然し彼が自己に対し如何に素直であり大胆であり忠実であったか。更に又彼の所謂《いわゆる》「虚栄」の背後にどんなに真実な苦しみが隠されていたかを注意深い同情の有る読者は明瞭に認め得るであろう。茲に思い出すのは芥川がトルストイに就いて言った事である。「嘘を話し続けたトルストイの心程傷ましいものはない。彼の嘘は余人の真実よりもはるかに紅血を滴《したた》らしている」と。

デイッケンズの方が単純であり自己を素直に示している。その点倫理的宗教的意識の深みに於てトルストイの方が偉大であった様である。

とまれ、デイッケンズは常に活動的であり快活であり、不幸な生活の中にも不当に心を曲げなかった点に於て典型的な英国人ではないであろうか。さればこそ彼の作品がイギリスの文学史に大きな足蹟を遺し得たのである。モロアも言える如く、彼の文章はその敍景に於ても抒情に於ても誠に英国的雰囲気に溢《み》ち溢ちている。就中《なかんずく》私は彼の自然描写を愛好する。彼の牧歌的情緒は彼の魅力有る文調を一層鮮やかにするのである。

昭和十八年一月十七日

幻影

T・S・エリオットは前大戦直後から一九二六年頃までを希望の幻影時代だったと言っている。人々は狭い国境を越えた一つのヨーロッパ精神を夢に描いて希望に躍ったのである。国際連盟は至大な力を持ち、中世の如き共同体がヨーロッパを打って一丸とする新世界の創造を夢みたのである。誠に当時の人々は熱狂して短き幻影の時代に陶酔し尽したのである。然し幻影は畢竟幻影に終った。而も尚私達はかくの如き人間の愚かさを笑ってはいけない。近視眼だと罵《ののし》ってはならない。厳しい現代の世相を思う時、我が身を顧みて、誰が過去の人類の運命を傍観し得ようか？成程人間は愚劣であるかも知れない。然し私は矢張り、正しき歴史の流れを信ずる者である。混迷と破壊の中にも、私は栄えゆく正しきものの存在を信ずるものである。その確信なくして、どうして私達は生きて行かれよう。此れこそ私達の生活の泉である。生活の根底にある不滅の信念である。

一月十九日

決戦

厳しい現代に生きるむずかしさを最近つくづく感じる。個人のローマンチックな悲哀と感傷とを超えて時代は容赦なく激しい、本当に激しい歩みを続ける。人間が時代を造るものであるとしても、その時代の流れの前に今や浅はかな個人の力が何であろう！僕等は然し恐れてはならない。勇気を出して力一杯現実にぶつかって行かなくてはならぬ。本当に遠い先の事を夢の様に考えても、それが今日の、明日の生活に強く響いて来るのでなくては何であろう。実際明日の生活も計り知れない。外面上だけでも、此の様な変りない生活が一体何時まで続けられるであろうか。何時如何なる瞬間に私達の生活が断ち切られ新しい世界が突如として現われるか私達は知らない。然し私は染み染みと感ずる「たとえその様な事態になっても私達は何時でも喜んでそれを迎えるだけの覚悟を持って居なければならないのだ」と。私達は事態が益々窮迫の度を日増しに加え行くを見る。そうして銃後国民の私生活の上にも大きい変動がやがてはやって来るのではないかと思う。私にしても何時蹴球《サッカー》を止めさせられるかも知れないし、直ちに戦場に赴かねばならないようになるかも知れない。又空襲などに依って日常生活が或は寸断される事も勿論《もちろん》有り得ると覚悟せねばならぬ。誠、四囲の何れを見渡すも、私達の生活にひしひしと時代の圧力を感ずるのである。然し私は常に最善を尽す人間でありたい。事情が変ったからとて心が直ぐ動揺するようでは、何で此の戦時下に生き抜き得よう。今日、此の日此の時と思っていればこそ、何時中断せられても尚、やれるだけの事はやり得たという強い確信は変らぬであろう。私はそう思うと一日一日の生活がたまらなく貴い充実した生活である如く張りが生れて来るのである。其処にこそ厳しい時代に処する人生観があるのではなかろうか。ふと思い出す儘に

曇りなき月を見るにも思うかな
明日は屍の上に照るやと

昭和十八年一月二十日

郷愁記

遠い異境に病の身体を鞭《むち》うちつつ孤独な魂と戦い抜いて、遂に若くして逝《ゆ》いた杉正俊という人の手記は、悲しき求道者の高く淋しい心の訴えとして私達の心に切々と迫るものがある。憧れの留学であったのに、直ぐ病を得てミュンヘンからアグラのサナトリウムに静養する身となり、郷愁の情に駆られながら希望を捨てずドイツ人の間にあって精神的に肉体的に苦闘を続けるのである。白雪に蔽《おお》われた崇高なアルペンの山々、美しい空、眠るが如き煙るが如き紺青《こんじょう》の湖。詩情高き此の青年の魂を揺り動かした大自然を背景として描かれる此のサナトリウムの生活は最も強く私達の心を打つのである。焦《しょう》

慮《りょ》の五ヶ月の後やっと此の夢の如き地を出、希望に高鳴りつつフライブルクに来てみれば、期待する教授は居らず、気候は悪く、すっかり心を挫《くじ》かれ、おまけに病勢は悪化し、迫り来る経済的困窮と、不親切無能な医者の間にあって此の不幸な魂は、数人の暖かき愛の心に慰められつつも最後まで雄々しくも生き抜かんとする、その途中にて絶筆されているのである。

私は此の一篇を通じ真の哲学者を初めて感じた様な気がした。フィロソフィーレンの真実を啓示されたように思った。病床に於ける深刻な偉大な心の戦いは私達に深い感動を与えずには居られない。それは生死を超脱して全能なる神へ一切を任せる宗教者の諦念の境地ではない。それは飽くまで自己を信じ生を愛し、不可知なる運命に全霊を挙げて戦わんとする悲壮な姿である。此れは哲人としての厳しい真摯《しんし》な誇りでなくて何であろう。至る所に見られる此の誇りと意欲は誠に私達をして頭の下る思いをさせずには置かないのである。

「牧師の力をこめた数百言の神の愛の説教より、亡き母に対する一言の言及の方が、一言の慰めの方が、どれだけ私の心を動かすか分らない」

此の叫びの中には形式的な口先許《ばか》りの愛とか神とかに対する現代の宗教への絶望の響きがこめられてはいないであろうか？彼は勇敢に依頼心を投げ捨てていたのである。其処にはどんな困難な悲痛な道があったか。

彼に取って生は同時に哲学であり努力であった。「痩我慢、泣きじゃくり乍《なが》らの努力、運命に対する涙の戦、悪戦苦闘。私に取っては自殺するということが、どれだけ簡単で容易で楽だか知れない。

併《しか》し私は生きて努力を続けねばならぬ、それが人間の義務なんだもの！」（九月九日）、更に九月十五日には書く「人生は一つの戦である。運命との苦闘である!!苦しんで努力するということに人間の本質があるのである。凡ての依頼心を捨てよ、親しき人々への、人間への、神への！私は高く叫ぶ『自己の努力の宗教！』を」と。そして十一月八日には「何処までも神と区別された人間的苦闘、そこに人間の本質がある。肉体的に楽をする事、運命との戦を逃れるということ——それが悪であり人間の本質に反するのである」と、書いている。私達は此等書かれている内容をどうこう言う事は出来ぬ。此うした考えが凡ての人に許されるかどうか、それは個人個人の問題に過ぎないであろう。私はそれを吟味するより前に、先ず何よりも、此の日記を続ける杉正俊と云う人の高潔な人格と心情を思うと、無条件に頭を下げたくなるのである。此の一語一語の中には、一人の人間が人知れず異邦の地に流した男としての血と涙が、にじみ出ている事を思えば粛然《しゅくぜん》襟を正さざるを得ないのである。

彼はこうして自殺をしようか、日本へ帰ろうか、転地をしようか、色々の事を考えながらも、自分自身の厳しい倫理観を以て弱る心を抑え抑え悩むのである。そしてその間、亡き母への思慕、シュヴェスターの親切、極《ご》く少数の友情厚い友人の真心等によって、如何に慰められ元気づけられた事か。人間のほんの僅かな愛もが美しく描かれている。

彼は戦い抜いた後、然し矢張り弧独な魂には堪えられなくなっている。十二月二十一日の日記は「自分の心にそろそろ転向の気分が起る。苦しい寂しい堪え難いせいかも知れない。自力より他力へ。哲学より宗教へ。心から神に祈りたいような気がしてならない。凡てを神の御むねに任して自分は只静かに臥し静かに祈りたい。苦しみや寂しさを忘れて心の平和を得んが為に!!私が生きるのも死ぬのも凡て神の御胸にあるんだ!私はどちらでも喜んで受けよう。そうだ!」と。深淵を前にした人間の真実の姿がある。而も尚、彼は遂に最後まで哲学者であったと言われ得る。努力の宗教こそ彼を此の境地にまで導いたのである。確かに此れこそは願わしい境地には違いないであろう。然し彼が日記にこう誌《しる》した後も矢張り絶対心の平静を得たのでなく、尚心の苦闘を続けるのである。彼は単純に生死を乗り超え得たのではない。がそれにも不拘茲に至り神に祈りたいとの偽らぬ叫びを聞いて、私達も本当の所ほっとするのである。良かったと思うのである。努力の宗教と神の宗教とは共にその後も彼の心から依然離れる事がない。而も私達が全手記を通じて感じ得るのは此の二つが彼に於て相反するものではないと云う事である。彼の強い主義にも不拘、その心情に於て己れを否定する謙虚な姿は、例えば亡き母の事を追憶□□愛に満ちた描写の中に躍如《やくじょ》と生きているのである。私達は彼の厳しい面も柔らかな面も共に見逃してはならぬ。彼の自己信頼そのものの裏に如何に神への信頼が含まれていたか。彼が生を愛したその愛の中に如何に神への生死を超えた祈りが潜んでいたか。彼にあって宗教と哲学は共に求道者としての人間像の自己示顕を意味したのである。生の肯定は、それを裏から見れば正に神への祈りに一切を捧げる生の否定であったのである。然し人間の意識は二つのものを同時に表出させる事は出来ない。意識として人間存在の領域を蔽うものは、何れか、より優越した方なのである。それだからこそ、或時には勇敢に生を肯定せんとし、或時は静かに一切を神の御手に任せんとする。而も根本に於てそれは一人の哲学者がその宗教的体験の奥底から叫ぶ魂の響きなのである。

私は思う「哲学者は究極に於て宗教の道に入るものである」と。そして私は此の手記を通じて、かかる実例を以て示して呉れた一人の人間の姿を見たのである。

此れは私個人の歪められた見方に過ぎない。がとに角、私が如何に見ようと郷愁記は矢張り傑れた美しい記録である事には変りがない事を、それに接して感ずる一の清浄な雰囲気から人は必ず察するであろうと思う。

昭和十八年一月二十五日

運動

私は運動をする時に、むずかしい理屈をつけようとは思わない。私は性格的にスポーツを愛好する人間なのである。ひたむきな気持で青空の下にボールを追い駈け廻すその没我の気持を私は傑れた芸術作品に接して我を忘れる時の純真な気持と同様に尊いものではないかと思う。私が運動を続けたいと思う気持の奥底では或は此うした没我の気持が最も大きなfactorを成しているのかも知れない。つまり唯蹴球《サッカー》が好きだからという唯一つの理由に帰するのかも知れない。その意味で蹴球は私に取っては手段としてではなく目的として、止められない生の衝動として存するのである。

而も、それにも拘らず、私は又心の一部では手段としての蹴球を忘れる事は出来ないのである。絶えず自己を顧みる事、其処に真面目な人間の深き本質がある事を確信している私に取っては、矢張り私の生活の大きな部分を占める蹴球に対して無関心ではいられないのである。

「おれは本当にどんな気持で運動をしているのであろうか」「多くの時間と金とを使ってまで、蹴球する事が許されるのは一体何故であろうか」。私の心中には常にこうした問題――手段としての蹴球の問題――がある。そうして私としては此ういう事を忘れない事によってでも蹴球生活に一層の張りを感ずる事が大切ではないかと思っている。

岡本先生の所謂「目に見えない雲雀《ひばり》の巣」を私達も亦《また》蹴球する事によって、どれくらい踏躙《とうりん》しているかを思う毎に、唯好きだからと云って漫然とやる事に対し私は絶えず済まないという気持で一杯になる。そしてそういう時は厳しく自己の在り様をふり返ってみたくなる。

然し手段としての蹴球とは一体何であろう。私は矢張り、自己検証の為の手段ではないかと思う。高等学校の生活を通じてもそうであったし、今でもそうであるが、私は蹴球をグランドでどれ位出来るかと云う事を以て、自己の人間としての重さを計っているのである。練習というものが結局は一箇の球を通じて現われる自分自身との戦いである事を思う限り、確かに此の戦いに於て人間の真実な一面が赤裸々にされ得るのである。口でどんな偉そうな事を言っても、それが本当にその人の身についたものであるかどうかは分らない。自分ではちゃんと分り覚悟はしている積りでも、果してその理解なり覚悟なりがどの程度まで実践を左右する力が有り得るのか分らない。私にしても、例えば、反対の側から逆襲されて来た時サイドハーフはゴール前まで懸命に帰らねばならないという事を良く理解している。否理解している積りである。然し事実グランドに於ては中々帰って来れないのである。それが実はどんなにむずかしい事であるかを染み染み感じ、「ああ矢張りおれも駄目なんだなあ」と考える時、私は本当は理解が不充分であった事を悟るのである。悟りは元来その儘次の実践とはならないにしろ、少くとも実践を導く一つのモチーフとは成りはしないだろうか。悟りが不完全なものであるにはせよ、それによって、自己の人間の大きさの限度を仮借もなく示される事は、その限度をも弁えずに己れを高しとする事よりは立派な事ではないであろうか。私は事実蹴球というものを通じての自己検証の結果、己自らに多くの打撃を与えた。私は今迄知らなかった自分を見出す事が屢々有った。と同時に、それは又他人をも見る目を養って呉れたのである。そしてそれは今後も養って呉れるであろう。

——自己に対しては飽くまで厳しくある事——私が蹴球を通じて獲《え》又獲《え》んとする事は畢竟此の一語に尽きるのであろう。かくして、此の祖国非常の時に、多くの見えぬ雲雀の巣を踏躙して迄尚、私達は敢えて蹴球を続け得る確信を持つのである。

とまれ、私は無意識には蹴球そのものを目的として精進する。而も深い極みに於ては、目的としての蹴球も手段としての蹴球も必ずや一致するであろう事を信ずる次第である。

昭和十八年一月三十日

歴史的現実

田辺氏の歴史的現実は明快な調子で貫かれて誠に興味深く且《かつ》考えさせられる点を多く含んでいる。私には共感且啓発される所多かった。歴史というものが人間存在の絶え間なきあり方の表象である以上、現実は又歴史を離れては存しない事は私の兼ね兼ね考えていた所である。生成即行為という所に歴史は出来る。確かに私達が自分の体験に照らして考えてみても、私という個人の現在の生活なり境遇なり性格なりを顧みると（実は厳密には顧みられる時それらは既に現在から過去の地位に移転するのだが）それらが誠に二十年間の私の在り様から必然的に押し出されたもの、どうにも仕様のないものである事を染み染み感ずる。此うして過去の重みに背負わされながら尚私達は自由である、未来を決定し得る力があると信じない訳にはいかないのである。茲に人間という生命の不可思議、歴史的現実の本質が潜んでいる。此れを思えば、歴史的現実の立場を離れては一切の考え方は根拠なきものと言わざるを得ない。氏は道理ですら現実の中から出てきたものをのみ真の道理とし、「もてる国」の所謂正義を否認する。我々は全存在を挙げて歴史の中に居る。而もそれを忘れて、自然法的立場の如く、歴史の外から、唯頭で考えているのでは何の役にも立たないであろう。私は契約説を思い出し、歴史的現実に根を持たない致命的欠陥の故に歴史事実の中に消滅された典型的な例を見出したのである。

——どうにもならない、という所でもがく内に思いも寄らぬ先方から道が開けて来る——此れが氏の言う現実の自由である。此のどうにもならないという所を手離してはいけない、其処に必然即自由があるという主張は誠に氏の深い体験から出ているのではないかと思う。東洋の諺で死中に活を求めると言われるが此れこそ生成を行為に転ずる現実に於て全く生きる者の逞しさを意味するのではあるまいか。此の瞬間現実を通して人は神になるのである。さればこそ、「この現実の中には永遠即ち時を超えたものがある」と氏は言うのである。その瞬間は次の時間に対しても前の瞬間に対しても相対的であるが、その瞬間に於て正に絶対的である。実に過去も未来も、歴史はその現実の中に抱摂されているのである。私達が歴史上の事実を眺める時、偉大なる事実は常にかかる歴史的現実を通してのみ永遠である事を了解し得る。例えば大東亜戦の事を考えてみても、私達は歴史的現実の永遠性を身を以て会得したのである。日本は米国との関係に於ては、彼の不遜不明な態度の故に、もうどうにもならない所まで達してしまったのである。交渉に於て進むも不可、退くも不可、誠にぎりぎりの現実であった。此のどうにもならない所を手離したらそれこそ日本は、どうなって居たであろうか。而も日本はそれにひっしとすがりついていた。その必然に食い入って行った。そして十二月八日の攻撃こそは、実に此の必然から躍り出た自由なのであった。過去の生成から生れ而も未来を決定するに至った行為なのであった。此の一瞬こそ過去と未来とが統一された現実の真の姿であった。私達はそれ故にこそ、あの大戦果が決して偶然ではなかった事を知る。歴史的現実が持つ永遠性の現前を身に染みて感じ得る。あれは正に神の行為なのであった。

現在はかくの如く考えれば凡ての有である。過去の事実は成程不変であろう。「歴史は過去にある」とは此の意味に於て正しい。がそれにも不拘現在によって過去は変ってゆくのである。而もその現在は直ちに未来に結びつく。私達の実践的な意欲の内に現在と未来が統一され其処に過去が生れる。現在が無であり、未来が過去を決定するとは、かくして人と時とを含む歴史の本質から生ずる所以なのである。

此の過・現・未の結合から又、個人・種族・人類の結合が説明される。過去が現在を決定するが如く種族は個人を決定する。而も現在が未来との連関に於て逆に過去を決定する如く、人類は個人との連関に於て、即ち、人類の理念を持つ個人に於て逆に種族を決定する。現在が未来も過去もなくしては存せず、それ自身無である如く、人類も、個人・国家なくしては存しない理念である。人類なる理念は現在の如く絶対永遠なものではあるが、個人・国家を離れては、無内容無意味な一片の抽象物に過ぎないであろう。個人は国家に束縛され、どう仕様もないものである。而も尚個人はその自由意志を通じて逆に国家を決定し得る存在である。即ち人類の立場に於て個人と国家は統一抱摂されるのである。茲にも生成即行為の歴史的現実が存する。かくして人類の運命を担える個人を含んだ国家は、その個人を通じて自ら人類の高みに登り得る。かかる国家こそ、真の国家であり、不滅の国家である。誠その国家にこそ人類の理念は生きているのだから。其処にこそ sein 即 sollen の世界があるのだから。此れが相対の中の絶対な姿である。

個人というものは、かくの如く種族を人類に媒介する大きな責任を持っている。歴史が発展でなく建設であるという時には、この個人の決断というものが重きを成す。人類的な国家の建設はかかる個人の協力なしには行われない。氏は言う「善い国家は善い個人を通してあり、逆に善い個人は善い国家に於てのみある」と。氏はアリストテレスの言葉をもかく解するのである。

全体が個人より先であるとか、個人が全体より先であるとか言う主張は所詮一面の見方であろう。両者は因果的に決定されるのではない、お互いに他を離れては存し得ない。全体そのものが真に生命を持つには、個の積極的自律的活動を要する、同時に個は全体――国家――を通してのみ自らを生かし得るのである。個人がなし得る所は、種族の為に死ぬ事である――それによって種族を国家の地位に高め、その中に自己を生かす事である。歴史に於て永遠なるものとは此の事なのである。歴史は終極に於ける永遠を、絶対を目指すものではない。その時、その瞬間が、つまり歴史的現実そのものの中にこそ永遠が現在する。永遠なるものは、遥か先なる彼岸への思慕に於て表われるものではない。現在、此の場所に於ても表われる可きものである。

凡ゆる時代、凡ゆる個人は夫れ夫《ぞ》れ《ぞ》永遠に触れている。歴史は、時間が永遠に触れる所に成り立つ。かく現在は絶対に触れるものなる故にランケは「夫々の時代が神に直接する」と言い、シルラーは「世界歴史は世界審判である」と唱うのである。

歴史とは何であるかに就いて私は明確な答を見出し得ぬ。然し茲に言う歴史的現実は我々が歴史の本質を探究する時に、必ずや帰らねばならぬ出発点の一ではないかと思う。永遠を思慕する人間の心情が失われぬ限り、哲学の真正な課題は正に此の一点に集中される可きではないであろうか。

昭和十八年二月四日

追憶

――高田悦雄君――

「洋ちゃん」――君は何時もこう言って僕に呼びかけて呉れた。そしてあの大きなくりくりした目と、ちょっとふくらんだ頬に微笑を湛《たた》えた君の元気な顔が今も尚生き生きと心に甦ってくる。君があの四中時代の様に、真直《まっすぐ》帽子を被り、少し長めに鞄をさげてゆすりながら時々両手を前に組んで、早いしっかりした足取りで雨天体操場の傍の湯呑み場の所から現われる姿を僕は今でもはっきり覚えている。本当に、その懐かしい君の姿がひょっこり目の前に現われて「やあ！洋ちゃん」と親愛の情をこめて僕の肩を叩いて呉れそうな気がしてならない。君の此のささやかな一語が僕の心にはどんなに慕わしく忘れ難い響きに満ちていた事だったろう！。じっと君の写真を眺めていると遠い所から君がそう言って囁くのが聞こえてくる様な気がする。すると僕も思わず「おお高田じゃないか」と心の中で叫びたくなってくる。切ない気持になってくる。

君はもともと体も丈夫で元気な明るい健康な人だった。初めて君が病に斃《たお》れた時本当に僕はびっくりした。高田が病気するなんて一体どうしたんだろうと心配し、君が相当無理して勉学に精励《せいれい》されていた事を聞いて僕は思わず暗然たる気持になった。今も尚、激しい君の性格を思い、且又君の早世を思う時、僕は人間の持つはかなく厳しい宿命の前に無限の感慨を籠めて頭を下げたくなる。

君は正に妥協を知らない人間だった。怠ける事も中途半端な事も出来ない人間だった。抜道が有ってもそれを避けて堂々と正道を闊歩し続けた人間であった。而も人間は時に汚い浮世と妥協して足を地に着けなくては進めない事さえある。幸福に楽に世を渡る凡人には何処か必ず横着な所がある。こうして世間には妥協的な人間がごろごろ転がっていながら、君の様に純粋な、全く純粋な人間が人知れず散ってゆかねばならないとは何と言う宿命であろうか。勝海舟は「俺は横着なる故に長寿だが、鉄舟は横着が出来なかったから早世した」と慨嘆したという話しを聞いた時、僕は君の事を思ってはっとした。君と鉄舟、僕はその間に何か知ら相通ずるものが脈打ってる様な気がする。そして君が明治維新の頃生れ出たら、恰好《かっこう》の志士にも成り得たかも知れないとさえ空想したくなってくる。

君は然し又信仰に厚い人だった。君がクリスチャンとして強い信念に生きていた事に対して僕は、自分の生活を顧みて、大きな畏敬の念を感ぜずにはいられない。君の短い生涯が信仰に徹した生涯であった如く、恐らくは君の最後も立派なものであったろうと思われる。

君は又運動が好きであった。僕と一緒に鉄棒をしたり、バレーをしたり、バスケットしたりした事も何回有った事だろう。あの桜の花散る低鉄棒の下で僕に巴を教えて呉れと連れ出して、盛んに練習を続けた何日かがあった。君の技は決して綺麗ではなかった。然しそれは恐ろしく力の籠ったものであった。楽に滑らかにやれなくても良い、歯をくいしばってでも出来ればという心持ちが、鉄棒にぶら下がっている僅かな間にも自《おのずか》らその技に現われて来るのを僕は何回か見た。そして相変らず高田らしいなと思って、ほほえましくなるのだった。排球《バレー》では君は確か中衛のセンターが最も得意だった。君の握りこぶしを以てする強引な打ちこみと、強く低いサーブとは屡々敵方の陣営を撹乱せしめる事があった。君の運動については、僕等が浪人している時の夏、四中のコートでやったテニスの思い出が今となっては新たな悲しさを以て又胸に甦る。初めてテニスの味を覚え、浪人中の重たい気分をかなぐり捨てて暑い明るい日光を浴びて裸で数時間を愉快に過したあの時を僕は楽しい思い出の一に数えて居た。然し君の元気な姿を見たのはそれが最後だった。僕に取っては君らしい君を見た最後だった。あの時あんなに丈夫だった君が二三ヶ月後にはもう斃れてしまったのである。

君の教場に於ける態度もひたむきそのものであった。いつか「公民」の時、先生が「煙草は政府の収益になるから、煙草を吸う事も国の為になる」というような意味の事を半分冗談におっしゃった事がある。君はその時「先生」と勢良く立って、「そんな事はありません」と激しく且真面目に抗議した事があった。ほんの軽い意味でおっしゃられた先生は、君の此の勇敢な逆襲に一寸たじたじとなされた様である。僕等は此の時、自ら正しいと信ずる所を率直に主張する君の男らしい人となりを思って感嘆した事を覚えている。

あの校庭の隅で数学のノートを貸したり借りたりした事も何回あった事か。二人で分らない英語の構文に首をひねった事も幾度あった事か。そして又未知の一高を憧れて共に希望を負って勉学に励まし合い、且又、共に敗戦の悲報を受けて悲しみを分け合った事など、嬉しい事悲しい事とりまぜて逝きし日の思い出をふり返っては、今更ながら在りし日の君の姿に追憶の情切なるものを禁じ得ないのである。

昭和十八年二月十九日

慟哭

――高田悦雄君の霊前に捧ぐ――

僕はびつくりした。信ぜられなかつた。
ああ！高田
君のその顔がもう見られないと云ふのかい

僕の目の前に
君のくりくりした目玉が
こつちを向いて、笑つてる
「洋ちやん」――懐かしい君の聲が
遠く、近く、
夢の如く、幻の如く
囁いては消え、消えては響く。

君逝くとのしらせを受けても
僕は、少しも、泣けなかつた。

それが、どうしてだらう
君の事を思ふて淋しい
ほら、又、
君の顔が髣髴する。

高田
君は良い奴だつたなあ。
僕は今何も言へない
昔の事が、僅かな月日と
ささやかな交はりの中にも
どんなに大きく、そして強く
僕の心によみがへる事であろう！

誰よりも眞面目に
誰よりも明るく
そして
誰よりも正しく

君は眞直に進んで行った
その君の姿に
僕等は何度
感嘆のまなこを見張った事だらう！

高田
許してくれ
君が長い間の病床にも
僕は自分で
僕の道を歩んで来た。
何も知らず、
何も知らず

さうだ。
然し、君は
凡てを知ってゐるに相違ない
何時ものやうに、

心の窓

あのひたむきなまなこを輝かせて
深く、僕の心を見つめて呉れ
敬愛す可き
一人の友を失ふて
祈る心の
そのささやかな響きが
ね、そら、
聞えてくるだらう

確かに、僕は
祈らずにはゐられないのだよ
君の爲に、
僕の爲に
そして凡ての外の人の爲に

何が、僕にさうさせるのか、
僕は知らない。

然し
永劫の極みの中に
はかなき生を求めて
ものみなは、流轉する。
その流轉の中では
一体、人間が何であらう
死が何であらう。

ああ、高田！
君を思ふて
僕の心は、深く低く
恐れわななく。

夢であらん事を
幻であらん事を
凡てをかけて

如何に希ふた事であらう。

さあれ、
一切は逝いて帰らない
悲哀を捨て、
感傷を去り
人は
逞しく進まねばならぬ。
一切を
焼きつくし、
人は
清らかな道を歩まねばならぬ。

おお高田
君の後に
君と共に
けがれなき

一筋の道を
見出し得ん事を

逝きし日の重荷を捨てて
すがりつく
此の一念に
君を仰ぎ
君を慕ふて
何時までも
何時までも
清らかに
美はしく
あらんことを。

昭和十七年十月作
十八年二月改

(編註。この詩は原文のままとした)

土井通徳君

去年の暮、松月で級会をした時、軍隊に居る四人の友に寄書きを送った。そして僕等は嘗ては同じ教場で机を並べて若き日の一時を送ったその仲間が、僕等より一歩先きに剣を取って勇ましく祖国の防衛に当っている事に対し心からその武運長久を祈ったのである。

それから二十日許りして今年の初め、本郷で原君に会った時、計らずも僕は土井君の戦死された事をその口から聞いてびっくりした。つい此の間皆で寄って激励の言葉を並ねたばかりであったのにと思われてくる。神ならぬ身の誰が一体知り得よう。実際あの時、僕等は皆、君が何処でどうして居られるのかちっとも知らなかったが、勿論元気で居られる事だとばかり信じて居たのである。それが君はもうあの十日前に散華せられて居たのである。そして僕等は何も知らないですでに亡き君の武運長久を祈っていたのだと思えば染み染みとつれなさがこみ上げて来る。二十何人かの心を乗せたあの葉書も今は行く可き先を失って天翔《か》ける君の魂を追って迷っているのであろうかと思われて淋しくなってくる。

僕が土井君を知ったのは五年になってからであった。そして海兵へ入るまでの僅かな間、特に深い親交を持たなかった僕としては、遂に君を深く知るに至らなかった事が残念に思われてならない。然し後の方の丁度真中あたりに席を占めていた君の面影は淡い思い出を超えて僕の心に強く君の人となりを映し出してくれている様に思う。おとなしい人であった。そして何よりも他人に好感を懐かせるような人であった。目を細くしてあの日に焼けた顔に浮ぶ微笑には、体に似合わない人なつっこいものがあった。此れは僕一人の感じかも知れない――が僕は君が何となく熊を思わせる様な人間であったと思う。それも山の中で荒れ狂う態ではない。おとなしいのっそりした白熊が頑丈な体をゆすぶって目を細く落着いた平和な顔をしているのを思い出す。僕の知っている君は、動的というよりは静的な、激しいというよりは円満な、而もそれでいて男らしい快活なきびきびした面をその内に持っている人だった。人の注目を特に魅きつける様な性格も行いもなく、それ故にこそ却《かえ》って善良さを思わせる人だった。君の内面の人間に遂に触れる事の出来なかった僕のこうした追想は、所詮僕個人が君から受け取った感じに過ぎない。或は君に当らない事かも知れぬ。間違っているかも知れぬ。而も君は許して呉れるであろうと信ずる。此れこそは僕の心にしっかりと描かれた君の肖像であるのだから。それは今僕の心の中にあり、此れからも心と共に心のあらん限り生きて一点の光を放つであろうから。他人と同じ様に僕も「僕の土井君」を持つであろうから。

思えば月日の歩みは早いものである。「海軍を受けるのは土井だけだったね」――柴田先生の尋ねられた声がつい此の間の事のように響いてくる。そして僕らは後をふり返って、僕等の級から唯一の海軍軍人を志望し受験のトップを切って皆の期待を一身に背負った君の緊張した顔を見ては成功を祈ったものであるが、あれからもう四年以上になる。あの時は君も僕らもまだ子供のような中学生であった。僕等がそれから勝手に学生生活に耽《ふけ》って、未だ社会を知らず、直接何ら国に報いる所ない時を送る内に、君は立派に一人前の軍人として祖国の為に雄々しく働いて居られた、そして而も遂に日本人としての誇りと使命の下に尊くも散華せられたのである。

僕等の級からは初めてであった。君が真先になった。が君が尖端《せんたん》となって男らしく切開いた道を、やがては続々と、後に残った僕らが歩まねばならぬ。その時こそ僕らは先に同じ道を踏み越え行きし一人の友、一人の先達の在りし事を想い浮べて真直に進んで行かん事を！

「土井君、良くやってくれた」僕は率直にそう言いたい。若くして逝いた一箇の魂。今は亡きその人の在りし姿を想起すれば、尚僕にも感慨切なきものが溢れ出る。君を思えば誠に淋しくつれない気にさえなってくる。然し、然し僕らは気を強く持とう。屈してはならぬ。君の為にも僕の為にも。凡ゆる感傷をかなぐり捨てなければならぬ。そして此の大いなる嵐の中を日本人として厳粛に、時には冷酷にさえ生きねばならぬ。偉大なる歴史の前に個人の運命が何であろうか。土井君！君逝くとのしらせを受け、而も君の霊前で叫びたい「良くやって呉れた」と。大きな目で見よう。それで良かったんだ。僕も負けるまい。安心して見て居て呉れ給え。きっとやるから。

昭和十八年二月二十日

去来

——岩ばなやここにもひとり月の客——

去来という人がどんな人であったか詳しくは知らないが、此の句を見て、「うまいなあ」と思わずには居られない。思わず膝を叩きたくなる様な名句である。此の句の解について芭蕉から教えられて、初めて自解の平凡さに驚いたという古事は微笑ましい。が、どうであろうか。此の客を己と名のりでるそれだけの余裕ある境地があるであろうか。芭蕉の様に解する事の方が確かに深さや俳諧的興趣に於て優っている。流石芭蕉の目のつけ所は違うと思うが、それにも不拘、岩頭に一人の客を見つけ、「おやまあ茲にも」と覚えず発した感嘆の情、その純な真心からの叫びが去来の心に適《かな》ったものではないであろうか。月夜のもと、一人、出て風情を楽しまんとした去来の目に写った、一人の客人、何人かは知らねども此の境地に同じ風趣《ふうしゅ》をたしなむ同志を見出して、彼の心は驚きと同時に大きな喜びを感じたに相違ない。「ここにも」の一句の中にその喜び――共に風雅を楽む人の清らかな汚れなき喜び――の情が満ち溢れて抑え切れないものがある事が良く現われている。就中《なかんずく》「も」の一語は此の句全体の生命を成す程生き生きとしているのが感ぜられる。私は此うした単純な解の方が去来にふさわしいような気がする。

――燃え易くまた消え易き蛍哉――

うら若い身で没した去来の妹の辞世である。胸に迫るものがある。かかる、つつましい句を残して逝いた人は、どんな人であったろうか。何となく、穏やかでうら淋しい地味な女の一生を思わせる句であるが、事実はどうであったろうか。

――手の上に悲しく消える蛍かな――

去来の妹の死を悲しんだ情が此の一句である。此の兄と妹の間につらなる一筋の道が深い愛情となって此の句を貫いている。その清らかさ、すがすがしさは、妹の死を慟哭したあの宮沢賢治の美しく高い詩情を思い浮べさせて呉れる。

昭和十八年二月二十一日

明治の美術

明治の美術は正に百花繚乱《りょうらん》として咲き出でたかの如き素晴らしい盛観である。凡てのものが変革し新旧入り交って混沌としながらも、その混沌の中から新時代へのたゆみなき建設を打ち建てた当代の人々の盛り上る意欲は、美術界にも錚々《そうそう》たる幾多の名作を送り、げに美術史上絢爛《けんらん》たる時代を現出させたのである。

二回に亘《わた》り府美術館で当代名作展覧会を見て茲に感慨深いものがある。

日本画は中でも圧巻であった。先ず以て芳崖の大作「大鷲」は実に場内最大の偉容とも称す可く、今にも世界に雄飛し、八紘《はっこう》を睥睨《へいげい》せんとする猛鷲の意気は烈々として観者の心を奮い起して身を震わせる気概に溢れる。かくの如く迫力ある絵に未だ嘗て接した事はない。私は未だ此の様に私の心を捉えた絵を知らない。又彼の「悲母観音」もさる事ながら、「桜下勇駒図」は今にも手綱をふり切って走り出さんとする馬と、懸命に馬を捉えて制せんとする人の情との間の微妙な動きの調和が見事に表わされて居り、此等動的場面に対して、上からは、ほろほろ散る花片の静かさあり、静動一体となって画面から溢れ出る趣きは人の心に染みこんでくる。芳崖と並び称せられし雅邦の「寿老人図」は見ていて、思わずうまいなあと言いたくなる。「竹林雀猫図」は岸竹堂の「月下猫児図」と共に猫を描いて人の目をそばだてる。私には後者の方が面白かった。月夜、細き木の枝にうっとりするような一匹の猫は誠に人を心の底まで陶然として酔わせるものがある。竹堂のものは、「東山」の図、「鳥」の図、共に忘れられない趣きに溢ちたものであった。大観若かりし頃の作「無我」に描かれた子供一人縹渺《ひょうびょう》たる中に良くその心情を髣髴とさせて人の心を奪う。着想の妙に於ても三十才、既に抜群であったと言えるであろう。がそれにも益して「山路」は誠に傑作と思われる。馬の口取る馬子と後に従う馬とはうすら寒そうな風に吹かれて山路を下りて行く。漂々として此の人気《ひとけ》ない自然の中に何も考えず手綱を取っている馬子は、伸び伸びした屈託ない顔付きをしては、軽い足取りに任せて自然に歩く。後なる馬も、全くそれと同じ様に、ぽかぽかとのどかな響きを遺してゆく。自然があって人がなく、又人があって自然がない――漱石は非人情というかも知れない――見ていて自《おのずか》ら微笑ましくなってくる。何かの俳句にでもよまれそうな味わい有る風景である。同じく淡々としていながら心をすっきりさせるのは渡辺省亭の「雪中鶏」で、小さいながら立派に纏《まと》まって人の心を爽かにさせて呉れる。鉄斎のもの二つは、流石《さすが》と思われてくる、「群僊祝寿」の方を取る。猿に於て、玉章と栖鳳は出色である。栖鳳の「飼はれたる猿と兎」に於ける真中の猿の顔は正に本物の特色を示して誤まちない。全体に於ては、玉章の方が私には良いように思われる。「雨霽」には既に纏まった境地の揺るぎない描写が見られるであろう。上村松園・池田蕉園等の絵を見ると、美しさにほれぼれとしてくるし、鏑木清方の「一葉女史の墓」は又何となく人の心をひきつける。小堀鞆音の「武者絵」は勇気凛々五体に溢れ出る力の横溢《おういつ》が一場を圧しているし、又他方西郷孤月の「春暖」には柔みある馬がのどかに、そして如何にも暖かそうに春の気を享楽しているのがほほえましい。土田麦僊の「罰図」は、いたずら小僧を描いて面白く軽い絵であり、菱田春草の三作就中「水鏡」は際立った名作の様に思えた。此の人の事、今までは良く知らなかったが、絵を見て素晴らしいと思った。

油彩画は、日本画に比して幾分か感銘が浅かった。和田三造の「南風」は、その鮮やかな色調と、全体として均整と調和に溢ちた大作として、一番印象に深いが、英作の「渡頭の夕暮」はそれに相対して目を見張らせる名作である。「射夕」と共に、暮れゆかんとする淡いほのかな微光の感じが実に巧みに出ているように思えた。共に静かな清らかなそして落着いた感じを与えて呉れる。藤島武二の「草の香」は私には良く分らなかったが、「蝶」は何かローマン的な喜びを底に秘めて美しいと思った。満谷国四郎の「林大尉戦死之図」は門外不出の御物であるが、画面から溢れ出て人の心に迫るだけの力を具えている。何となく身震いするような場面である。「戦語り」は、画そのものに生命がある。「話し手」「聞き手」の間に隙がない。一番後の若い男（聞き手）の顔など見事である。原田直次郎の「風景」「靴屋のおやぢ」共に立派である。「おもひで」に弘光若かりし頃の作を偲《しの》び得る。辻永の「飼はれたる山羊」は心も楽しくなるような場面である。山羊の可愛らしさ・おとなしさが豊かな筆で表わされている。高橋由一の「鮭」は誠に本物を思わせるものがあるし、白瀧幾之助の「稽古」は、構想と描写とが良く一致して面白いと思わせる。坂本繁二郎の「張り物」は、初め良く分からないが、つくづく見ると——殊に少しわきから離れて見ると——、女と背景が混然たる調和を示して見事である。清輝では「湖畔」が出色に思えた。水色の着物を着た女の手軽に涼風を楽む恰好は美しく画かれている。俗塵《ぞくじん》を去って心は楽しく夢現の中をさ迷っているのではないかしら。

二月二十八日

蹇蹇録

三国干渉は明治の歴史に於ける一大事件であり、当時人心の動揺混乱は正に非常なものであったろう。而して愚昧なる大衆は事の真情を知らずしてその外面的結果のみを見、単純に「戦いで勝ったものを外交で失った」として、一途に政府就中外務当局に攻撃の矢を向けたでもあろう。而して此の間にあって折衝の任を専ら一身に受け、外交上の一切の責任を負って終始事に当った陸奥宗光は蹇蹇録《けんけん》を公けにして敢然と自己の立場を主張したのである。日清戦争の直因たりし東学党の乱より書き起し、講和条約批准交換に至るまでの波瀾《はらん》常ならず複雑を極め機微謀略に透徹せる外交征略の概要を叙したものである。所論極めて公正明確にて務めて慎重を期し、深き洞察と自己を信じて疑わざる満々たる自信に溢れ、且外交場裏《じょうり》の真相を看破して興趣の尽くるなき此の一篇は以て「かみそり宗光」の異名をうたわれた彼の人となりの一端を窺《うかが》わせる可きものがある。吾人《ごじん》は此れによって外交が一片の形式礼儀に過ぎざるものではなく、それが如何に不抜の信念と誤またざる明察と、敏活に事に応じる決断との内に百方苦慮して行われる可きものであるかを僅かなりとも理解し得るかと思う。而も尚、武力なき外交は如何なる努力を以てしても所詮、ある程度以上の威力を持ち得ざる事を吾人は宗光と共に肝に銘じて忘れる可きではない。彼は外交上は最善の努力を尽し得たと確信し「余は当時何人を以て此の局に当らしむるも亦決して他策なかりしを信ぜむと欲す」とまで豪語する。而るにその彼をして「抑々《そもそも》今日三国干渉の突起せむとする比我外交の背後に如何なる強援の恃《たの》む可きものありしかを思へ」と嘆ぜしめたる当時の情勢を思えば、喋々として彼を非難する世間の愚輩の蒙を啓《ひら》かんとした彼の自信は誤またざるものと言えよう。彼は予《あらかじ》め、割地の問題が欧州強国の干渉を来す恐れあるを予期していたのであるが、当時戦勝に驕《おご》り狂熱的に浮望空想極まりなき民心の帰趨は到底割地の一条を除くに由なき状態であったので、政府は此の相容れざる内外の形勢を如何に調和せしむるかを慮《おもんばか》って事の軽重を謀り、先ずは内難を融和せんとしたのであるから、此の度の還付は又当然の帰結であった。況《いわん》や、此の間の蠢動《しゅんどう》して条約批准の交換を延ばさんとする清の意図有るに於ては小を捨てて大を取らんとせしは又止むを得ない事である。茲に吾人は日本人の単純なる性格が又此の禍の一因をも成している事を反省す可きであろう。日本人が情熱に富み理性を超えて感情の趣《おもむ》くままにひたむきな真直な行動を為し得る事は、我々が祖先から受けついだ美わしき伝統の一なのである。成程其処にこそ利害打算を超越して、生死を奉げる日本国民の清らかな徳があるであろう。それ故にこそ日清戦争にも日露戦争にも勝ったし、又大東亜戦争の試練にも堪えられるでもあろう。然し美は常に醜と共にあり、善は悪と共に在りと言われる如く、日本人の此の美点は又それ自身の中に短所を含んでいるのである。感情的であるが故に、それは時には余りに理性を無視し過ぎる事がある。理性が感情を支配してはならぬと同時に、感情は常に理性の上に支えられねばならぬ。此れは良い意味での打算である。人間の生命の最も美わしいものが打算から生れる事はないとしても、人間が強く正しく現実に生きるには、どうしても打算なくしては足を地につけられない事がある。日本人はその意味に於て打算を知らないし妥協を考えない。感情を抑え、極端を避け、止まる可き所に正しく止まるのは人生の常道でさえある。所が日本人は此の常道を忘れ、往々浮華軽佻《ふかけいちょう》に流れて深い思慮を省みない事がある。前後の分別も弁えず唯その場限りに狂熱して興奮し、その内急に時勢が変ると、全く周章狼狽《しゅうしょうろうばい》して身の置き所も知らない、という気風は日本人の特徴である。目前の喜びを実際以上に笑い、僅かな失敗に大いに驚き、かくして冷静なる頭脳から来る大局の判断を誤まる。吾人はかかる日本人の性格が、平壌黄海戦後の吾国内を如何に歓喜の坩堝《るつぼ》に投じ、遂には外国人の顰蹙《ひんしゅく》をさえ買うに至りしかを、宗光の鋭き筆致を通して窺う事が出来よう。当時社会の風潮は驕肆《きょうし》高慢、到る所喊声《かんせい》凱歌の場裡に乱酔し、深慮遠謀の人あり妥当の説を唱えれば卑怯未練、愛国心なき徒と目せられた。我国民の情熱は主観的判断のみにて客観的考察を容れず国家の大計を謀らず、進むを知って止まるを知らざる様であった。而してかくの如き狂熱が局外者たる他の諸国の感情に多少の不安と不快を与え、嫉妬の念を強め、遂に陰謀を蓄うるに至ったのは又由《よし》ない事である。当時の外国人民には、日本人が謙譲抑遜《けんじょうよくそん》する所なく世界に独行し得るが如き驕慢《きょうまん》の気風に溢てりと思われたのも当然であり、「世界は決して日本の希望と命令とによりて動くものに非ず」とのドイツ外務大臣の一語は、誠に彼らの感情の一端を示したものである。かくの如く当時、内に於ては国民は過度に進まんとし、外に於ては諸邦之《これ》を抑えんとし、内外の事情かく一致せざるに於ては、何れの時か彼の干渉有らん事必至なりしは宗光の夙《つと》に看破せし所である。勿論、戦勝の最中にあって歓喜するは愛国心の存する所、人情の常ではあるが、尚その余りに感情に流れ過ぎ、国家の政策に困難を来さしめた所以を顧みれば、吾人は日本人の性格に起因せし事実を発見し得るでもあろう。

さて宗光は、三国干渉が露国の飽くなき野心を基礎にし、ドイツの参加を得て急に強硬に行われたと述べているが、ドイツが全く自国の政策上から仇敵たる露仏の間に加わり必要なき事をやり、而も自己の目的（仏・露の仲をさかんとする）を達しなかったであろう経過を叙べている。而して偉とす可きは宗光が、第三国の干渉を招きし事が、全く清側の策謀に依る事を詳述した点にある。清は外国の干渉によって一刻も早く、自己に有利な様に戦いを終えんとし、米・英・露に頼り、第三国は介入せしめず東亜の事は東亜で処理せんと決した我が国の希望を壊《こぼ》ち、遂に今日に至るまでの禍根を開く愚挙をしたのであって、その一切の責任は清国が負う可き旨を正々堂々と論述し「将来若し此東方局面をして欧州強国の交渉多事となるべき危勢を促すに至らしむることありとせば、今日戦争の結果実に之が起因となり而して俑を作りしものは清国なり」と将来の形勢を予測せし所など、如何にも宗光の見識を思わせる。

吾人は、蹇蹇録を一読して、政治というものが如何に生きて動き変化するものであるかを知り得たと思う。外に表われた所、唯一片の文字・一言の言辞であるにはせよ、その裏には虚々実々如何に紛糾錯雑を極めている事であろうか。平沼内閣は複雑怪奇の前に挂冠《けいかん》したが、複雑怪奇こそは現代政治の本質を成すものである。大衆をリードする政治家は此の怪奇の中に処して良く、自国の進む可き大道を見失わざるよう心掛けねばならぬ。動くものの中に尚動かぬものを、変り行くものの中に、尚変らぬものを毅然として保つ事こそ政治家の本領でなくてはならぬ。内固く守って而も外迅速に応じ、後になって悔ゆる事ないように叡智を働かせ決断を持った政治家を待望するや切なり。

三月二十日

日本精神

日本精神とは何であるかというと極めてむずかしい問題です。世間の人は、無造作に此の言葉を用い、二言目には直ぐ日本精神云々を持ち出すのが近頃の流行ですが、此れは私達の余程慎んで然る可き事ではないかと思われます。日本精神なるものは軽々に口で言われる程安っぽいものではないと信じます。それは今度の戦争になって急に天から降って来たものでもなければ、又突然地中から湧き出たものでもありません。その言葉は此の数年前から隆々として勢を得て来たのですが、実はその中に二千六百余年の歴史が含まれているのです。「二千六百余年」の歴史と一口に言い、又印刷すれば一冊の歴史の書物の中に織り込まれて私達は数時間で此の年月を閲し得ましょう。然し此の年月の中にこそ如何に比類なき私達の祖先の営為が限りなき忍苦と努力の上に築かれて来た事でありましょうか。私達の先人の一切の苦悩と喜びとを秘め、一切の悲哀と憧憬とを抱きし此の流れの中で如何に多くの運命が盛えては滅び、興っては亡んで行った事でありましょうか。其処に流されし幾多の涙を思い、其処に秘められし無量の感慨を偲ぶ時、私達は今も尚心に生きて新たなる歴史の生命を染み染みと感じ得るのです。そして日本精神という時、私達はそれが、此の様に深い歴史と伝統の中で徐々に養われ培われてきたものである事を忘れてはならないと思います。

さて、本題に戻って、一体日本精神とは如何なるものでありましょうか。私は此の問題を取扱うには余りに未熟であります。然し、とも角それは忠君愛国とか滅私奉公とかいう言葉で言い尽される程簡単なものではないと思います。何よりもそれは日本歴史の開展そのものの内に就中、国体と日本人の性格との究明の内に求められる可きではないかと思います。

日本の国体の特異性が結局に於ては、日本精神形成の上に決定的役割を演じ来った事は誰も異論はない所でありましょう。上、天皇を戴いて君臣和合せる人倫共同体としての国家は一方父子の如き君臣間の情を基にせる「愛」の国であると共に、他方厳として君臣の別明らかなる「義と秩序」の国でありまして、其処には宗教も道徳も政治も経済も綜合せられて居ります。「まつろはぬ者をまつろはす」という日本政治の理想は、かくして祭政一致の理念でありますが、近頃言われる「撃ちてし止まん」なる事の意も、それが単なる武力の発動をのみ意味するのではなく、その根底には所謂「所を得しめる」深い道義が含まれているものと拝察されます。かくの如き我国体の淵源《えんげん》は誠に古いものでありまして、その国体に対する深き洞察に於てこそ日本精神の崇高な発揚が見られた事は歴史の明示する通りであります。今日普通の意味に於て言われる日本精神は概《おおむ》ねかくの如き意味に於てであり、殊に非常の場合に自覚される事が多いのでありまして、一言以て言わば尊王精神と申すものであります。此れは唯の愛国心ではありません。自分の祖国を愛するは元より人情の常でありまして、国土なきユダヤ人ですら心に祖国を偲ぶ事如何に切なかったかは、彼らが何処で死のうと、エルサレムの土くれをそれにかけてやるという事によっても分る通りで、彼らはそれによって祖国に眠るという事を象徴して居るのであります。成程愛国心を持たない国民は居りません。が我が国ではそれが直ちに尊王精神に結びつく所に、比類なき感情が生れてくるのでありまして、そこに「大君の辺にこそ死なめ」という雄々しき丈夫の本願があるのでありましょう。誠に此の精神こそは、時に蔽われたにはせよ、不思議な位一貫した力を保ち脈々として現代に生きるものなのであります。さて私達は茲で再び精神という問題を取上げましょう。それは一時的急激な心の興奮刺激を言うのではありません。限られた時に、限られた方向にのみ開かれる心情でもありません。それは人間存在の在り様、存在の仕方そのものでありまして、至る時、至る場所に見出される人間そのものの示顕とも云えましょう。かかる意味で日本精神とは日本人そのものの姿を凡ゆる角度から表示したものでありまして、茲に非常に際しては大君の御楯《みたて》となって自己を滅し得る日本精神なるものが、平時常時、更には日常茶飯の間に於ては如何に現われるであろうかという頗《すこぶ》るむずかしい問題が生ずるのであります。私は今茲でかかる大問題を解決せんとするのではありません。本当に日本に目を向け出して日尚浅く、その考えもやっと緒についた許りでありますから。日本人が伝え遺した風俗・習慣・祭祀・法律・経済・制度・文物・思想、それらのものの中に深く喰い入って自ら親しく研究しなければなりません。而して更に著作・伝記その他を通じて、過去に生きた人間、或は現代尚生きている人間を知る事は最も重要ではないかと思います。

万葉の如き高く清らかな詩・情に恵まれていた日本人、もののあわれの如きやるせない柔い美に耽る事の出来た日本人、推古から天平へかけてのあの魅力ある一群の仏像を産む事が出来る程ハーモニーな文化を持って居た日本人——その日本人の中に如何に鋭い繊細な美的感覚が溢れている事でありましょうか。西行とか世阿弥とか芭蕉とか芳崖とかいうような類稀《たぐい》なる傑れた人々を通じて、私達は、如何に日本人ならではと思われる様な独特な美の境地を見出す事も出来ましょう。或は又花をあわれみ茶を嗜《たしな》み句を吟ずる日本人のささやかな情趣は如何なる精神の現われでありましょうか。神を祭ると同時に仏に祈り、支那を崇拝しながらも日本人としての誇りを忘れず、洋服を知り洋食を食っても尚和服をつけ米をもて生き、飛行機を使い戦車を用いても最後は結局昔ながらの白刃もて雌雄を決するを最高の戦術としている日本人——新しきを尊びながら、如何にも古き伝統を愛して止まない、此の様な日本人の深い心情は何処から生れたのでありましょうか。畏《かしこ》くも古《いにしえ》は聖徳太子より降って北畠親房・山鹿素行などの壮大な思想体系を生じ、或は又道元・親鸞の如き、東湖・松陰の如き偉大な人格を産んだその背後には如何なる日本的なものが秘められていた事でありましょうか。古代日本の素朴剛直なる気風を伝え、やがては独自な境地を見出した武士道、それと対象的に一般町人の営利的立場の上に形成せられた町人根性、及びそれらを包括して日本の封建制度が如何なる性格を以て開展せられ、且その内に於て藩主の統治政策は如何なる形で実現され、又その間に勃興し来った各都市は如何なる体制を整えていた事でありましょうか。或は隣保精神で結ばれていた非個人的性格を持つ村落共同体の法制は如何なる体様を帯びたものであったでしょうか——此れらの事は全体の内でほんの僅かな事を覗いて見たに過ぎませんが、それにも不拘此等の問題の中には未だ解明されねばならぬ多くのものが存るのではないでしょうか。そして日本精神なるものは実は此の様に凡ゆる分野の根底に在って自らを示顕するものでありますが、又それ故にこそ、一つの分野を取っただけでは決して究明し尽されているのではありません。単なる武士道だけで、又はさびとかわびとか言う精神だけで日本精神を論ずる事は出来ません。更に、日本精神は静止せる死物ではなく、生命を持った動体として絶えず流れ移るものなのでありまして、楠木正成の精神も、紫式部の精神も現在私達の精神も同じく、日本精神たる事には変りがありませんから、此の様に千差万別の色彩の中から、日本精神というものの本質を定型的に把握せんとする事はもっとも困難でありまして、例えば、新田義貞の精神も、足利尊氏の精神も、共に日本人の持った精神ではありますが、何故前者を日本精神と呼び、後者をそう呼ばないか。茲に哲学的思索を必要とする所以があります。此の際大切なのは、真実率直に問題を取上げる事でありまして、不当に歴史を眺める事は許されません。日本人も決して聖人君子の集まりでなく、多くの弱点を持って居りますから、日本精神の中にも幾多克服さる可き短所を含むものでありまして、寧《むし》ろ堂々と悪い所は悪いと言って、より善きものへ精進す可きであります。それを徒に善美の点のみ過当に顧みて歓喜に陶酔するのは安易なる自己満足でありまして、其処からは、より貴きもの高きものに憧れる高邁な精神は産れないと信じます。尤《もっと》も此の「甘い」ということ自身日本精神の或る部分を表示するものでありまして、過去何千年、一島国として概ね対外的には平和な歴史を持つ日本人の「坊ちゃん的気質」は当然でありましょうが、世界史に新しく登場して、諸外国と厳しい決戦を続けねばならない未来の日本人の反省す可き所でありましょう。

最後に、日本精神を知る上に西洋精神或は又支那精神などの研究も必要欠く可からざるものは無論であります。此の点現代の日本人はそれらを不当に賞賛したり、ひがんだりする傾向がありまして、それ故、却って危険に陥る事が少くありません。西洋精神と言うと直ぐ個人主義・自由主義と甘く見くびるのは大きな誤まりでありまして、それらは西洋精神の中でも実は近代的な一つの流れに過ぎないものでありまして、彼ら自身その危険を認めてそれを克服せんとする真摯な努力が成されている事は、所謂「危機の神学」とか「ナチス世界観」の勃興がそれを雄弁に物語るものであります。勿論彼らの努力の方向が必ずしも正しいとは思われませんが、とに角、合理的機械的近代精神が西洋精神の本質ではない事を示すものと言えましょう。西洋精神を知るには、ずっと古代に遡ってその淵源に帰り、たとえば、ギリシヤ・ローマの歴史に接し、キリストの「愛」の世界にまで探究の翼を伸ばさなくてはならないと思います。以上の如き深い洞察を加えた後にも尚私達は、それらと画然区別さる可きあるものを日本精神の中に見出す事によって、初めて「日本精神」なる語を用い得るのではないでしょうか。

さて此れまで見て来た通り、日本精神は頗る複雑極まるものでありまして、喋々《ちょうちょう》す可きものでない事は正にかくの如きであります。私達はもっと誠実に祖国日本に返りましょう。そして、日本精神とは何であるかを銘々が自分自身に尋ねましょう。それには先ず自分自身の行為がとりも直さず日本精神の形成に参与している事を考えましょう。己の精神の退歩はつまり、それだけ日本精神の退歩である事を弁えて、口で日本精神作興などと言うよりは、地味な自分の行為そのものによって実質的に日本精神の発揚に心掛けましょう。その様な青年が一人でも多ければ多いだけ、日本は安泰であると信じて居ります。

三月三十日

効能書

某作家は言う――芸術は薬であるかどうかという事になると少し疑問も生じます。効能書のついたソーダ水を考えてみましょう。胃の為にいいという交響楽を考えてみましょう。桜の花を見に行くのは、蓄膿症をなおしに行くのでは無いでしょう。私はこんな事をさえ考えます。芸術に意義や利益の効能書をほしがる人は、却って自分の生きている事に自信を持てない病弱者なのだ。逞しく生きている職工さん軍人さんは、今こそ芸術を、美しさを、気ままに、純粋に、楽しんでいるのでは無いか。大デュマなんて面白いじゃないですか云々――そうして文学を楽しんでいるのです。こういう人達には効能書の必要は余りないようですね。効能書を必要とするのは、あなたがた病弱者だけなのです。しっかりして下さい――と。

彼はこうして自らの所謂病弱者に呼びかけている。彼が訴え而も自らの作品を与えんとしているのは正しくこういう人達なのであって、効能書を必要としない人ではない。されば彼は自分を不親切ないい医者だと言うのである。

然し果して効能書を必要としない生活が最上であろうか。否、私達は効能書をほしがるのが当然ではないかと思う。私達は幾多の効能書を探し廻って、中々それが獲られないものだから時には浅はかな哀愁に、時には深い絶望に陥って身動きがとれなくなる、そして効能書も欲しがらず逞しい生き方に陶酔している人々を羨むようになる。然し私達に取っては効能書を求める事は却って健康な心の躍動を示すものではないであろうか。青春が喜びであり悩みであるというのは正に此うした心のひたむきな若さから流れ出る美しい魂の故でないであろうか。否定的懐疑主義が人間としての調和を失った哀れな存在であるとしても、懐疑するだけの余裕を持たない貧弱な心の中に生きんとする激しい意欲が見られるであろうか。私達は矢張り効能書を求める。そして有名な詩人の一句を思い出す。「人は努力する限り迷うものである」と。

五月四日

学問の権威

大分前の事であるが矢内原氏が政治の優越に屈せざる学問の権威を強調せられた事がある。法則を研究し長い期間に於て証明せらる可き学問が、当面の具体的問題を処理する政治とは全く異る領域であるとはいえ、結局学問的法則に反する政治は長期について観察すれば失敗に帰するものであり、その意味に於て学問は政治の指針であり、茲に学問の権威が存するとなす氏の所論、興味深いものがある。

大東亜戦は愈々《いよいよ》その様相を多様に示顕しつつある。そして武力戦の進展につれ政治は国家の最高目的遂行の使命の下に益々その優越性を確保しつつあるかの如くである。「理論よりも実行を」、「巧遅よりは拙速を」と叫ばれる昨今の要求は何よりも先ず現在に、此の一瞬に、と向けられるつつある。そしてかかる時流は人を駆り何事をも国家なる名の下に慴《しょう》伏せしめんとしつつある。今や全く学問の権威なるものは痴者の一片の夢にも比せらる可きものであろうか。

曰く「国家あっての学園であり学問ではないか」、曰く「日本民族の独立あっての学問の独立ではないか」等々。——それは正にそうであろう。真正な意味に於てそれは唯一の例外もなき真実なる絶対であろう。深き真情に於て私達は凡て祖国にひたむきに生き、そして又祖国の独立と名誉とに生命の凡ゆる誠を奉げ尽すものである。日本人である限り、それは誰よりも自分自らが知っている。然しそれ故にこそ又私達は祖国の現実の姿を率直に認識したい。一切の政治的虚飾を去って赤裸々に祖国愛に燃え立ちたい。而も私達は其処に歪められた祖国を見出しはしないであろうか?若い私達にはそうしたものには堪え難い。国家の為であると思いながら実は国家を害する事がないと言えるか?否、国家の為であるかの如く装って実は利己の殻に閉じこもる者すらあるに於ては言語道断の極み!米英の帝国主義を排して日本の帝国主義を打ち建てんとする似而非《にてひ》なる国家主義者は居ないか。

私達はそのように浅はかな軍国主義者であってはならない。本当に祖国を愛する者は本当に祖国を高めんとする者でなくてはならない。丁度自分を愛する者は自分の向上を希わないではいられないように。私はそのような意味で日本が本当に正しく進展するのを見ないではいられないような気がする。そしてそれは実に長い期間にわたって養われる可き道理でなければならない。それこそは深い学的思索――強い実践――によって裏づけられねばならないことであろう。精神的にも物質的にも、より卓越した日本を創造する為に、そしてかくの如き日本を中心として本当に共栄圏が成立する為には、どうしても日本人自身がより偉大なものとならなければならないのは当然であろう。

それが一体学問なくして可能であると人は言うのであろうか。学問が健全な成長を遂げない時代に於て、真に日本の歴史が開展し得ると人は言うのであろうか。

学問は厳として復興せられねばならぬ。そして学園こそは真の日本人の揺籃《ようらん》であらねばならない。日本の真の担い手は若き学徒の高邁なる精神から跳り出なくてはならない。

「国が滅びるか否かの際に学問が何だ、外国を見よ!ドイツもアメリカも学校を殆ど閉鎖しているではないか!」と人は言う。然し日本はナチでもなければアングロサキソンでもない。独り日本の学園のみ開かれる事は即ち日本の誇りでなくて何であろう。此れこそが日本の真の姿を示顕するのだから。何となれば日本の戦争こそは彼らの如く生存の為の野獣の如き種保存の戦いではない。唯生きんが為の闘争ではない。日本の目的は厳として存在する。戦争は生存の為であるとはしても、生存そのものが既に正しき目的を前提とする。而してその目的の為に、学問は権威づけらる可きであろう。換言すれば学問の権威の中にこそ大東亜共栄圏生誕の真の曙光が秘められているのではないであろうか。

八月三日

自律

嘗て一高の森校長は昂然《こう》と言った。「ワシの学校の生徒は何処に出入しても上からの干渉は不必要だ」と。聞いて思わずはたと膝を打ちたくなる。校長も校長。生徒も生徒。此れだけの事を言い切るだけの校長の気概と信頼、そして又、此れだけの事を言わせるだけの生徒の誇りと自律。此れでなくちゃあならない。此うならなくちゃあならないと感心もし羨みもしたくなる。一高の自治の精神はまだ溌溂《はつらつ》と生きていた。それこそ尊い伝統の賜である。味わう可く、掬《きく》す可き一語。近頃の人、以て何と考えるのであろうか。

「あれもしろ、これもしろ」と一々押しつけられて無意味な精神的肉体的浪費に青年の盛り上る力を抑えんとする事は最も愚な話し。良く考えて然る可き緊急事ではないであろうか。

八月三日

バビロンの塔

イタリヤに米英軍は上陸し、東部戦線に死闘は繰り返される。そして北の孤島に南の海に敵が加える熾烈《しれつ》なる反攻は一体何を物語るであろうか。「やって来る！」ひしひしと身に闘志が燃えあがる。此れからおれ達の世界が来る！そして道は無限に拡がって、男児の一生を託するに相応しい責務が試練が洋々として前途に横わる。

素晴らしい時代ではある。限りなく雄々しい歩みではある。

人は何を為す可きか。何を為し得るか。人が一生に築くバビロンの塔は如何程に不滅のものであろうか？その塔は如何にささやかなものであり又未完なものであろうとも、そして又多くの過ぎゆく旅人の目には一顧にだに値しないつつましいものであったとしても、その塔の建設に命を懸けて尽くる事なき誠心を捧げし人の魂は安らかにその下で美しき永久の眠りを続ける事であろう。その人こそはより逞しく清らかな心もて塔の完成に営々たる辛苦の道を歩み来りし人々である。運命の神が突然として彼の手から此の塔を奪い去る事が出来たとしてもその塔に秘められし彼の心情こそ永く不滅の光を放つであろう。そうして此れこそは誠実な人間に与えられる唯一の希望であり慰めでもあるであろう。死にゆく人間の最大な誇りでもあろう。戦争は名もなき小さなバビロンの塔を無数に打ち建てた。何時の日にか私の塔も建てられねばならぬ。功を焦ってはならない。塔は大きくなくてもよい。唯けがれなきものであってほしい。偽らぬものであってほしい。それこそ私の心からの願いなのだから。

私達は進まなければならない。どこまで？塔の頂上が打ち建てられるまで。

九月五日

晩歌

戦争は勝たねばならぬ。ドーデーの描く幾多の哀話は無言の内に此の真実をしみじみと感じさせてくれる。他国の事とは言いながら普仏戦争に打ちひしがれた哀れな仏国人の愛国心とか名誉心とかの末路が悲しく描かれる。否ドーデーの響きは既に自嘲的な淋しさを暗示しはしないであろうか。

フランスは今完全に昔年の力を没し去ったかの如くである。フランスの偉大さはドーデーの頃最早失われたかの如くである。

我が日本に果してあのような作品が生れ出る余地があるであろうか。こうしてみると私は此の二国の著しい相違に今更ながら驚かされる。成程それらは文学的に傑れた作品であり魅力あるものですらある。然しそうした題材が注意を魅《ひ》き、それを読まんとする雰囲気が在るとしたならば、それは日本では到底考えられる所ではない。正しくそれは下りつつある国に生れる作品でありその国の晩歌でなくて何であろう。

文化と国家

九月五日

「〝祖国の為に〟という詞は〝祖国の文化の為に〟と置き換える事は聞く人に依って誤解を生ずるかも知れませんが、尠《すくな》くも知識人を以て自任する人々は之《これ》位の気持ちを抱いていたからとて決して悪い事ではないと思います」――此れは戦地の兄からの便りの一節であるが誠に味わう可き意を含んでいると思われる。私は日本の学徒として、日本の文化が伸びてゆく事をどんなに希うであろうか。学ぶ者の祖国愛とは畢竟此の祖国に、より高邁なる文化を創造する事に外ならない。

日本文化の低調は道に志す者の愛国心の欠如を意味するものでなくて何であろう。祖国愛は平時に於ても戦時に於ても変らない道理のものであろう。唯戦時に於て国家そのものの名誉と生存の為に、一時的には他の凡てを犠牲にしなければならない。誠に真正な意味に於て「国家あっての文化」であろうから。然し又、ある意味から言えば「文化あっての国家」とも言われ得ないであろうか。卑しくも一国の文化を追究する者はそれだけの誇りと自信とを持って然る可きであろう。昔から日本の文化史に不朽の名声を残し得た程の人々は多く祖国日本を愛し、深い日本の伝統の中に生活を掘り下げて身を以て潑溂たる日本精神を体得し得た人達なのであった。彼らは最も日本的な息吹を呼吸しつつ生きていたのであり、正にそれ故にこそ傑れた文化を創出し得たのである。そして日本国力の生成発展の裏にはそれを支える地盤として如何に文化の開展が必要であった事か。そして此の事は今も正しく言い得るのである。

文化は国家の内に培われるものではあるが、それは同時に又国家の根底に横わるものである。戦は勝たねばならぬ。そしてその戦の中に文化の戦いも又重要な一環であらねばならぬ。ギリシヤを征伏したローマがギリシヤの文化に征伏された如く、米国に勝ってから日本が彼の享楽主義的文化に圧倒されるような事がありとするならばどうであろうか？思いみるだに不快になる。祖国の為に祖国の文化の為に我等は戦わねばならぬ。

九月五日

名ごりの夢

桂川甫周の娘として、幕末の江戸にその幼かりし一時の夢を偲ぶ今泉みねさんの思い出は数多くの物語を私達に語って呉れる一篇の傑作である。そして此れはみねさんを通じて見た私の名ごりの夢である。

先ず初めに維新前の洋学者——福沢諭吉・宇都宮三郎・成島柳北・柳河春三——等の私生活の一端がその儘に描き出されている。

夏の日に按摩を蚊帳のない書生部屋に連れて行って麻の風呂敷を拡げて、何も知らぬ按摩にそれを蚊帳だと思わせようとした話し。日本科学の創始者と言われる宇都宮さんが俸給の金包みを重いばっかしに、帰る途中焼芋の年寄り夫婦の所に投げ出したり、橋の欄干の端から端へとお金を並べて行ったという話し。或は又アンモニヤと称し、試験管におならをしこんで大隈さんを困らした話しなど。聞いて吹き出したくなるのんきさである。私達はこういう馬鹿げた事を単なるエピソードとして笑い話しにしようとするのではない。私達は彼らのエピソードの中に躍如として織り込まれている、あの人達の雰囲気を味わってみたいのである。蘭学書生がたき――若しそうしたものがあるならば、あの混迷の黎明期に生きた進歩的な人々の偽りない人となりの中に、今私達書生には失われつつある何物かがあったのではないかと感じられる。

○

殿様から載く一羽の雁に大騒ぎする話しも些細ではあるが面白い。拝領という事の中には殿からその魂をこめて分配するという信仰が本当に生きていたならば、確かに拝領物を載くことは臣として無上の光栄であったろうとうなづけられる。

○

みねさんの叔父が咸臨丸で渡米した時の話し。――ガラスを知らないであちこちへ突き当っては笑われたことや、シャンパンの栓をぬいた時、スハこそとばかり刀を抜いたことや、日本の女達が異人のように白くなれると思って白粉の上からシャボンを塗った話しなど、どれもこれも滑稽な笑い草である。然し使節の人に取っては笑う所でない真剣なものであったろう。日本の他愛なさが目に見えるようである。そして一体日本人の事を彼らは何と考えた事であろうか。それも僅か数十年昔の事に過ぎない。一世紀前外人の目に写った日本人とはそれ程の人であった。そして今日の日本人は？その間多難な内に確固として歩み来りし日本の道が今更の如く新たなる感慨を以て強く胸を打つのである。掃部《かもん》様が桜田門外の露と消えた時の思い出の中に、微かな人心のざわめきを感じうる。君辱められれば臣死すとは言いながら、死ぬ事さえ思い止まった彦根藩の立派な人物に同情の眼を注ぎつつ語っている。

○

風がごそごそ背中に居ないと落着いて本が読めないという学者の話し――桂川家一門の奇才でもあろうか？

○

「自分は桂川の娘だという事だけを死んでも覚えて居ればよい」と終始父に言われていたという。そして武士の家に生れ、その名を汚してはならんというその一言でまるで人が違ったようになったということが語られている。封建時代に培われた人の心情にはそれこそ偽りなき誠のものであったであろう。それは何百年かの間武士の社会に厳然として生きながらえてきた秩序の根底にある道義の法則であったから。

○

それにも増して「御殿のをば」の話しは封建的意識の中に可憐にも美わしく散って行く悲しい一節ではある。その叔母は一位様の老女のお部屋子となって居たが、御本丸が御類焼の時「花町は無事か、見てまいれ」と言われ、ひきかえし探しても見当らなく、「お見えになりませぬ」と御返事する事が出来ずに、その儘、火の中に姿を消したのである。そして叔母の侍女二人も彼を追って火中の人となったという。それは私達の意識から見れば夢の中のような物語である。然しそれは現実であり、人はそうした社会意識の中に全心全霊を捧げて生きてきたのであった。

そして少くとも利害の打算に捉われない心情の奥底には功利の世界を超えた冷徹な、寧ろ透明にして、清らかな美しさが閃《ひらめ》いているのであって、目前の私利に汲々たる現代人の頭上にもこよなく尊い姿を示顕してくれるであろう。

○

柳河さん初め蘭学者たちの踊りのにぎやかさの中に、泰平の夢さめんとする瓦解の前の淋しき響を看破した物語りは巧みに描かれている。

○

桂川の家は御維新の時旧邸から立ちのくようになった。お池に沢山居た亀に、「あばよ〱」と口々に言いながら泣いて別れた、という事はそれ自身取るに足らぬ些事ではあるとしても、そこに隠された思いは幕末史に秘められた幾多の大小の悲劇に秘められた心情の一端を良く示してくれるような気がする。

幕政から御維新へという日本史上の一大転換の内に世の中が混沌として空騒ぎしていたその裏にはしかし又のんびりして泰平の安きを思わせる幾つかの挿話がある。就中隅田川に舟を浮べ芸者と共に花に酔い月に浮れた遊びの有様は叙事的な情請を以て貫かれて、遥かなる江戸情緒に尽きぬ昔の懐しさを偲んでいる。美わしき一幅の画面であろう。

男も女も気がてんとうして、いくら時勢を考えてみてもどうにもならないので、なまはんかの事を思うより花や舟に心の苦しさをまぎらそうとした当時の稍々《しょうしょう》軽薄ではあるが単純な人心の動きが語られている。而して此うした人心の中に、ゆきづまった社会思想のはかなき夢を私達は見てよくはないであろうか?京都に於ける困窮と好い対象をなしている。

政変の嵐は去ってみねさんも父と共につつましく隠れた。振袖姿で油を買いに行ったら、「まあ徳川のおちぶれのひいさまが」と気の毒がって呉れたおかみがあった。私達は此んな所にも庶民が当時の社会にどんな考えを持っていたかということを暗示してくれる或物を見出し得る。

最後にみねさんの夫が勤皇の士で、徳川びいきのみねさんと夫婦喧嘩をした事などは世相の一の縮図である。尚夫の友を語り、その中で副島種臣の人格を慕っている。それから獄門の刑に悲惨な最後を遂げた江藤新平の人となりを思って胸を燃やしている様が語られている。その辞世の歌はみねさんの心に迫る――そして私達の心にも。

ますらをの涙を袖にしぼりつつ

迷ふ心は唯君の為

九月八日

（無題）

イタリヤ降伏のニュースを耳にした。率直に言ってそれは来る可きものが来たという日本人の感じに誤まりはないであろう。裏切りに対する憤激であるよりは寧ろ闘志なき民族への憐れみであり侮蔑でもあった。

「何人も嘗て見聞せざりし所、又将来も見聞する所なかる可きローマ」而して、「ローマは世界と共に在る可く世界はローマと共にあるべし」と唱われし大ローマへの思慕は今何処？

イタリヤの統一に生涯を捧げしマッチニーの愛国の至情は、イタリヤ国民よ！今、御身らの心には響かないのか。彼の叫ぶ声は最早御身らの血潮を狂わせないのであるか。「汝の祖国を愛せよ。そこに汝等の親が眠る！」というあの勇しき叫びに耳を傾けよ。

祖国の名誉と独立の為には一切を——偽善をすら顧みなかったマキアヴェリのあの逞しき意欲を御身らは忘れたのであるか。

再び死守せよ。祖国の名誉と独立を！

九月十日

二つの道

学問と蹴球《サッカー》は私の生活を支える二つの大きな地盤である。然し此うした二元的な働きは能く私の力の限界内にあるであろうか。人間が同時に二つの生活に魂を捧げる事は可能であろうか。それは時間が足りないとか、生活の自由が束縛されるとかいう問題ではない。より根本的に果して真面目な生活が可能であろうかというどんづまりに行き当るのである。

「それは可能である」と私は思う。一年間の経験に鑑みて、私は自分の生活が真面目であったという事を誇り得ても不遜ではないであろう。

学する者の道は遠い。真理思慕へと白熱する意欲こそは絶え間なき探究への拡充であらねばならぬ。球を蹴る者の道も亦遠い。一個の球を相手として、この生命なきものの中に可能な限り生ける力を見出さんとする意欲こそは、誠に不断の精進であらねばならぬ。

二つとも歩む道筋は違うであろう。そしてそれらは共に無限の行程であり停止する所なきものである。その内の何れか一つのみを歩む者も遂にその究極に達する事は不可能であろう。然し人間の生活に於て一体何が大切であり何が望ましいことなのであろうか。それは道行く者の歩む過程ではなく寧ろ道行く者の心情であるであろう。

人間の誠実さは彼が成す行為の種類や量によってのみ示されるものではない。勉強する者が勉強しない者より必ずしも傑れた人間であるとは限らないという事は私の日常目撃する事実である。誠は人間の内に存する。学問のみに熱中する者は私の如き二元的生活に支えられる者より純粋に、且多量にその生活に没入し得る。然し問題は時間の長短ではない。学問への誠がたとえ時間的には蹴球への誠によって減ぜられたとしても、根底に於ける人間の誠は変りなく美しいものであろう。現在、尚学問への情熱を以てしても蹴球への情熱を克服出来ないとしても、それは決して学問への情熱の弱さを意味しはしない。そこに二元的生活の深奥《しんおう》に唯一の誠が存するのであるから。

九月十二日

蹴球

一高の蹴球部は本当に私の魂の揺籃であった。夢多くして成す所少なき二年半の生活！嗚呼《あゝ》、然しその二年半という僅かな月日の流れは過去十数年の月日の何れにも優って貴いものであった。

一高精神——若しそうした言葉が何か具体的なものを意味するならば——そう、私はそれをあのほこりと土にまみれたグランドの上で捉《つか》み得たのである。それは私達凡ての偽りなき感じでもあった。

グランドでこそ私達は己の赤裸々な姿をそれこそむき出しにする事が出来た。いや、私達凡人にはそうする事が許された唯一の機会であったと言い得るでもあろう。常に若く明るくそしてひたむきであらん事を願う私にとってグランドで応ずるあのさっぱりしてからっとした雰囲気はどんなにか魅力多きものであったろう。

一高のマークがついたユニホームを着てグランドに立った時のあの何とも言えないすがすがしい気持、天空に弧を描いて飛んでゆくボールを追う時のあのはれやかな心持。

凡てが其処にあった。歓喜も・苦悩も・青春も！　然し率直に言って、やる時には苦痛の重みが一番大きかった。そしてその苦痛の中にこそ私達は自己を求めて模索し続けたのであり、そうした精進の中に培われた魂こそ、こよなく美しい又逞しいものであった。同じグランドに苦闘した先人のより激しき試練に比べれば、或は私達の流した汗は尚、取るに足らないものであったかと恐れられる。私達の涙もそれに値する真心が深奥から発する慟哭の叫びであったろうかと恥じたくもなる。然し一切は逝いて帰らない。私は今、後悔と共に又限りなき誇りの念を以てあの頃を思慕して止まない。

私達の一高サッカー部の生活は終った。然し私の心は不断に一高サッカーの上にある。永久に帰り来ない生活を回想しつつ、その心は遂に私の意識を生涯照らして呉れるであろうと思っている。

九月十二日

ファイト

蹴球の生活も三年半となった。僅かな経験ではあるが私も蹴球人としての面目を聊《いささ》かなりとも感得したいと思っている。

技術的に余りにもまだ未熟である私としては、少くとも人以上の強さをそして逞しさを以て敢闘しなければならない。
人は私の事を非常にエネルギッシュであるかの如く――例え冗談にせよ口癖の様に――言うのであるが、私自身考えてみれば決して未だ本当のエネルギーではないのじゃあないかと恐れている。然しともあれ、私はエネルギッシュなプレイヤーであらん事を希う。若しも人が心の底からそう言って呉れるなら、それは私の最も喜びとする所である。そして私は心に鞭うって、気持によって肉体をカヴァして来たのであり、此れからもするであろう。肉体的苦痛は私に取って神聖な試練なのでもある。「あいつはまずい」と言われる事はまだ忍ぶ可きであったとしても「あいつは闘志《ファイト》がない」と言われる事は絶対に私の誇りが許さない所である。

九月十三日

中秋の月

――虫の音に、秋の気迫る、おぼろ月――
――おぼろ月、雲隠れゆく、松の枝――

朝から嫌な天気で、夕方から夜にかけてはひどい雨がすさまじい勢で道に大洪水を造っていた。帰り途、身動きも出来ぬ程こんで、むっとするような暖かさに心も憂鬱になる市電の中から何気なく覗いてみたら、江戸川の水は物凄く増水して、濁った水は渦巻くように小さな而も激しい波を逆立てて溢れん許りに流れていた。雨は然し八時頃ぴたりとやんだ。そして露を含んでしめやかな木枝の間にうす暗い雲をはらいのけるように十五夜の月が朧ろに浮び上る。静かな秋の夜、爽やかな夜の冷気に響く繁き虫の音は一しおの静寂をさそい出す。ぼんやりと眠るが如き平和な月の光。青白く冷ややかに冴えてゆく秋の大気。そよとして動かない松の枝。おや、月が見る見る霞んでゆく、と思う間もなく雲がどんよりと蔽いかぶさる。枝越しに月を眺めていた私の目に残る黒い松の枝。駄作が自ら口に浮び上る。

九月十四日

自由と科学

「自由」と言う言葉は今の世の中に於て最も侮蔑の念を以て語られている。自由主義と言われることは個人主義と同じく、最も非日本的なものの表示として極端に排斥せられつつある。而して自由主義を好んで拒否する人、果して何人か日本精神を体得せりと誇称し得るであろうか?嘗て自由主義を無批判に肯定せし日本人は、今又それを無批判に捨て去らんとするのであろうか?自由主義は凡そ敵国の産物なるが故であるか、はたまた自由主義の我国体と矛盾せる所以を精密に分析し得て後のその点のみに於ける排斥であるか?後者ならば喜ぶ可く、前者なら憂う可き深刻な問題である。

私達若い者、そして世の先覚者たらん事を望む知識人は、凡ゆる場合に、その鋭き叡智を曇らせる事は断乎として避けなければならない。真実が何であるか、そして又世の仮想と虚偽の後には如何なるものが秘められているか、それを探究する事は最も良い意味に於て私達の誇りであらねばならぬ。「八紘一宇」も「むすび」も、大衆の精神的指導に於ける一大標識としては誠に結構であろう。然し少くとも私達は自己に対して軽々にかかる精神を口にす可きでない。「むすびの精神もて」と叫ぶ人間の響きは真面目な深い人間の心には何と浮ついて空虚なものに聞えるという事が屡々起ることであろうか。私達はたまらなく不快であり退屈である日本精神の形式的意味に幾度か煩わされた事であろうか。誠実であらん事を欲する凡ての人は、「日本精神」とか「むすびの精神」とか言われるものが、実はどんなに深い且困難なものであるかを知っている。具体的仕事に少しでも熱中している者は、決して抽象的な大言壮語に迷わされる暇などあってはいけないんだと私は思っている。私達は具体的に実証的に生活を深く掘り下げて、研究を続けなければならない。それ故に私は敢えて自由を取り上げるのである。

自由主義の地盤の上に、敵アメリカが着々と生長を続けてやまなかった事は恐る可き事実なのである。「彼らは自由主義者であり、精神的不具者だから駄目だろう」などと見くびるのは余りに甘き考え方である。彼らは自由であったが故に学問的追求には何物にも妨げられなかった。真理は常に断乎として自らの道を歩むものであり、人間の偽りなき探究の中に見出されるものである。その意味に於て学問する人は全き自由の中で研学討論せねばならぬ。私は勿論、自由主義を謳歌する者ではない。而も敵米国の傑れたる科学技術は否定せられないではないか。早くどうにかしなければならぬ。私は日本に取って此れこそ緊急の問題である、此れで立遅れたら日本は危ういと心配になる。「敵性思想だ何だかだ」と言っている時ではない。現実に日本の国力を如何に高め、且如何に共栄圏をリードしてゆくか。それは単なる精神的課題ではなく物質的課題でもある。色々な意味で科学は進められねばならぬ。そして自由な研究のない所に科学は興り得ない。敵に勝つ為に、敵の持つ傑れた所は直に学ばれる可きであろう。

九月十六日

真の努力

「科学では関心を持つ可きものは事柄であって人間ではない。然しひたすらに関心をもってする研究が結果に於て最も人間に大きな関係をもつことになるのは最も美しい皮肉だと言わなくてはならない」――此の言葉の中には真実がある。そして直接に人間へ関心を持つ可き立場にある私達は逆にその背後の真実性を見逃してはならない。人間に向って説教をせんとする人の関心は、実は人間への関心を示すものではなく、却って己の栄達とか名誉とかへの関心を示していることが屡々見出されはしないであろうか。そこに科学は生れ出ないであろう。単なる事実を分析し、事柄を実証的に認識しその構造を研究することは一見、頗る《すこぶ》唯物的であるかに見えて、実はその根底には人間を相手とする謂わば人間愛を抱擁し得るものなのである。迂遠《うえん》なる様であっても、こういう黙々とした努力の中にこそ人間は真の良き奉仕者を見出し得る。敬愛す可き偉大な人間を仰ぎ得るのである。

九月十九日

封建的死に就いて

「細川侯の御殿に雪村《せっそん》の画いた有名な達磨があったが、その御殿が衛《まも》りの侍の怠慢から火災にかかった。侍は此の宝を救わんとしたが、最早焔に遮られ、逃れられなくなったので、只その絵を衛らんと、剣を以て己が肉を切開き、裂いた袖に雪村を包んで、大きく開いた傷口に突込んだ。此の侍の半焼の死骸の中に例の宝物は火災を免れて納まっていた」——此の劇の中に岡倉氏は、我国民が如何に傑作を愛好する心の強いかを見出して居られる。然し私が今茲に此れを掲げたのは、それが如何に正しく武士たる者の心情を、更に広く言えば、封建的な社会意識を描き出しているかを示さんが為である。此の劇を「名残りの夢」に出て来るあの「御殿の叔母」の清らかな焼死と共に併せ考えて見る時、私達はあのような時代に生きた人々の死に対する有りのままの姿を見出し得るのではないであろうか。

封建社会の下にあっても人は決して死に対して無感覚であったのではない。此の浮世を去って死に行くこと、それは彼らに取っても矢張り永遠の悲哀であったに相違ない。移り行く世の無常に対する繊細な感覚は、畢竟するに此の世を限定する死というものに対して彼らが懐くはかなき心情の表われでもあった。人は死んだ人々を矢張り同情と追憶の眼を以て見たのであり、敬愛する人の死はどんなに強く人の心を動かした事であろう。赤穂浪士の切腹を人々は如何に悼《いた》んだ事であるか、或は又百姓一揆の首脳として極刑にされた名もなき英雄達の処刑に際し農民達は如何に慟哭の叫びを発した事か。

誠に何時の時代にも死は悲しいものではある。而して封建の意識の中に生長した人々に取っては、実にその悲しき死すらも結局人の極みでは有り得なかった。一言にして言えば彼等に取って死ぬことは何でもなかったのである。それは驚く可きことではあるが現実に人は生への執着を如何なる場合にも昂然と、時には欣然《きん》と擲《なげう》ち得たのである。「武士道とは死ぬこと覚えたり」――それは幾百年に亘る永き伝統の内に儼乎《げんこ》として打ち建てられた武夫《もののふ》の揺ぎなき心情であり、究極には武士を中心とする封建社会の根底にある社会秩序を保つ意識でもあった。勿論武士道の真の姿は実際的には封建制の完備した徳川時代に於ては時と共に崩れつつあった。而も尚理念的にはかかる意識は強く武士を拘束したのであり、更に広くは一般庶民にも培われつつあったのである。されば彼等にあって死は容易に克服せらねばならぬものであった。死を恐れることは最大の汚辱でもあった。誠に、生は人間にとって唯一のものでもなく。最高のものですらなかったのである。彼らの生活を支えていたのは、決して自ら生きようという如き意欲ではなかったのであり、唯全生命を挙げて他のものに自己を空《むな》しゅうする心情であった。

「他のもの」とは理念的には名誉とか節操とか言われ得るでもあろうが具体的には他の人格即ち主君であった。彼らは本当に主君の為に、主君と共にその魂を捧げて尽したのであり、主君の中に己の凡てを吸収して居た。全き意味に於て主君は凡てであり自己は無であった。さればこそ、彼等の死は凡て主君への自己棄却に於て発現せられた感情の発露なのであった。

私は、今、封建制的な生き方を肯定するものではない。然し、そこに全く自己打算を超えて非功利的な意識を失わなかったという点に於て、少くとも素直であり真実な生き方であるという点に於て、現代人は深き反省の一顧を忘れる可きではないであろう。現今、戦場に於ける我軍人の死は比類なく崇高なものである。所がそれを「死の倫理」等という題目で勝手な理論を振り廻すのは、その尊厳を傷つけるものである。「全体の中に死ぬことによって自己を生かす」――此れは如何にも真実であるようで実は頗る観念的、悪く言えば功利的哲学観である。戦場に於て雄々しく散ってゆく将卒の心に、果して己を生かす等という考えが支配するであろうか。否定の否定という如き世界観を持ち得るであろうか。

我々日本人の死は最も純粋な美しいものであると私は確信している。

九月十九日

心構え

学徒の微兵猶予廃止、法文経系統学生の学業停止の発表は社会問題としてジャーナリストが騒ぐにはもってこいの種であったに相違はない。然し当事者たる私達が何の騒ぐ可きことがあろう。或は世間の人は興味を以て私達の動静を見守っているでもあろう。「此ういう情勢に対する心構えはどうです」と人の目は尋ねるようである。現に、地下鉄の中でそう尋ねられた友人も居る。一体そういう人は「心構え」が天から突然降ってくるもののようにでも考えているのであろうか?それは余りに人間を知らないものである。非常時に対する心構えは究極に於て常時に対する心構えの発露でなくて何であろう。非常時に際し感激興奮の余り、異常な心構えになることは屡々見受けられる所である。然しそれは根底に於て一時的突発的なものであって月日と共にあせゆくものに過ぎないであろう。心構えというものが対象に対する人間性——全人格——の示顕である限り、それは常時非常時によって左右される可きものではない。心構えは生活とか人生に対する誠の外的様体であり、誠は人の内奥に於て常に変らないものであるから。

私は少くとも此の信念の下に学生としての心構えに生き、又生きんとしてきたのであり、さればこそ、今突然教育を停止せられたとしてもその心構えに変りはない。

未だ具体的に発表されないので何となくさっぱりしない所はあるが、何れ、私達の進む可き道は明示せられるであろう。与えられた境遇の下に、如何に自己の開展を期待し得るか、そして逞しく生き抜き得るか。そこに大きな試練がある。私は今非常なる心のときめきを覚えてくる。来らんとする生活は私が過去に於て如何に私が生きてきたかを確実に露呈する。それこそ二十年の生活の成否が決される重大な舞台でなくて何であろう?

今までの生活を捨石として新たにより高き一歩を踏み出そう。

九月二十五日

結紐

「男らしい者が生育する土地は痩せて貧しくなくてはならないのだ」。ハンス・カロッサの胸中に湧き出る此のドイツ的な考えは又強く私達にも響いてくる。此の貧しき土地の上に雄々しく建設の営みに精進することは正に男児たるものの本懐でなくて何であろう。ドイツ人が如何に多くの欠点を持ち、且根底に於て日本人とは全く異った地盤と伝統の内に異った世界観と理念を懐いて生きる人種であるとしても、カロッサの此の様な信念が失われない限りは、そこにがっしり手を組んで世界の歴史の闘争場裏に相擁する二国の強き結紐《けっちゅう》を感じうるのである。元より時は移り、政治は動くものである。然しドイツ人に尚かくの如き健全にして高貴な心情が失われない間は、私達は戦友として心から暖かき手を差し伸べることが出来るであろう。そして私達も亦ハンスと共に言いたくなるのである。「此の窮迫の時代変革の時に、些細な感慨が何であろう」と。

九月二十五日

日本人の善良さ

少女歌劇団が伯林《ベルリン》を訪れた時のスナップ写真が「ヒットラーユーゲンより菓子の接待を受けている

所」という標題の下に日本の一月刊雑誌に載っていたのを見て高橋義孝氏は嘗てその見出しの滑稽さを指摘された。というのは、日本の少女が遊覧バスに座っている所に、ドイツ人が壺状のものを差出しているその写真——少女が晴々と笑って此のブリキ缶に手に差伸べているその写真は、実は菓子の接待を受ける所ではなく、冬期救済事業の喜捨《きしゃ》を求めるブリキ缶に少女が小銭を寄進している所であることを、氏は知っていたからである。そして氏はそこに滑稽を超えて笑えないあるものを、凡ゆる日本の善良さを観得るようだと語っていた。

何時かの大学新聞で此のエピソードを見て私は能く氏の言わんとする所が分ったような気がした。日本人の善良さは色々な意味で長所でもあり短所でもある。世間を知らないお坊ちゃんが社会に出て人波にもまれた時に感ずるような悲哀にも似た憤激の叫びに類するような叫びを我日本は維新以来、何回か発してきたのであった。それは日本人が非常に潔癖でもあったせいである。防共協定の盟邦ドイツがソヴィエトと不可侵条約を結んだ時に人は複雑怪奇と称して平沼内閣の挂冠を黙認したのである。そしてその後ドイツが突如として猛然と赤軍に進撃を開始した時、人は再度唖然とした。

国際間には国際法というものがある。然しそれは——例え程度は非常に異るとは言え国内法に於てもそうである如く——権力によって創造され維持されることがあることを日本人がやっと分りかけたのは何年か前のことではなかったであろうか。

私達は己の内なる高邁なる道義心を誇り得るであろう。確に日本は世界の内で卓越せる精神の王国を築き得るだけの高邁な理念を持ち得る国であるし、又そうあらねばならぬ。そこに私達の「善良さ」

は輝ける光を放ち得る余地もあるであろう。

然し、善良であることは屡々甘いという事と同意義ですらある。而もそれはあのエピソードの如く他人に甘いことを意味すると共に、己自身にも甘いことを示している。道義によって他国を左右し得ると思い、又他国の善良なる部面をのみ我知らず眺めることは同時に、己の道義を過大に評価し、己の善き部面をのみ眺めることでもある。それは結局厳しい現実の前には、はかなき一片の夢となって砕け得る性質のものである。私達の善良さは茲に至って成すことなき周章に終るに過ぎないであろう。此の現代の戦乱期に処して日本は断乎としてその甘さを振り捨てなくてはならぬ。私達は美わしきものに蔽われた醜きものを勇敢に見つめよう。それは恐しいことであり嫌なことである。然し、醜きものは日本のものであろうと外国のものであろうと飽くまで滅しなければならぬ。闘争に勝ち抜くには、先ず我々は何が醜きものであるかを直視す可きであろう。たとえそれが我国のものであり、又同盟国のものであるとしても。

ナチス世界観

――「国家と宗教」を通じ――

ナチス精神は近代ヨーロッパ精神への反抗である。近代精神はカントからヘーゲルへのドイツ理想主義哲学が崩壊し、十九世紀の実証主義を中心として展開された、唯物的人間観の基礎の上に立つ。

それは現実的人間性の理念と人間個人中心の原理に良く表わされる如く、経済的要素に分解された人間個人、及びその総体たる社会の幸福の為にする功利主義であり、その政治形態たる民主主義は利益社会的結合以上のものではない。それは結局、自然科学の分野を不当に押し進めた機械的合法則的思惟の所産であり、精神的無内容、道徳と宗教と文化の破壊に終らざるを得ないであろう。ナチスは此れに対抗して近代的分裂を統一綜合に齎《もたら》さんとする。而して彼らは近代的個人に代るべき統一の中心に民族的共同体を置き、犠牲と服従を以てする全体への没入を強調する。その限りに於て、ナチス精神は近代危機を克服し得たる理想主義を地盤とする。にも不拘注意す可きは、彼らの所謂民族共同体とは内的に深く結ばれたゲマインシャフトではない。それは飽くまで、アリアン人種の血の繋りを根本に置き、民族の生と名誉とを唯一の目標とし、他の凡ゆる価値をその手段として圧屈する頗るデモーニッシュなものである。茲に、高貴なる精神的文化価値に代って、単なる肉体的野獣的、本能的生の衝動としての生命価値が王座を占める可き危険が含まれている。それは正に生物学的人種観以上の何ものでもない。かくして、近代の無宗教に反対せるナチスの宗教は、愛を中心とするキリスト教とは全く異ったものである。彼らは自由にして偉大なる心霊——人種魂——を叫ぶ。此の強靭なる人種的性格の前に神の恩恵贖罪《しょくざい》が何であろう。魂と意志の自由の前に、愛が何であろう。力を！行為を！茲にカトリック教会主義を排撃する、北方的ゲルマン人の宗教がある。此れも亦種族的生を中心にした「血」の宗教である。中世的な神と人との合一は今や、種と人間との合一に変えられた。悪とは今や此の血の共同体を脅やかすものとなった。今や彼らはニイチェと共に、生の現実主義的傾向によって存在の永劫の法則、及び正義としての生の闘争を肯定するのである。要するに、ナチスに於ては人種が凡ゆる価値の根元と考えられ、キリスト教的な、人類の普遍的理念は顧みられず、あまつさえその反理性的傾向は、ギリシヤ的絶対真理主義からの乖《かい》離でなくてはならぬ。かくして、近代文化の危機の克服を目指すナチスそのものの世界観に、矢張りギリシヤ的・キリスト教的・ローマ的なるヨーロッパ文化とは異るものが含まれているのである。ルネッサンス以後、近世は徹頭徹尾人間の時代であったが、その理性的人間が自己自らの存在の不安を奥底に感じ始めた。そして近代的人間の宗教は民族的生の神話の世界に置き換えられたのである。ここでは生そのものが最高であり、その維持向上を最高の使命とする以上、政治的意志が最も支配的で、凡てそれに従属されねばならぬ。それは正に政治的独裁、思想的独裁である。かくの如きは神に対して人間を強調する余り、キリスト教の否定に至るであろう。

南原教授に従って我々は現代ナチス・ドイツのイデオロギーが、ヨーロッパ伝統からの決定的離反である所以を見て来た。教授はかくて、ナチス世界観が既に限界に到達せる如く考えられる。ヨーロッパ文化の近世に於ける精神的没落に対する反抗の声たるナチス世界観はそれ自身苦悩するヨーロッパの現実の姿である。彼らは今、こうして暗黒の中にもがいているのであるが、私達は、それを見逃してはならない。彼らの模索は、彼ら自身、打開の為に努力せんとする意欲なのであって、かかる意欲が存する限り、私達は「西欧文明は没落せり」等と軽々に口に言うは許されないのである。その意味に於て——ヨーロッパの精神界に問題の一石を投じている点に於て——ナチス世界観の推移はその地位の変動と共に注目す可きものであろうと思われる。

プラトンとキリスト教国家観

ヨーロッパ精神の究明が遠く古代に遡らねばならぬ事は如何なる分野に於ても言われ得可く、従って西洋の人々が嘗て国家を如何に観じたであろうかという政治学上興味有る問題に就いても我々は古の世界を顧みて其処に後年ヨーロッパ歴史に決定的役割を演じ来った二つの傑れた類型を見出す事は大切な事であろう。南原教授は、ヨーロッパの最も真正な淵源に於てギリシヤ主義とキリスト教を挙げるのである。前者の代表として吾人は先ずプラトンに指を屈せねばならぬ。彼に於て哲学が「精神の世界の創造」である事を思えば彼の政治的性格は哲学上の中枢たる大きな問題であったに相違ない。彼の国家哲学は即ち哲人政治であり、そこに精神世界に於ける最高の支配が現実国家に於ても支配者である可く茲に教育国家の本質が窺われる。それ（国家）は正に最高の共同体としてのイデアの世界の実現であり、最高の徳の世界の映像なるが故に、国家は又それ自体正に神の国である。而も哲学者たる国王は神々とその子らの国に於てのみ可能であるなら、今や法に於て国家は規範せられねばならぬ。神政政治と共に神裁政治の思想の生ずる所以である。茲に立法者は人類の保護者たる神的創造者・神的英雄であり、かかる国家的宗教への「信仰」こそ国家共同体の原理である。プラトンの国家はかくの如く人類生活の完成を目的とする本源的生の共同体であり著しく非合理的神話的色彩を帯びたものである。そして以上のプラトン解釈は新しき方面の開拓であり、以て近世的無政府を再び生の統一に高めんとするゲオルゲ派の意図を見得るであろう。而して吾人は全体国家独裁政治なるものの深き精神的根底を見得るであろう。そこには国民の信仰が根源であり、自由は国家の支配原理の前に消失し、宗教的神秘の貴族主義が見られるのである。明らかにゲオルゲ派はニイチェ的精神と共通なものを以て神話を見んとしたのである。然し、近代的分裂をかかるプラトン復興によって克服出来るであろうか。それが幾多の欠点を含むにせよ、近代精神の建てた固有価値の原理が彼らの言う如きプラトン的権威国家の前に消滅して良いであろうか。又消滅し得るであろうか。教授は、そこに彼らが悲劇的デモーニッシュ的ニイチェ主義の如き危険を蔵する事を指摘する。プラトンが後世の西洋文化に脈々として生き延びたのは、実はその合理的精神、即ち知識に対する愛を求め事実を如実に眺め広大な世界の形而上学的構成を与えたが故である。彼の「国家」は決して全く神話的なそれではなく、二元主義を基調とせる、厳しい理性の永遠の標的であったのである。而も尚彼に於て国家は古代都市国家の域を出ず、その内に諸々の価値が混沌として居る始源的統一であった。各々の固有価値の自由を包容するに吾人は、カントの壮大な体系を待たなくてはならないであろう。

プラトンを見た後、私はキリスト教に目を向ける可きであったが、南原教授の所論は尚、私に不明な点を多く遺す故を以て、後に何時か詳論するであろう。

ヨーロッパ共同体

「東洋は一なり」という感慨は近頃多くの日本人の胸中に湧き上る。それが果して全東洋人の実感にどれ程近いものであるかは今問わないとしても、少くとも東洋の一なることを信じ得る程の者は、それと同じ程度に否、それにも増して「ヨーロッパは一なり」という事を信じないわけにゆくであろうか?ブランデンブルグの近代ヨーロッパ史は少しくその点に関する示唆を呈示してくれるであろう。

世界の文化圏はヨーロッパ民族圏・西アジヤ文化圏・東アジヤ文化圏に分けられる。それらの圏は言語・文字・宗教などに類似性を持つ諸民族の集まりでもあろう。然し、より根本的には心的特質の把握になくてはならぬ。さてヨーロッパ民族圏を他の圏から区別する最も大きな特色は人格の価値であり、個人的特性の重視である。そして近代ヨーロッパ文化はラテン・ゲルマン・スラヴ人種の絶えざる葛藤の中に、精神上経済上の交換を通じて形成せられたものなのである。人間が想像や気質の影響に屈し、整然と働くことの少かった時代にラテン民族は中世世界を支配し得た。然し一の長い均斉ある恒常的意志の鼓舞を必要とする時代には熱情的で瞬間の享楽しか考えぬ此の民族は、沈着なる真摯・徹底性・的確・勤勉・忍耐を貴ぶ意志の民族——ゲルマン人——に所を譲らねばならなかった。スラヴ人は非常な怠惰とかセンチメンタルな柔弱が大きな役割を占め狡智狡猾はその特色であるかに見える。そして人格の自負と個人の尊厳に寄する感情を欠く為、寧ろ東洋人に近いのである。さて此等相異れる人種の地盤の上に西欧文化は三つの共通的基礎を失わなかったのである。先ず精神的な紐《ちゅう》帯《たい》は古典的古代と基督教とを枢軸として居るのであり、これ迄如何に激烈な政治上の対立・争いもこれを引き裂かず、恐らく将来もそうであろう。翻《ひるが》って経済的社会的基礎としては、中世に於けるあの非営利的保守的な経済生活が十字軍を通路として最初の資本主義的生産様式に移り、やがては経済的エゴイズムの倫理的是認の下に自由競争の組織が近代技術と共に取り入れられてゆく発展過程の内に共通な意識を見得るであろう。こうした発展の結果が世界を包括する組織の不可欠な基礎として世界交通を擁せる近代資本主義であり、そこに一の大きな経済領域のみが生れたのである。かかる経済的条件の変化に応じ住民の社会組織には財産と教養という二つの新要素が加わり、一方には富豪のタイプが造られると共に、他方新興の中産階級がその大きな役割を示し、又無産階級の発生は階級闘争を燃えたたしたのである。かかる社会の新しき秩序は正に西欧の共通なる経済的社会的基礎であった。

最後に政治的にも西欧が一の類型を形造ってきたことは余りにも自明であるであろう。民族主義とか自治思想とか、国家権利と個人自由の調和とか、――十九世紀のほんの一面を捕えても、それは西欧共通の雰囲気の内に育成せられたものであることを見得るのである。

尤も西欧と一口に言っても現実には千差万様であり各国独自の分野に活躍したのである。古典主義と浪漫主義はドイツの所産であり、絵画彫刻の如き芸術の分野に決定的動因を与えたのはフランスであり、一方イタリヤとドイツは音楽に於て英国は小説術の方面で巨匠を産んだ。又近代科学と技術の発達ではドイツ人と英国人とが指導したのである。こうした各国民の特性の故にこそ、ドイツは精神生活に、英国は経済生活に、フランスは政治生活に惹きつけられたのである。凡て此等の民族は互いに天分を現わしたのであり、又相互に理解し学び合い、共通の使命に精励するだけの類似性を持っている。

茲にブランデンブルグの見解を簡単に辿ってきたのであるが、私達は「西欧が一なり」という主張は歴史的流れに於て決して誇張なる言ではないことを見得るのである。元より現実には西欧諸国は血みどろの苦闘を演じつつある。ブランデンブルグも亦三つの方面からヨーロッパ共同体の結合が弱くなりつつあるを指摘している。即ち、スラヴ族中の大国ロシアの反ヨーロッパ的組織・ラテン民族の代表国フランスの有色人種による自己防衛・及び英国の大英帝国への関心・此れである。此うして古の中世に於けるが如き一の社会が再びヨーロッパに出現するには、彼らの感情は今余りに非ヨーロッパ的であり、彼らの問題は余りにヨーロッパを超えて広まりつつあるが如くである。然し私達日本人は今後東洋に対立するものとしての西洋を、有色人種に対立するものとしての白色人種の存在を――そしてそこに可能なる共同体の出現を忘れる可きではない。現代は国民と国民との闘争を出ないとしても、やがて又人間の関心と注目が別の世界に向けられるであろう時、共通の地盤の上に生長せし幾民族が再び手を握る可能性が有りはしないであろうか。現にブランデンブルグの筆の中に再び西欧を打って一丸とせんとする熱望が見られるではないか。日本将来の世界政策に於て常に再考に値する関心事であろうと信ずる。

十月一日

知行合一の人
―ソクラテス―

衰微し頽廃《たいはい》せるアテナイの現状を憂えて、青年の間に真の精神の革命を齎らさんとしたソクラテスは遂に獄に投ぜられ今正に死刑に処せられんとするに当り弁明の中で述べている。

「人は何事を成すにも唯、その行為の正邪善悪をのみ顧慮す可きである。その結果が死であろうと、何であろうと、それは問う所ではない。人はたとえ如何なる持場にせよ、その自ら最善と思って選び、且上官によって命示せられたその持場を凡ゆる危険を冒して死守す可きである。

持場を棄て去るが如き恥辱に比較すれば死の如きが一体何であろう」と。そして彼は嘗て自分が戦場に於て、死の危険に直面した時、他の誰にも劣らず勇敢であり得た事を述べ、今は又、その勇敢さの故に敢えて国法を守って死に行くことの正しさを信じているのである。

「正義は力なり」との信念を人はソクラテスの偉大な人となりから汲み取り得るであろう。最早政治的にも道徳的にも衰亡に向いつつあるギリシヤ国家のたそがれの中に於てソクラテスは一瞬の間、美しくひらめいた星の光であった。暗き闇は忽《たちま》ち此の光をも消し去ったのであり、自らも亦混沌の内に隠れ去ったのである。

智慧を愛し、真理を求め唯々ひたすらに美しく生きんことを善く生きんことをのみ顧慮し、アポロンの神託に感奮して半生を他人の為に尽し得たソクラテスこそは真の哲学者であり、間違いなく知行欠くるなき人間であったであろう。良心を失える無自覚な一般人民には憎まれ嫌われ、うるさがられるであろうことは勿論予期しつつも、祖国を憂い国家を愛するの余り、それらの人に対して飽くまでもその誤まれる内奥の真実を摘発して魂の革命を自覚せしめんとしたソクラテスこそは真の愛国者とも言われる可きであったろう。

彼より以前の他の何人も敢えて発せざりしあの人生に於ける最も重大な問――余りにも自明であったが故に閑却せられており何人も疑い得なかった一の問――徳とは何であるかという驚く可き問を発して、倦《う》むことなくその半生を捧げたソクラテスこそは疑もなく、人間の深き本質を真摯に掘り下げて行った全人であったであろう。

彼は他の人々が自分自ら優者であると誇りつつも実は自分の魂の善さをでなく、自分に属するもの、つまり健康とか財宝とか名誉とかいうものにばかり気を捕われているのを慨嘆した余りに此の問を発したのであった。彼は言う「先ず以って己れ自らを出来るだけ善くあり賢明であるようにと気遣う可きであるのに、そうはせず、それより先に己のものを気遣い、或は国家それ自らを気遣うより先に国家に附帯する雑事を気遣ったりすることのないようにと説き勧めるに努めて来た」と。そして又彼は「汝自らを知れ」と叫んで真の道徳的主体としての汝の自覚を促さんとしたのである。ソクラテスこそはかくて最初の人間の発見者であり、あのタレス以降の自然学者が「一切」と称した自然に対し、人間を真に在る可き地位に置いた最初の人であった。こうしてソクラテスの生涯こそは極みなき善意志の追究であり、真なるもの正なるものへの思慕でもあった。弁明に於て彼に死刑を宣告した法廷の陪審員に向ってソクラテスは言う。

「戦場に於てすら武器を投出して敵に哀願すれば死を遁《のが》れることも容易である。然し困難なのは死を遁れることではない。更に遥かに困難なのは悪を遁れることである。何故なら悪は死よりも足が早いからである」と。

翻って私達は祖国日本の現実の中に真の愛国者を見失う可きではない。ソクラテスを見失ったアテナイの如く、誰が真実の愛国者であるかを顧慮せずして、どれ程の逞しき建設が可能であるであろうか。此の世界動乱の巷で真に正しきものが栄えゆく為には、ソクラテスにも優る強き知行合一の人間が養われなければならぬ。教養有る者がその教養を以て全生活を生き抜き、身命を賭して自分の善さを——延《ひ》いては国家そのものを育てあげる決意のみそれを可能にするであろうから。

十月四日

政治する心

「政治史を探究すればする程暗い面が多く目に見えてくる」と岡教授は言って居られた。極めて良心的学問的に歴史を眺め客観的に把握せられている先生の立場に間違いがないとすれば、私達は人間の政治的活動の根底をなすモチーフというものが現実には如何なるものであるかを反省し得るであろう。美しいものの裏に秘められている醜きものを直視するに、私達は卑怯であってはならない。政治家が元来は公の目的に奉仕す可き者であり、又現に奉仕しつつあるとしても、究極の本心をつきつめる時矢張りそこには私の目的が隠されていはしないであろうか。岡先生の政治史に登場する幾多の英雄政治家が一体如何なる意図を蔵していたかを端的に示される時、私達は英雄と称せられる者が往々人間として必ずしも徳高き人物ではなかったことを知り得るのである。「我々の美徳は常に一つの仮想された悪徳に過ぎない」との寸言《すんげん》は色々な意味で真実を穿《うが》つ言葉であり、現代の世相にも深刻な響きを伝えうるものである。私は日本に於ても決してそれが否定され得ない現状にあることを憂うるものである。自分の立場を守り名声を挙げる為に美しき理念が徒に口にされる事がないであろうか。

「政治が妥協である限り、良心有る者、誠実なる者がその誠を失わずして政治の分野を歩むには荊《けい》棘《きょく》の道を辿る覚悟がなくてはならない」と先生は言われる。良心を失わずして政治が可能であることを私は身を以て体験するだけの覚悟を忘れるまい。然しそこに於ては私達は最早単なる「微笑する所の実証主義者」であってはならない。現実に政治活動を行う者は、微笑しつつ実証主義者と同じ眼を以て現実を有りの儘に眺めることも大切であろうが、そこに止まる限りに於ては実践的な如何なる活動も埋没されるであろう。私達は更に揺ぎなき政治理念を以て、その現実を蔽うように努力せねばならぬ。それ故にこそプラトンの信ぜる如く、政治家は真の哲人であらねばならぬのである。

十月八日

学問

科学する心――一時流行した橋田さんの此の言葉はジャーナリストの筆によって幾様にも取上げられたのであるが、真正な意味に於てそれが学問的思惟の地盤たる可きことは尚一層認識せらる可き問題であろう。

学問が真実にみのり多き学問である限りに於て、それは確実なる真理への追究であるであろう。此処に確実なる真理とは飽くまで客観的絶対的に誤まりなき真実を言うのである。それは例えば自然科学に於ては、太陽が地球の周りを廻転するのではなく却って地球が太陽の周囲を廻転するのであるというが如き、超感覚的真理を、又社会科学にあっては、確実なる史料を土台としてその基礎の上に構成せられた理論を意味するのである。されば科学する心とは取りも直さず、他の何人も反証なくしては非難なし得ないような普遍妥当性の確立とも言い得るであろう。そしてそれは広く学問的精神とも呼ばれ得るものなのでもある。

一般に学問は驚異に於て始まると言われる。自然現象も精神現象も、それが人間の生活に常住不断の制約を与え、人は本能的にその影響の下に生活を営むものであるが、原始人類が唯本能的にそれに反射し受動的にのみ受け入れる時代にあっては動物に於ける如く彼らは未だ驚異を知らない。それ故に学問は人間の思惟が生長し、やがてかかる現象が一体何であるかを問うことによってのみ発芽し得るのである。日常茶飯の生活に取って余りにも自明である現象をも、学問的思惟はそれが自明であるとの故を以て閑却することはしないものであり、本能に生きる人が決して疑い得ないような事実をも敢えて取り上げ、抑それが如何にして起り得るか、又如何なる意味を持つものであるかを真摯につきつめてゆくことによって、些細な事実の中に深き実相を探究せんと試みるのである。

人間の為した偉大な発見・発明はこうして輝かしき結実を齎してきたのである。

林檎が木から落ちるという事実は何人も見聞し得た自明の理ではあった。にも不拘何千年かの間人類はそれを驚異せず単純に受け入れてきたのである。「では何故にそれが落ちるのであろうか」という問は、実にニュートンその人の学問的思惟のみが初めて発し得た問であり、そこにかの偉大な法則が生み出される端緒《たんしょ》となったのである。

「人生の取るに足らぬ些事、日常の平凡事と雖も、それに対する心の持ち方でどんなに異る事であろう。一本の樹を見て鈍感な一般行路の人が緑であるとしか気付かないのに優れた眼はその前に数時間立っていても飽かぬだけの色と光のニューアンスを見るが如くに」、と云う一文豪の味わう可き此の言葉は芸術的感覚に就いての深き示唆を含むのであるが、私達は全く同じことを学問的思惟に就いても言い得るであろう。優れた眼がその芸術的直観を以て無限のニューアンスを洞察し得る如く、優れた思惟はその学問的分析を以て無限の真理を把握し得るのであるから。そして優れた眼の持ち主が鈍感なる行路者の与《あずか》り知らぬ美の世界を発見し得る如く、優れた思惟の持ち主は又真理の王国を見出し得るのである。

こうして科学する心は「何故であるか」を問いつめて停止することを知らない心であり、人間に望み得可き最大の思惟も限りあるものとすれば、学問が追究する道も亦果てしないものでなければならぬ。山を越えて行く人がやっと頂上に達したと思って見渡せば、今まで見えなかった高い山が尚前方に聳《そび》え立つのを見て、旅路の果てが一層遠くなったような感じを受けるのは誰もが経験する所である。学問の道も丁度それに以て、学んでいる内に目標がもう直き届きそうになる。が実はそれに到達したと思っている内に、その目標は何時の間にか遥か前方に行ってしまう。勉強すればする程分らなくなるとは人の良く言う所であるが、誠に真理は常に一定の間隔を以て人間の前に厳として存するのであり、此のギャップを求めての苦闘こそは学する者の淋しくはあるがそれにも増して高く勇ましき求道の戦いではある。

ニュートンは賢い譬喩《ひゆ》をのこしている。

「学者が一つの発見をして喜んでいるのは一度子供が海岸に行って一つの小さな綺麗な石を拾って喜んでいるようなものである。たった一つの真理を発見して、たった一つの綺麗な小さい石を拾って悦に入っている。併しながら真理の大海は自分の前に渺《びょう》と横っている」と。

翻って、真理探究の思惟は人間の実生活に如何なる働きをなし得たであろうか。明らかに思惟の発展は人間生活そのものの発展であった。人は屢々思惟なるものが実生活とは何等の縁なく、従って又価値なきものであるかの如く言うのである。「我れ思惟す故に我れ有り」の命題を地盤として人間性の発見に歓喜せし西洋近代の理性万能主義が、遂に理性をその正当なる限界から逸脱せしめた時、そこに人間思惟は危険なる一面を蔵していたのであり、それ故に現代に於ても尚私達は不当に歪められた思惟に悩まされつつある。確かに現代に於て、実生活と何等関係なき非実践的思惟も存在するのである。然しそれこそは西洋近代思想の齎した致命的欠陥なのであり、真に学問的思惟と呼ばれるには値いしないものである。

成程学問は一般的に言って、直接に実生活とは縁なきものの如く見えるであろう。然し、学問するに至る動機に於て、即ち、驚異を懐いて、それが何であるかを問う心情に於て、人は既に何等かの実生活に於ける体験を地盤とするのであり、学問的思惟なるものも究極に於ては深き実践の所産なのでもある。

ルッターは、中世教会のドグマが絶対の権威を持ち得ることが本来のキリスト教的精神ではないことを信じ、此の信仰に於て当時の歪められた宗教に深い憂慮を禁じ得なかったからこそ、一般には何人も疑わざりし教会の権威を問い、延いては真のキリスト教とは何であるかを問うて、遂に新しき福音の世界を開き得たのである。彼の学的思惟はかくして彼の全人格的信仰の所産そのものであった。

風呂に入っていたアルキメデスをして能く湯水が溢れ出る事実に着目せしめ、遂にはアルキメデスの原理を発見せしめた抑々の動機は何であったか。私達は彼が国王から象の重さを計る手段を尋ねられたという話しを茲に想起するであろう。

又、仏教を開いて、あの偉大なる哲学的思惟を以て人間煩悩の解脱を説いた釈迦の入山は一体如何にして起ったのであるか。人は釈迦の伝記をひもといて王子の身分を持ちし彼が世の哀れな人々に接し慈悲の心を高め、浮世の無常に深く感動せし事実を指摘するでもあろう。

或は又我国医学界の至宝野口英世氏が医術に一生を捧げる決意を有するに至った美しき挿話は何人も熟知する所である。

かくの如く、人間の傑れた思惟は実生活の中に生れ出たのであり、誠に「それは人間愛に深き根底を有するものでもある」。現代、祖国存亡の激闘の中に於て、学問的思惟は又、凡て祖国愛に結びつけられている所以のものを茲に私達は理解し得るであろう。

思惟は実践であり、実生活からの所産である限り、実生活は逆に思惟の地盤の上に全き生命を有する可きものであり、人類の如何なる歴史に於ても思惟の発展は実生活そのものに無限の影響を有してきたことは余りにも自明なことである。勿論人は単なる思惟的動物ではなく、非理性的感情とか意識・本能とかに極めて多く左右されるのであり、屡々そうしたものが歴史上決定的役割を演じて人類を指導してきたことは一刻も忽《ゆるが》せになし得ない事実ではある。然し究極に於て思惟なき実践は永くその地位に止まるを得ず、慧星の如く光っては消えゆくものである。現実の生活に於て、如何に今学問的基礎が欠く可からざるものであろうか。日本が今当面しつつある大東亜戦の苦闘の中にあって学問的思惟の要請は凡ゆる分野に示顕さる可きである。此れなくして真に日本の国が栄え得るであろうか?

大和魂とか日本精神のみによって一切は解決せられるが如く叫ばれたことも嘗てはあった。が戦局の現段階に於て傑れた武器の重大なることは、今何人も否定し得ぬであろう。而もかかる武器も根本的には思惟の所産である。

又、現戦争は破壊の裏に逞しき建設の力を含むものであり、大東亜圏内に今数多くの異民族が新しき黎明の道を辿らんとしつつある。原始民族を含むそれら莫大なる異民族を抱擁しつつ、真に東亜を打って一丸とする政治的共同体が可能なる為には——各民族をして本当に所を得しむる為には——日本の政策は徒に、日本の理念をその儘彼らに強要することではなくして凡ゆる政治的虚飾を去り鋭き理解の眼を以て彼等の実生活に喰いこんでゆくことでなければならぬ。而もかかる理解が社会科学に基礎を置かずして全きを期し得るであろうか。先ず彼らをありの儘に知らんとする思惟の努力なくして、彼らを統治することが成功し得るであろうか。

かく見れば日本は今こそ学問的思惟の正当なる認識を把握す可きである。日本に於て学問と学者は今まで政治の不当なる軽視に甘んじて来た。そして事実私達より一時代前の人々は、好むと好まざるとに関わらず、西洋的学問の輸入に汲々としてきたのであり、それだけに日本人の生活から湧き出た必然的の問題を取り上げるのでもなく、日本の国家とか社会とかを無視して、唯西洋人が対象としたものに追随してきたのであった。学問の伝統尚浅き日本に於て、此うした過程は止むを得なかったのであり、それは又それで幾多のみのり多き結果をさえ齎して来たのであるが、同時に日本の学問は非実際的であり、インテリの無用なる飾りに過ぎないと非難されるに至った責任は矢張り彼等の負う可きものであった。

今や時代は移り、私達は最早あのジェネレーションの人々が成したような学問の仕方に甘んじることが許されなくなった。彼らを土台とし、彼らの上に新しき学問の誕生を発見す可き時が来たのである。

日本の学問は先ず何よりも、日本人が実生活の中に汲み取り得た体験の上に構成されなければならぬ。それは無意味な空論ではなく、大東亜戦下にある祖国の姿を、そして又その国に生ける、凡ゆる同邦の姿を先ず直視して、現実の中に真に問うに値する問いを見出すことでなければならぬ。茲に於て思惟は一の実践であり、思うことは行うことである。インテリは最早単なる知性の人ではなく、同時に強き実践に生きる人である。

インテリは——それが真にインテリと呼ばれる限りに於て——強い。又強くあらねばならぬ。

私達はアテナイ人と同じ意味に於て優者の識見を主張するわけではないが、此れからの日本を真に背負って起つ者は必ずや学問を身につけた私達インテリでなくてはならぬと確信する。私達の任務は重く、途たるや遠い。

ペンを捨て、銃執る日を一月後に控えて、私が学園生活に感得し得た学問的精神を今茲に回想して新たに決意を強くする次第である。

十一月十八日

回想

「学園から兵営へ」——一切の古き生活は逝いて、新たなる未見の世界が茫洋《ぼうよう》として横わる。それは又、家庭から社会への変転をも意味するであろう。その意味に於て二十有余年の私の生活は、今茲に一応の終止符を打たれんとしつつあり、私の生涯に新しき一線が画されんとしつつある。

思えば平凡単純な道であった、私の進んできた道は。私が嘗て浪人していた時一友人が「君は今迄余り順風に帆をあげ過ぎてきたから、時には帆を下して休むが良いさ」と言って呉れたことがある。然し浪人時代も結局は帆を下げなかった私は矢張りその後も暖かき風に恵まれ続けてきたのであり旅は平穏無事であった。

一には私の境遇が、一には私の性格が私にこうした道を歩ませて呉れたのであろう。尤も私の性格も或はこうした旅そのものから生れ出たものであるか、或は逆に私の性格が此うした旅路を造ったのであるか。それはとも角、私としては能《あた》う限り私の道を忠実に歩んできたことを誇り得るだけの自負はある。そして今無限の感謝を以て過去を顧みることの出来る自分を此の上ない幸福者のように考えては、何時となく何物かに祈りたくなって来る。

波瀾極まりなきロマンスに満ちた生涯を夢見た事もあった。何でも人間は悩み苦しまなければいけないんだと思った時代もあった。然しそうした夢は若い多感な心ににじみ出る美しい感傷の世界であり、そうした考えは一刻でも早く己を傑れた者にしようとする真面目な焦慮の心からにじみ出る美しい観念の世界であることが分るようになった。若し私の境遇がそれにふさわしいものであったら――此れからそうなるかも知れぬが――私はそうしたドラマチックな生活の中で悩み抜いたに相違はない。然し、少くとも今迄の私の生活は別な所にあったのじゃないかと感ぜられる。私の道が幸福であり単純であった限りに於て、所詮、夢は夢であり、観念は観念に過ぎないのであって、偽りなき実感に迫られた魂が深奥から発する叫びではなかった。

　私には矢張り、神とは言わないまでも万物の生き方に偶然ならぬ摂理を与えつつある偉大な力が人各々に生活の道を授け給うたかの如く信ぜられてならない。日常茶飯の生活には現われないが、人が一生の間歩み来りし一筋の道を注意深く辿って見ると、誰でも感ずるに違いない。「そうだ！何かあるのだ！奥に何かあるのだ」と。そして人は誰でもその奥なるものを捕えようとして、己の境遇の中で深く自分を掘り下げて生きなければならない。その奥なるものを身を以て体験し感得し得る者こそ幸せな生の勝利者であり、究極に於ては神の示された道に帰りゆく者である。「人は努力する限り迷うものである」ということの真実は、人がかく本然の自分に帰りゆくまでには光栄ある棘の道を踏み行くことを示すのである。芭蕉は老年、軽みの中に、厳粛な俳諧の道を悟り得たのであるが、その高悟帰俗の美しき境地こそ彼が、彼の奥なるものを捕え、本来の自己を見出した最初であった。若き芭蕉の中に華やかな抱負の芽生えを見る者は、彼のあの一筋の道が、青年時代からの迷いの中に築かれ来ったことを知るであろう。而も芭蕉は遂に神の定められた自然の道に辿り着いたのであった。人間に調和があるとか無いとか言うのは結局彼が、此の自然の道に入り得るかどうかによって示されるのである。而も先のあのゲーテの言葉で「人間は」という時、既にゲーテ自身の体験を地盤として語られるのであって、必ずしも普遍的意味を意図せんとするものではない。迷った末に調和の得られない人も居る如く、初めから調和の出来ている人も居るのであって、人は誰でも迷い苦しまねばならぬわけではない。尤も理性に生きる私達知性人は真面目である限り問うて答え得ぬ数多き問題に突き当るのであり、内省的である限り悩み多き自己を模索して精進を続けねばならないのである。私にもそうした苦しみは決して少くなかったとも言えるのである。然し苦しみも生活自身の真奥から生れ出るものであって初めて真に苦しむに値するものであった。私が嘗て人は苦しまねばならぬと考えて居た時代の苦しみは全く観念的であり、今にして思えば浮薄であった。その考えそのものが迷いであったわけだが、やがてその迷いから脱却して、自分は苦しむ必要もないし、出来ることなら成るたけ苦しまない方が良いと感じるようになってから――論理的にはパラドックスであるが実際には――何処に真の問題があるのだか分るようになり、その時初めて本当の苦しみが生れたような気がしてならなかった。私は今でも確信している。「人間は苦しむ必要がない時に苦しんではいけないんだ」と。私の言い方は少しく奇異に見えるかも知れない。然し今尚若い者がどんなに多く偽りの苦悩に迷い、その偽りであることを隠さん為（無意識であるとしても）に徒に哲学とか宗教とかを口にするのを見るにつけ、私は自分の生き方が、少くとも人間としてより真実な生き方じゃあないのかと思ってみたくなる。

私の生活が平凡であり、余りにも恵まれてきたということは、逆境にあって苦しみ抜いた人が持つような強さとか偉大さとかを或は与えてくれなかった。然し同時に、私は――お坊ちゃんであると言われるにしろ――善良なおおらかな明るい魂を持てたことを有難く思っている。彼らには又、彼らの大きな世界がある。それは又それで良いのであろう。そして、私は私なりに彼らの知らない世界で自己を創造してきたのであり、確かに私独自のものとしての自己の魂を誠実に守り抜いた積りではある。

少しく不遜な言い方であろうかも知れぬが、私は他の人に接してみて、今迄私の人格がそれらの人々より下劣であることを悲しんだ覚えはない。寧ろ、私の方が高い地位にあるんじゃあないかと屡々思う位だった。私は己には能うる限り厳しくしてきた積りであり、より全き完成への精神へと鞭うつ為、己の醜さを直視するに卑怯でなかった積りではあるが、それにも不拘、私は往々人より美しき自己を見出して微笑したことがある。

明るい透明な感慨を以て今そのことを回想しては、決意を新たにする次第である。

十月二十一日

情理合一

「汝成さざる可からず」――私の全生活を支える究極の根底は、義務意識であり、当為の命題である。今までの実際に私が行った凡ての行為は、具体的には、数多きモチーフを持ち、複雑なニューアンスの内に展開され来ったものである。然し私は常に心の底ではこうした観念が厳存していたのであり、此の人生観の軌道は決して蹂躙されなかったと言えるであろう。

一体人間とは何であり、如何なる故に生く可き権利を持ち得るのであろうか？又人間の生活を導く力は何であるか？如何なる生活が人に許される最善の生き方なのであるか？

こうした諸々の問いは、つまる所数千年の問、幾多の人間が問うて苦悩せし人間の根本事であった。そして理論的には、幾多の哲学的宗教的体系が生み出されはしたが、結局は解決せられないで、今尚人類が未来に求め、模索を続けつつある所のものである。然し実践的には、個人の生ける体験の内に、理性を超えて実現され解決されてきたものである。私も過去の乏しき体験の中に此の不遜なる問いの解決を見出さんとして努力したのであり、此れからも努力するであろう。

人間の本質が抑々何であるかに就いて、明確に指摘する程の者は、厚き純一の信仰に帰依する極く限られた数の人のみであろう。そうした人間観に就いての迷いなき信仰を身につけない私としては、どうしても断定することが恐ろしいのであって、今尚その疑いを解かんとする努力は結局私の生活に帰りゆくのである。而もそれら曇り多き心であるにも不拘、私は生きる限り、矢張り何かしらの人間価値を前提として実践するものである。観念的反省的には極めて曖昧な人間観が不思議にも実生活の強きモチーフとなるのである。その人間観は一言すれば「人間は理性に生きる動物である」というに尽きる。此の言葉は充分に誤解を生じ易く、私の意を汲みおおせてはいないにしても、一応私の感じを推察せしめるに足るであろう。

人間の真の姿を情に置く人は少くないのであって、特に偉大なる芸術家の作品は、究極、汚れなき誠の情の発露であり、彼らの生活はかかる美わしき情に透徹し得た魂の偽りなき生活であった。人間教養も結局は、此うした離俗の世界の発見であり、かかる純一なる境地への悟りであるとすれば、人に於て最も尊ばれる可きは、理性ではなくて心情であるかの如く思われるであろう。然しながら、私は、情というも、究極に於て理性に支えられない限り、尊ぶに値しないものではないかと思う。若し、情というものが、唯本能的な自然の感情をのみいうのであるなら、人はどうして人と呼ばれるに値するであろうか。自然の情が、人間的により高き情によって抑えられてこそ真の美しさが存するのではないであろうか。子供を愛する母親の心情はこよなく尊い徳である。然し、母がその本能的な愛に止まる限り、最早そこには本当の人間的な美しさが失われてしまう。何故なら他の動物すら子を愛する暖かき心を本能的に与えられて居り、その点で人は全く同じ立場に在らねばならぬから。母親が本当に人間的な美しさを持つようになるのは、子供に対する本能的愛を止揚してより高き情に仕えせしめる時である。母親として子供を死地に投ぜしめるのは如何にか堪え難き悲哀であるであろう。自分の子供の死は恐らく母親には何物にも代え難き清き慟哭の叫びでもあるであろう。それは人間が魂の深奥から流す涙の内で最も穢れなき美しい涙でもあろう。

而も人間に許された最大の愛情——親子の情——をすら人はこうした時代には敢然と投げ去てなければならないものである。母の子に対する情が深ければ深い程、より強き心を以てより多くの悲哀を堪え忍ばねばならないのである。茲に於て母親は本能的愛に満足する動物ではなく、高き人間としての人格を以て己の子を国家に捧げ奉る美しき人となるのである。「子供が戦死したのを聞いても少しも悲しまずに、陛下のお為になったといって喜んでいる母親」のことを世間の人が偉いといって称讃するのは、母親が子供に対する情を大義の前に殺し得たことを美徳とするからなのであって、人間に於ては自然の情が一番高いものとされない所以である。

私は、それ故人間に於て最も美しいことは、その人が人らしい振舞をする時、つまり理性を以て義務に生きる時に表われる、その人の心情であると思っている。どちらがより高き徳であるかを判断するだけの理性を人は常に持ち、義務意識に基づいて選択をしなければならぬのである。他人の妻と恋に陥ることは、それが偽りない自然の情である限り、或は天の道であるかも知れない。然し二重の婚姻が法律上道徳上許され難い罪悪であると見られている此の社会に生きる限り人はその秩序の下に生きなければならぬ義務を有するのであって、ここで恋愛は常に人間最上の規範とは成り得ないであろう。

もとより、諸々の人の情はこよなく美しいものであり、それが強ければ強い程、理性は隠れ勝ちなのであって、湧き出づる情の前には、知りつつも理性の命令する所と反対に趨かざるを得ないことは決して少くない。否、寧ろ人間の実践は極めて多く情に蔽われ勝ちとなる。そして、私達は「どうにもならない」という羽目に陥って、己の理性などは最早力なき哀れな微生物であるかの如き、はかなさを覚えるのである。そうした一切の体験にも不拘、私は尚理性を最高の地位に置くのである。人間の生は結局理性による情の克服であり、その人が偉大であればある程、つまりその人の情が豊富であればある程、その克服は大なる試練なのであって、そこに本当の生き甲斐ある生活が見られ得るのである。

然し「汝為さざる可からず」とは最高の命題であるにしても、それは単に冷たき理性的頭脳から作られた命題を意味するのではなく、理性の命令は終極又、情によって支えられるのが人間の最も美しい姿である。「人を愛さねばならぬ」という理性の命令は、「人を愛さずには居られない」感情を持っている人にこそ、最も似つかわしい命題なのである。人を愛さずには居られない気持に駆られて、その生に我知らず没頭する時、理性は彼方よりひとりでに歩み来るのであって、そこには限りなく美しいコスモスの世界が開かれる。巧《たく》まずして流れ出る自然の情が、自ら理性の姿に帰りゆく時、そこに人間至高の境地が見出される。

「己れ欲する所に従いて矩《のり》を踰えず」との強き自信に到達し得た古の聖人が、年老いて発した感慨は、情理合一せる本然の人間に帰り行く喜びの叫びでなくて何であったろう。

十月三十一日

二　南方一年

前記

二十年八月十八日ビルマ、モールメン県の海岸に望む一小部落ヤテタンの僻地に於て終戦の報に接してより、二十一年七月十三日復員完了まで約一年に近い年月、それは荒涼たる抑留生活の中に唯ひたすら内地帰還を待ちわびて明け暮れた歳月である。ヤテタンからセッセに、更に藤見台、パンガ部落にと、転々居を変えている内に九月十七日英軍の黒猫師団が上陸して、我々はその管理下に置かれるようになった。九月末、パンガの部落から離れた大きなゴム林の中に集結を命ぜられ、十月二日そこで、生涯忘れることの出来ない武装解除を受けた。

そして十月中旬から英軍の命ずる労役に服した。当時私は片山部隊第三中隊の中隊附将校としての地位にあったが、道路建設の為の作業隊が編成されるや、中隊の兵隊三～四十名を指揮し、中隊とは独立してパンガからテットカウ更にウェカミへと出張し、作業隊の一支隊として約半年に及ぶ労務生活を続けた。酷熱の炎天下、日々八時間～九時間の重労働に堪えることは厳しい試練であったが、無事任を終え、四月中旬、再びパンガゴム林（南キャンプ）の中隊に帰った。が四月下旬にはムドン地区へ新しく集結を命ぜられ、五月より六月にかけては雨季に備えて、新駐屯地宿舎の建設に従事していた。いくたびかでまが乱れ飛んだ後、皆がでまを信用しなくなった丁度その時、突然乗船命令が出た。六月下旬、船は歓喜の内にモールメンを出航、七月十三日無事、宇品港に上陸したのである。

今、茲《ここ》に終戦後のビルマに於ける生活を日記風の手記として綴り、此《こ》れも亦《また》貴重な体験であったことを時々思い出したいと思う。南方で実際に書いたものは乗船に際し全部焼いてしまった。ここではそれ故、その中から頭にのこっているもののみを思抜いて記憶を辿《たど》って書いた。覚えている限りは正確を期したかったが勿論《もちろん》、時日の若干の誤りはあるかと思われる。

此れは武装解除の以後のみに限ってある。それ以前の終戦直後の何十日かは動揺と混乱の中にさ迷った日時であり、その時のことを考えると心が悼《いた》んで筆をとる気も起きないから。

パンガ〜セッセ

十月十二日

此のパンガゴム林に居を定めてから二週間になる。十月二日、それは忘れられない印象の日であった。然《しか》し武装解除はその日にことなく終った。そしてそれは正しくそれ以前の生活に於ける悲しき終止符であった。今まで毎日軍刀をつって居た左の腰を淋しくなで廻しながら、さて此れからどうなるものか、お互いに顔を見合わせて長嘆息の日をおくる。まことに心細いきわみである。何時になったら帰れるかということ、その帰る日までどんな待遇を受けるのかということ、此の二つが誰しもの最大関心事だ。ことここに至っては、我々の進退は全く英軍の手中に委ねられた。絶対服従の外には今の境遇を切り抜ける道はない。それへの反逆は死——無意味なる犬死——によって報いられるであろう。

逃亡、それは祖国と、そこで我々との再会を一刻千秋の思いで待ちわびているであろう愛する人々との永久的決定的離別である。

「此の定められた地域から無断で外へ出てはいけない」「ビルマ人と接してはいけない」「英軍の将校には敬礼しなければいけない」「英軍で指定する以外の物を持ってはいけない」等等、一般命令に並べてあって、それの違反者は正式な俘虜《ふりょ》として厳重に処罰するという。終戦後あちらを追われ、こちらを追われして、とうとう此んなうす暗いゴム林に入れられてしまった。

毎日のように英軍の将校がジープを運転しては巡視にやってくる。そして、回教徒なのか、ターバンを巻いた真黒な印度の兵隊が時々巡回するのを見る。

ゴムの木は太陽の光をさえぎって、ところどころに日なたをつくるに過ぎない。又、ゴムは酸素を吸収するそうでゴム林に起居するのは体に悪いらしい。

皆の一番恐れていたことは労役に使われることであったが、愈々《いよいよ》その労務も、少しずつ要求されるようになった。

遊ばせておくわけはない。相当苛烈な態度で遇せられることは覚悟せねばならない。名目上は如何にあろうと実質には敗戦国の俘虜であると思えば、未来への楽観的希望に甘えることは許されない。荊棘《けいきょく》の道は目の前にあるのだ。

十月十四日

愈々英軍の使役を命ぜられた。セッセ海岸へ一週間の予定で出張することになった。片山部隊百名、他の部隊から二百名、全部で三百名の大勢だ。此のゴム林からセッセまで七里位はある。個人装備を負うて歩くのは楽でない。部隊は夜明けと共に行軍を始めた。

私は通訳を兼ね設営の先発隊となったので、比較的体の弱い者を集め食料をまとめて英軍が廻してくれた自動車にのって先行する。

昼少し前に海岸に着き少し待っている内に若い英人の将校がやって来てキャンプの位置を限定した。初め海浜に続く緑草地を指定したがその附近には井戸もないからと言って、私は懸命に頼んで若干場所を移動して貰った。人が生きてゆくのに一時も水なくてはいられるものではない。宿営地の選定の第一条件が先ず水にあることは明らかであったから、此の点だけは、いくら英軍の方でもこちらの要求を容れないわけにはゆかなかったようである。英人の将校は、我々に決して原住民の部落に立入ってはいけないということ、及び仕事は明日になったら命じるだろう、多分二三日しか居ないかも知れないと言いのこして去った。

部隊は昼過ぎやっと到着した。暑くて喉が乾いてたまらなかったらしい。湯をわかして置いてやったら喜ぶまいことかそれこそ寄ってたかって忽《たちま》ち飲んでしまった。ほんの僅《わず》かの気のくばり方が此れ程多くの人の為になるとは本当に嬉しいものだ。

それから早速野天の家をつくる。下は草地だからそのままござを一枚ずつ敷き、上の方は熱地用天幕を張ればそれで終りだ。

夜になってごろっと横になれば、いつか登りそめた月は柔らかに幕舎の切目から静かな光を投げ、あちらこちらに輝く星々は透明な空に久遠の光芒を放つ。「此れは露営も中々気持ち良いなあ」と冗談半分に話し合う。

夜十二時頃だったろうか。一眠りしたと思った時、突然、迷惑にも招かれざる客が我々を襲って夢を破った。短い間ではあったがひどい雨だった。頼りない天幕のすき間から降りかかる雨の為に、何もかも濡らしてひどい目に会った。どうしようもない。濡れた毛布にくるまって又何時か寝てしまう。

十月十五日

朝十時頃船が沖合に三ぜき入る。あの船からの荷物をおろすのが我々の仕事だと言われて、早速海岸に出て待機させられる。七百トン前後の大きさであろうか。所謂L・S・Tだ。然し一体どうやっておろすのかしらと皆不審に思う。船は二百米《メートル》近い沖に停止して居り、此のセッセの海岸には、はしけさえないのだから。まさかあの大きな船が此の汀《てい》線にまで入って来れるとは考えられず、といって我々に水の中にじゃぶじゃぶ入って船から荷物を運び出せとも言いはしまい。それこそ出来ないことだと言い合う。船は暫らく動かなかったが昼頃になって潮が引いてくると共に段々汀線に近づいてくる。そして干潮時になると我々の驚いたことに船はすっかり砂浜のところまで来て我々の眼前にとまった。実に吃水《きっすい》の浅い船だ。而《しか》も海浜に乗り上ったその船の前端が見事に二つに分れてその中からするすると自動車が何台か滑り出して見ている間に砂浜の上を縦横に走り廻る。

此ういう船を見たことのない我々が今まで懐《いだ》いていた懸念は全く杞憂であった。水に入る心配もなくなった。

「成程うまいことやりおるわい。此れじゃ、はしけも要らん筈だ」「おい、此んな船がやって来る筈だったのだぞ。到底おれたちが守って居ったところで駄目だったなあ」と丘隊は感心する。自動車が上陸したあと、まだ多くの貨物がのこっているのでそれを浜辺に運んで積みあげるのが仕事になる。

毛むくじゃらな逞《たくま》しい体つきの英人水夫が船の上から眺めている。船の中に入ってわたされた荷物を肩にかつぎながら、嫌だなあと心の中で情けなく思う。甲板の上で明るく大きく笑っている英人の声が頭上にふりかかる。はっと心を打たれて上を見たが何でもない。彼らは唯《ただ》お互いに朗かに笑っているのだ。まあ良かったとほっと胸をなでおろす。あざけり笑われたと思ったのは、こちらのひがみ心だった。くそ！　どうとでもしやがれと何とも言えぬ感情をかみ殺して砂浜を行ったり来たりする。

何事も我慢、我慢。こうして六時半すぎまで運搬を続ける。夕陽は遠く水平線のかなたに没する。あとは又明日の作業。

十月十六日

昨日に続いて船の荷物をおろす。潮の関係があるので朝六時半から午後一時まで休憩なしにやらされる。潮がみちてくるにつれて作業は困難を増す。水が膝位までの時はまだ良かったけれど仕舞いには胸のあたりまで満ちてくる。そうなると歩くのだけでも水の抵抗力で足取りがしっかりしなくなるので、況《いわん》や荷をかつぐと余程ふんばらなくてはふらふらとする。重いシーツなどは六人位一緒にならなければかついでゆかれない。石けんや缶詰の一ぱいつまった箱が多い。中には箱がこわれて中身の見えるものがある。兵隊達は羨ましがる。

「おい、一つ失けいしてやろうか」

等と冗談に言う者が居るが、まさか褌一つの裸ではかくすことも出来ない。

水が首のところまで満ちて来ない内に、どうにか凡《すべ》ての貨物を陸にあげてしまった。二時頃になって漸《ようや》く解放され自由な身となった。荷をおろしてからになった船は明日モールメンに向け出帆するとか、ということ。

我々の仕事は明日から道路補修を二三日やるらしい。

夕方、インデアンが一個小隊位来て隣にテントを張って警備している。

日本の兵隊が三名連れられて居る。彼らは逃亡して英軍に捕えられモールメンからラングーンに送られるらしい。どういう訳か知らないけれど気の毒な人たちだ。

その内の一人は我々も知っているが、此の附近の女と関係して身を誤まった人だ。

十月十七日

夜中に突如一発の銃声がする。と隣の英軍キャンプが急に騒々しくなって人声や走る音がやかましく入り乱れて聞えてくるので眼をさました。何か起ったらしい。少しすると一人のインデアンが来て英語の話せる者は来て呉《く》れと言うので取り敢《あ》えず私は駈けつけた。英軍キャンプではあの若い中尉が神経質そうに眉をひそめている。足元では二人の日本兵がしょんぼりしている。一人は眉の所から血が出ていた。

「どうしたんだい。一体?」私が尋ねると一人が答えた。

「逃げたんですよ、一人。馬鹿なやつですなあ。前から逃亡したいなんて言うから二人でよせよせと言ってとめたんですが、聞かないで」

その時中尉が私に英語で「此の日本の兵隊に逃亡者がどちらの方へ逃げたか、或は逃げる可能性ある方向はどちらかを聞いて呉れ」と頼むので通訳してやるけれど二人とも全然知らないと言う。その旨中尉に答えると、不機嫌な顔をしていたが、直《す》ぐジープに乗って何処《どこ》かへ走って行った。インデアンが大勢居てわいわい言っている。さっきの銃声は、逃げた時一人のインデアンが出たらめにおどかして射ったのだそうだ。肩から血を出している日本兵の所に来てインデアンが一所懸命何か手当てをしていた。日本兵はしきりに礼を言っている。「おまえどうしたんだい?」と聞いてみると「いや、たいしたことじゃないですが銃剣で少し刺されたのですよ」といま一人の兵隊の方が答えた。

「一人逃亡したと聞いたものですからインデアン連中すっかり慌ててしまったんですよ、それで私達も驚いて起き上ったら、奴らは私達も逃げると思ったんでしょう、急に銃剣を突きつけて――。全く危い所でしたよ。私が後から抑えなかったら此の人はやられてしまったですよ」と首をすくめる。

「そうか、とんだ濡れぎぬを着たわけだな。どうも災難だったね」

「全く、あいつが逃げるから私達までいい迷惑ですよ。インデアンも今まで随分親切に自由に扱ってくれていましたが、此んなことがあると又窮屈にさせられるでしょう。今更逃げた所でどっちみち捕えられてまた刑が重くなる位が関の山でしょうに」とその兵隊はしきりに一人逃亡した同邦のことを怒っていた。

十月十八日

インデアンのキャンプへ行くと、昨日の二人の兵隊はおとなしく日なたぼっこをしていた。私の顔を見ると愛想よくにっこり笑った。

「まあ、お坐り下さって少し話して下さい。昨日はどうもお世話さまでした」

私はそこへ腰掛けながら尋ねた。

「どうだね、昨日の傷は？　手当てして貰ったかい？」

「ええ、たいしたことありませんからもう大丈夫です。」そう言って彼はポケットから英国の煙草を取出し私にもすすめた。

「インデアンもよくやってくれますよ。煙草なんかいくらでも呉れますし。勿論英人にはかくしてですけれどね」

煙草をも含めて一切の飲食物の交換はお互いに厳禁されているのだが、そうした禁をくぐってインド民族の人々が日本人に示す好意の源泉は何であろうか。それは私達にも分らない。少くとも言えることは彼らは決して日本国民に対し敵慨心と闘争心とを持っていなかったということである。

「君らは此れからモールメンまでやられるのかね」と尋ねる。

「そうらしいです。もう私達は観念して居りますよ。此うなっちゃ抵抗するだけ却《かえ》って損ですからね。おとなしく言うこと聞いて居れば、何年か先にはまた帰して呉れることもあるでしょうから」

そうか。此れから受刑の何年！　その忍苦に満ちた幾星霜かのあとに何時かは来らんとする、かすかな希望に此の人達は自分の凡ての生き甲斐をかけているのだったか。正にそれ故にこそ彼らは自暴自棄に陥らず、最早動きの取れない現在の捕虜の境遇に忍従せんとしているのだ。忍従しなければならない。そこに彼らの淋しさがあるのだ。

「まあ、決して気をおとすことないよ。今は初の内だから英軍も色々やかましいことを言うが逃亡した位じゃ重い罪にはならない。二年か三年か辛抱すればどうにかなるにきまっている。我々だって何時帰れるか分らないのに、君達もそうくよくよするには及ばないから」私はこう言って出来る限り慰めた。

「だが一体何だって逃亡なんかしたんだい」と部下を持つ身の私としては此れからの参考にもと思って尋ねた。

「いやあ、それが全く前後なしの考えでふらふらと出てしまったのでして本当に馬鹿でしたよ。今になってつくづく早まったと思った所でもうどうしようもなくて――」苦しそうな淋しそうな顔をして一人がぽつりぽつりぽつり語る。

「私は本籍が沖縄で、現住所は台湾なんですが、沖縄は既にアメリカに取られる。台湾も日本のものでなくなる。此う聞いちゃ、一体おれは何処へ帰ったら良いかと考えて心細くなりましてね。外に親戚縁故があるわけでなし、唯一人愛する姉が此れも沖縄に居たんですが勿論此れも生きてるわけはなし。ああ内地へ帰ってもつまらん、もう何もかもおしまいだと思って逃げたんですが」と。

又もう一人の者は、家が広島にあり自分は東京で働いていたとのことであるがその東京は惨たる空襲の被害で形骸をとどめず、広島又、原子爆弾で全滅となるという噂を聞いてすっかり悲観し、帰っても肉親に会われない位いならと思って逃げたのだそうである。

「そうか、そんな心配があったのか。だが内地の状態はどうなっているか本当の所は誰も分っていない。まだはっきりしない内から絶望しちゃ駄目だ。何よりも我々は此の体で日本へ帰って、此の目で見てからじゃなくては何も信じてはいけない。ね、言い出せば誰だって心配のない者は居ないんだからね」

私もこう言いながら内地に居る肉親のことを遠く心に描きながらひそかに安危の程を憂えてくるのだった。

此の二人の人達は最早自分の肉親に会えないかも知れないという絶望の為に逃亡した。いや、自分の家族が戦災に会って内地へ帰っても誰も自分を迎えて呉れる親も兄弟も妻子もないということがはっきり分ったら恐らくそういう人の半数以上は逃亡するでもあろう。我々が逃亡しないのは一刻も早く内地へ帰りたい為であり、内地へ帰るということは先ず具体的に何を意味するかと言えば、外でもない、親の顔、妻子兄弟の元気な顔を見てお互いに命あって再び会えることの出来た喜びにひたり合うということなのだ。此れこそが純真な兵隊の偽らぬ心の発露であり、「国体護持」などという抽象的な堅苦しい理念などは到底彼らの自覚には登って来てはいない。それが真実なのだ。多くの人は唯卑近の自分の周囲の関心事にのみ生きる存在なのだから。

十月十九日

今日で此のセッセ海岸に於ける労役を終ってパンガのゴム林に帰る。大変な行軍だった。というのはセッセから一里ほど離れた川の橋がこわれて自動車が通れない。それでセッセ～サガンジー間は凡ての荷物を負うて全く徒歩で行軍しなければならなかったから。銘々は自分の荷物を勿論各自で持つ。

その上、部隊の重い色々な道具も手分けして人力で持ってゆくのだから非常な重荷となった。軽いものでは蚊帳、円匙《スコップ》、十字鍬、余った食料品から重いものは炊事用の大釜、熱地用天幕、シーツ等々。

こんなに重い物を負うて行軍したことはない。僅か一里ではあったが何時間もかかった。三百米歩いては休み、二百米進んでは止まり、一里の道を途中で休憩すること十数回。炎天下で喘ぎ喘ぎの行軍であった。

ゴム林のキャンプに帰ったのは夜おそくだった。

我々がセッセに出張している一週間、こちらのキャンプでも英軍の使役は段々多くなってきたとか。中村中尉が来て

「確実な情報によると十一月下旬に乗船だそうだ」などと嬉しそうに言う。相変らず船の話はつきない。

とんでもない噂になると、

「二十三日乗船で、昼食携行、おかずは何々」

と、まことしやかな、然し、でまということははっきりしているような無邪気な説が出ている。

そんな話しを聞きながら飯をすませて直ぐ横になる。疲れきっている体には何よりの薬だ。

一週間ぶりで帰ってみると、流石に草の上で寝るより、こちらの方が心持ちよい。ぐっすり寝た。

テットカウ

十月二十六日

「渡辺少尉以下三十名を角田大尉の指揮に入らしめよ」と命令が来た。「今日から約一週間の予定を以てテットカウに出張せよ」と、愈々英軍の労役は本格的になってくる。

一体テットカウという地名が何処にあるのかも分らないし、どんな作業をさせられるのかもはっきりしないので角田大尉の下へ連絡に行く。角田大尉は地図を出して大体の地点を示して呉れた。

「英軍からは、此の三さ路を右に行って二三百米の道路より右に入った所に宿営の設備をせよと言うてきておる。まあ、とに角行って見たら分るだろう」と大尉は少しおぼつかなそうに言う。

仕事は道路の補修らしいから器具は円匙や十字をもってゆかせることにした。

朝早く中隊長に見送られて出発する。糧秣《りょうまつ》だけは自動車で運んで呉れるが個人装備は自分持ちだ。

角田大尉を総指揮官として、片山部隊五十名、その外工兵隊からも佐藤中尉以下五十名、全部で百名の作業隊が編制された。

「今日中に到着すれば良いのだから、ゆっくり行こう」角田大尉はこう言って頻々《ひんぴん》と小休止をしてくれたので随分時間はかかったが割合呑気な行軍であった。炎天の下に各人相当の荷物を負っているので此れ以上の無理は出来ない。

三時頃、予定の地点に達した。英軍の方からは誰も来ていない。ぐずぐずしていたら宿営の設備が出来なくなるので附近の川岸を選んで独断で設営を始める。皆で手分けをして草木を伐開する者、地面を馴らす者、天幕を張る者と、二時間位してジャングルの中に応急な家が造られた。今日から又地面の上にござ一枚敷いてごろ寝をしなくてはならない。差し当って必要な便所と炊事場も忽ち出来上った。

そうこうして大騒ぎしている時英軍のジープがやってきた。私は通訳代理なので呼ばれて行ったら、肥満した大尉級の英人が明日からの仕事を命じた。宿舎は此こで良いかどうかと尋ねると「オーケー」と言って直ぐ立ち去ってしまった。案外うるさくないし附近に監視している英軍も居ないので、まあまあと皆胸をなでおろす。

十月二十七日

作業はまず道路の補修をせよと。ここから一里程離れた所にサガンジーという部落があってそこに別な日本軍の作業隊が来ている。彼らはサガンジーからテットカウの方へ向って、そして我々はテットカウからサガンジーへ向って補修を行い途中にて遭遇せよ、今明日中に、という命令である。サガンジーまで一里だから約その半分二粁《キロメートル》を受持てばよいことになる。

その道路は、今まで牛車道だったので真中のみ非常に高く、牛車の車輪が通る両側が凹んでいて自動車が通りにくい。そこで、その高いところを削ってその土を凹んでいる所に埋めて平坦な道をつくり、且《かつ》道の両側のジャングルを少し許《ばか》り伐開して車が通り易いようにする。

今日は最初の日だから兵隊も皆元気がある。やってみればむずかしい仕事でもないし、明日中に完成すれば良いのだが、今日は大体三分の二位出来てしまう。

二回ばかり英軍のジープが見に来たが何も言わなかった。

「一週間の予定とかいったけれど、二日で終ってしまうのか。後の五日は遊ばせてくれるのか。占め占め」等と気の早い兵隊は言う。「冗談じゃない、そんなうまいことになるものか。またその後で別な仕事を命ぜられるのさ」と一人がたしなめる。

どうもその方が本当のようだ。


宿舎の方も予定の設備が出来た。私も兵隊と一緒に、その一隅の地面を貰って寝ることにした。草の葉を沢山採ってきて地面の上に敷き少しでも下を柔らかにした方が寝易い。セッセで雨に降られたその天幕を上に張って約二十人の兵隊がその中にもぐりこんで寝るわけだ。

沢村という兵隊が私の伝令兵になって隣に位置を占め、世話をしてくれることになった。私と同じ年の、農村の青年で若い誠実な口数の少ない地味な兵隊だが働くことは人一倍であり、上官、戦友から共にその人となりを認められている。

十月二十九日

やっと旧道の補修が済んでサガンジーからの部隊と連絡が取れたので、明日からは何をやらせるのだろうと皆で話し合っていると、昼頃准尉の肩章をつけたエンジニアの自動車がやって来た。角田大尉と私は同乗させられて一里程離れているサガンジーの川岸へ来た。茲で自動車を止めて彼は明日からの仕事を命じた。今我々の泊っているテットカウからサガンジーまでのジャングルを伐開せよというのだ。予定は三日間、ジャングルの中に経路として中心線が示されているから、その両側百フィートの草木は凡て切り取って外へ出すようにと大略のことを示し、後は明日現場に監督兵をやるからその言う通りにせよと言い遺して、彼は又乗車して何処かへ行ってしまった。

私と角田大尉は仕様がないので、帰りはてくてく歩きながら、そして、新しい大仕事のことを考えると嫌になるのだった。

「渡辺君、矢張り今日までの補修作業は副仕事なので愈々明日からあのジャングルの中に新道を造らせるのだろう」

「そうらしいですね。こりゃ一週間や二週間で済みそうもないですねえ。だが直ぐ傍に新道をつくるんだったら、わざわざこんな旧道を補修させなくても良さそうなものですね」と私は言う。

「そりゃ彼らは贅沢だからな。新道が完全に出来上るまでは矢張し旧道を使用するんだろう」

「そうですね。今日はもう兵隊も早く仕事を止めさせて休ませましょう。監視が居らんから構わないでしょう」

小一時間して元の作業場に帰ってみれば兵隊も大体命ぜられたことを済ましてジャングルの中で休んでいた。

「小隊長殿、何でしたか。明日から又何かやれと言ったと違うんですか」。一人が待ち遠しそうに聞いた。

「うん、まあそうだ。明日からはジャングルの伐開作業だよ」と答えてやると、附近の者は皆何だつまらないと一斉に憂うつそうな表情してがっかりしたようだった。

「今日は少し早いが帰って休もう」と私は先登《せんとう》に立って歩いた。

十月三十日

朝七時、作業開始、今日からはインデアンの兵隊が現場に来て監督をするのでいい加減なことは出来ない。誰しも監視づきで仕事をさせられるのは実に嫌でたまらないと口には出さないが心の中では憂鬱になる。

日本は敗れたのだぞということの現実へのいやおうなしの自覚が此ういうことの内にも段々と淋しく感ぜられる。

おまけに休憩も厳格で二時間に十分の休みしか許さない。此れは随分体にこたえる、がどうしようもない。監督長とかいうのが曹長で笛を持って来て時間を統制して吹いてくれる。お互いに馴れないから、彼らも随分と日本兵をきみ悪く思っているらしいし、こちらにしてもどうも色が黒いのは好感が持てない。

作業は昨日までと違って随分やり手がある。

究極の目的は此のジャングルの中に幅十米位の道路をつくるので先ず最初ジャングル中の一切の草木は此れを除いてその準備をしなくてはならない。

大きい木は鋸《のこぎり》で切り斧で倒す。小さい木はダーで取りのける。草などは鎌ではらってゆく。そして何も道具を持たない者は切り倒された草木を片づけてゆく。こうして約五十フィートの幅のところは清掃されてゆく。

一日に一人あたり十ヤードの距離が与えられるので、我々の中隊三十名で大体三百ヤードの長さに達する。

一番困るのは蟻のついた木だ。木の幹から枝から葉から至る所赤蟻の群だからたまらない。倒そうと思ってそばへ寄ってちょっとでも触れるともう体に沢山へばりついてくる。

十一月二日

今日部隊から更に一週間分の食糧を持って尾藤中尉がトラックで連絡に来た。話しによると、我々が作業隊として出たあと、今度は別に、より多人数の作業隊がウェカミとかいうところへ行ったらしい。そして英軍の命令で所持する各人の被服が制限されて、定数以上持って居る者は戦争犯罪でラングーンへ連れて行かれるとか。郵便隊の将校が一人、ロンジーを持っていたのを見つけられて捕縛されたというような話しを聞く。段々うるさくなってくるなと案じられる。

襦袢・袴下各二、毛布一、靴下四、等等という具合。我々のように作業隊として出張している者は、部隊にのこしてある分を戦友が定数に合うように揃えてくれたらしい。どうせ一年中裸だから襦袢・袴下は二枚位でよいとして、下帯四枚、手拭二枚は日常要るものだけに少な過ぎると思われるのだが、それに就いては尾藤中尉がこんなことを言って皆を喜ばせる。

「おい、あと二ヵ月の内に帰れるかも知れんぞ。此ういう話しがあるんだ。今度手拭二本と制限されたので、二本じゃ困るからもっと多くしてくれと頼んだら、英軍の方で一月に一本あれば充分じゃないかと答えたそうだ。だから長くても二月しか居らんわけさ」と。

一同どっと歓声をあげて喜ぶ。

単純な兵隊は「此れで仕事にも張合が出るぞ」と言うが此の尾藤中尉の話しはどうも責任ある地位にある人の証言ではないらしい。何処まで本当か当てになるものでない。

「小隊長殿、此の分だと今年中には帰れそうですな」と宮下が赤い顔をてかてかさせながら喜ぶ。皆の喜ぶ気持は分るし、私もどうかそれが本当であってほしいなとひそかに切願しつつも、此ういう噂はとかく本当にならないもの。希望的な観測がいつか、此ういうまことしやかなでまになって飛ぶということは百も承知だから、余り喜びすぎてそれが嘘であり、ぬか喜びであることが分った時に、その反動として一層大きな悲嘆に陥ることをも考えて兵隊にはそんなことで一喜一憂して心を乱さないよう指導しなくてはならないと考えたりする。

十一月四日

ジャングルの伐開も一通り終ったので今日からは愈々本格的に道路作業に入る。先ず伐開したあとの清掃、特に厄介なのは根起しだ。地上に出ている部分だけを上から切ってしまうのなら簡単だがそれではいけない。地中深くはっている根を全部掘り起してしまわねばならない。径十糎《センチメートル》や十五糎位の木ならばわけもない。然し三十糎以上にもなると中々大変だ。それにこの附近の根は内地のそれと違って、下に長く伸びているよりは横にどっしりと大小の支根を出しているので、そういうまわりの根を全部寸断してからでないと最後の支えになっている元根を掘りおこすことは出来ない。

まるで蛸の足のように土中に縦横に張りめぐらされた根の網を見るとうんざりする。径三十糎位の幹になれば、そのまわりに一米位の穴を掘ってからでなくては斧を地中に打ちこむことが出来ない。

体の屈強な兵が交代で根起しに専念することになった。後の者は路面をつくる。道路は中央を高くし、両側を低くして傾斜をつけ、雨が降っても中央にたまらずに水が流れるようにし、道の端には溝を掘ってそこに流水を吸収するようにする。それで凹凸のある地面を円匙や鍬で馴らし、高いところを削って低い部分に入れ、溝を掘った土は中央に投げて高くする。

こうして所謂《いわゆる》かまぼこ型の幅三十フィートに及ぶ大道路が造られてゆく。

朝七時から夕方の五時までかかってもいくらの道が出来るわけでない。まだ最初なので要領も分らないし能率もあがらない。然し朝来た時には雑然として足の踏み場もないような所が、夕方には綺麗な道にしあがってゆくのを見ると我ながら感心する。

十一月七日

日曜日、一週に一回の休日が貰える。仕事がない日は朝ものんびりして寝坊出来るし、普段の日には出来ない洗濯も出来るし、ゆっくりと水浴も出来る。皆、早い所自分のこうした用事を済ませて、あとはくつろいで話ししたり遊んだり昼寝したり十人十様のことをする。

「宮下がまた始まったぞ」と誰かが面白そうに笑う。私の前に寝ている此の宮下という兵隊は牛車の馭《ぎょ》兵として来ている真面目な人間で服従心に厚い長所があるが、少しく小心であり、何処かエゴイステックな所があるので一部の戦友からは嫌われ、多少馬鹿にもされている。此の純真な心の持主は今日も朝から長いことかかって何をしているかと思えば、綺麗な箸を取り出して一所懸命磨いている。此れは彼の有名なくせだ。チョンゴダで買ったとかいうその美しい箸には自分の名前がほりつけてある。暇さえあれば後生大事に彼は此の箸の手入をする。此れがビルマに於ける唯一最大な記念物だからということだが外の者には何故彼が此んな珍しくもないものに並々ならぬ愛着を示すのか合点がゆかないらしい。勿論私にも。

午前中、久しぶりに追分班長をつかまえて将棋をする。私よりも弱いから彼もたいしたことない。「小隊長殿、案外強いですなあ」とは此れはしたり。此うして見廻した所どうも余り強そうな者も居ない。水上という兵隊が可成り強いらしいが後は何やらのせいくらべと言う所。

囲碁でも、今此こに来ている連中では私よりうまいのは二三人しか居ないらしい。やりかけた位の連中が

「小隊長殿どうか一番教えて下さい」と言って来るのには流石私もおかしくなる。此の私が教えられる位なのだからその実力たるやおして知るべし。ざる碁にもなっていない。

遊びごとと言えば外には花札がある位だ。私はあまりやらないが、それでも時たま仲間入りしてみればそれ程まずい方でもないから一安心。

兵隊と一緒にほらをふきながら遊びに興じるのは面白い。

十一月十日

内地では十一月ともなれば随分寒いことだろうが、此こでは又日増しに暑さが増すように思われる。此の一週間位前からは特別に堪えきれないような炎天下の猛作業が続けられている。朝三十分間位はどうにか汗もかかないで済むが、少し太陽が登り始めるとじりじり体が汗ばんでくる。仕事の本当に能率があがるのは最初の一服までの二時間である。体も疲れてないし、陽の光もさほどに強くはない。

重い十字鍬を馴れない手で振り上げるその眼先にきらりと炎日が光るようにしみ入ってくる。顔中汗だらけだ。ふいてもふいても湧き出る玉の汗。手ぬぐいはしぼってもしぼっても濡れている。眼鏡が曇って何も見えなくなる。手でこすれば、却って泥がしみついて益々見えなくなる。全く眼鏡は不便だなと怒ってみても仕様ない。

斧を持って樹の根を起していた一人の兵隊が突然「うわー」と大きな声で悲鳴をあげたので皆びっくりして振りかえった。頭に手をやって奇妙な体つきをしている。

「何だ。どうしたんだ!」と一人が尋ねる。

「うむ、暑くて暑くて気が狂いそうだ」とその兵隊がどなりかえす。

全く強烈な日差しを此れだけ長く受けていては誰でも思わず発狂してしまいそうな気がする。兵という兵は頭から水を浴びたように汗だらけになる。褌一つの裸でもその褌さえもびっしょり濡れてゆく。しまいにはもうにじみ出る汗をはらうことさえしなくなってしまう。

敗れた今となっては、はた又何をか言わん。

唯黙々としてこらえ難きをこらえ円匙を持ち十字鍬を振う兵隊を見ていると涙がこぼれそうになる。無理な仕事！　が無理と知りつつも敢えて命じねばならぬ作業隊長の心も亦兵隊のそれ以上ではあるのだ。

十一月十二日

漸く仕事のやり方にも馴れてきた。兵隊も銘々の能力に応じて鍬・十字鍬・円匙・斧など異った道具を用い、或《ある》者は根を起し、或者は路面を馴らし、或者は溝を掘る。

溝も最初は小さいものであったが、命令が変って幅四フィート深さ一フィート半の大きなものとなった。

一日一人あたり二ヤードの距離が割り当てられている。

最初の内は作業も時間制であって七時から五時までの九時間制で、その時間内に最大な能率をあげよということであった。然し人間の努力には限りがある。精魂を傾けてやればそんな長い時間は出来るものではない。九時間も全力を尽して此の炎天下に重労働をしたのでは忽ち体が参ってしまうであろう。そうした潜在意識があったから我々はどうしても適当に力を出し惜しみしないわけにはゆかなかった。

その内に英軍の方では仕事の成果を確実ならしめる為に作業量の割当てをするようになった。一日の内に此れだけやらねばならぬという分量を示される方が我々としてはやりよい。而もその上に時間制を強いているから、割当てられた量を済ましても、五時にならなくては帰れない。それ所か、早く済ませれば、彼らはまだ余力があると思って次の日の割当てを増しさえする。結局それでは割当て分を丁度五時に済ませるように加減しようというのが皆の偽らない気持であった。

何とかして一日の割当て量を完成したら直ぐ帰ることが出来るようにして貰いたい、その方が能率もずっとあがるという趣旨が次第に彼らにも分りかけてきた。確かにその方が仕事の成果をあげ得ると認めたのであろう。

近頃になって時間制から解放して貰えるようになった。兵隊は気合いを入れてやるから、四時頃までには大抵終る。今までより一時間早く帰れるようになった。

兵隊の働きぶりを見ていると、此んなことにも国民的特性がよく表われていると思わせられる。日本人は同じ仕事でも、長い時間にだらだらやるよりは短時間にぱっぱっとやり終えることを好むものだ。

十一月十四日

毎日毎日顔を合わせている内に、インデアンの監視兵とも馴染みになって来た。彼らはもう日本兵が何も危害を加えないということを、思っていたよりずっとおとなしくて、どんどん仕事をするということを知って非常に好意的にさえなってきた。又日本兵としてもよく現在の境遇を知っているから、めったな真似をしない。

初めはあれ程労役に使われることを心配していた兵隊たちであるが今となって反抗すればどんなめに会うかを心得ている。凡てこちらの出方一つでむこうの態度は定るのだ。くやしい、恥ずかしいと思うことは少くないが、ひそかに願う唯一つの目的——内地帰還——の為には現在の境遇に甘んじなければならない。

然し人間は感情に左右される動物である。言葉の不通から、ちょっとしたゆきちがいを生じて、一時的にむかっ腹をたてないと限らない。それは無理もないことなのだ。此ういう時一方に於ては兵隊を抑え、他方に於て監視兵をなだめすかしてうまくごまかしてしまわねばならない。僅か三十人の部下ではあるが一人たりとも誤ちを生ぜしめてはいけない。私の最も心配し配慮するのは此のことだ。若《も》し兵隊が事故を起したら進んで私が責を負い罪をうけてやろう。それだけの覚悟なくして自己の任務を果すことは出来ない。

此の間、田室という兵隊が監視兵の髭だらけなのを面白がって、戦友と話しながら笑ってその真似をしたのを見て、その監視兵は非常に怒って手帳に名前をつけ上官に言って処罰するとおどかした。此んな冗談でラングーンまで送られるとは思いも寄らなかったので田室は青くなり泣きそうな顔をして私に謝罪してくれと拝まんばかりに頼んできた。私もびっくりして、その監視兵のところに行き、なだめおだてすかし、又誠意を以て謝ったが、初めの内は中々頑固であった。何回も何回も仕事の間に謝って、やっと和らいで貰った。然しその晩は心配で中々眠れなかった。若し田室が罰せられたら私が代ってやろうと思うと、色々先のことが考えられて目先が真暗になるような悲痛な気がした。然しどうにか許して貰った。今から思うと喜劇のようだが本当によかった。

十一月十五日

工兵隊には四十以上の人が多い。大正何年兵というおじさんが居る。うちの部隊の兵も三十二、三から三十五才まで位の者が多いが、工兵隊に比べると、まだまだ若い。その上工兵になるような者には入隊前の経歴が変っている者が多いのかも知れない。全然気風が違う。線の太い、荒っぽいごつごつした感じのする者が多く言葉遣いなども実にきたない。何となく土方《どかた》社会といった風が見える。殊に終戦後は上官軽視の風潮がたかまりつつあるので秩序はくずれつつある。工兵隊の矢野少尉など私といくらも年が違わないらしいが、部下の所謂「おっさん」連などは「何だあの青二才が」と暗に思っている。「階級じゃなくて年でゆこうじゃないか」などと不逞《ふてい》なことを言う者さえ居る。若い将校たる者また辛い立場にあるかなと痛感する。それに比べればうちの部隊、そして殊にうちの中隊の兵隊はまだまだ随分従順な方だ。勿論多くの不平不満不規律はあって、終戦前のそれのようにはゆかないが、元来おとなしい兵隊が多い。

工兵隊に森本という面白い人気者の兵隊が居る。

「何しろ十八になる女の子と十五になる男の子が居るんだからな。小隊長に一つおれのむすめを世話してやるかな」等と気焔を吐くのだから小隊長もたまったものでない。彼は終戦後一度逃亡した前科を持っている。彼に言わせると、戦友が逃亡したがっているが一人では淋しいから一緒に逃げてくれと頼まれたのでついふらふらと逃げたのだそうである。所が逃亡してその晩、原住民の家に隠れたのだがさあ矢っ張し落ちついて寝られない。

そのうち内地に残した子供のことが思い出された。彼そこで言わく「おれの息子も親の欲目じゃないが将来どんな出世をするか分らない。偉くなって折角大臣や知事になろうという時、あいつのおやじはビルマで逃亡したのだということになって、子供の履歴に傷がつくようなことでもあったら大変だ、そう考えて子供のことを思うと、こりゃ矢張り逃亡しちゃいかんとつくづく思いましてね。その翌朝、戦友にはおまえ逃げたけりゃ一人で逃げてくれ、おれは帰るからと言って部隊に帰ってきたんです」と。

ちょっとしんみりさせられる話しだった。

十一月二十日

土曜の晩には工兵隊との合同で演芸会をやることになっている。外に何の楽しみをも求め得られない今の境遇に於て、ちょっとした此の試みも中々兵隊の人気があって結構愉快な一晩をすごすことが出来る。どちらかと言えば——年齢の相違か職歴の相違か出身地方の相違か——工兵隊の兵隊の方が芸達者である。四十以上のおっさん連中、嘗ての職業もあり、一時は相当派手な遊び方をして来た人達ではないかしら。歌謡曲、流行歌、ドドイツ、手品、浪曲等中々賑やかだ。

私の中隊にも後藤という素人の浪曲家が居る。刑務所の看守をしていた男で相当な年配な者だが、人間も出来ており非常に真面目なおとなしい兵隊である。彼はその昔仕事の暇な時、夜など蓄音機を掛けて一所懸命浪曲の口真似をやっていたとか言うことで色々なことを知っている。「吉田御殿」は最も彼の得意とする所で戦友から「なにわぶし」で通っている。

後藤も人気あるが、実は工兵隊にもう一人なにわぶしの名手が居り、此れが又桁違いにうまい。東京の浪曲学校を出たとかいう男だから、道楽でやっているとは言え半分は玄人のようなものだ。此の人が、何時も、一番最後に長講で二席やってくれることになっているが、実は此のなにわぶしが演芸会の中心であり花形であり、外の兵隊の芸はそれに比べれば附録のようなものに過ぎない。全兵隊の人気は此の人一人に集中される。私は嘗てなにわぶしに縁が深い所か全然知らなかった位であるが、外に楽しみもないせいか、聞いてみると案外面白い。そして何よりも感じたのは、「なにわぶし」というものが大衆演芸として如何に一般の人から愛好されているかという事実である。兵隊にとってなにわぶしと言えばそれこそ何よりの楽しみであり、それに対する彼らの関心や熱中が此れ程強いものだとは私も今まで知らなかった。金曜になれば「おい又明日なにわぶしが聞かれるぞ。有難いことだ」と言って仕事にも一層気合が入る兵隊たちなのだ。

「土曜になればなにわぶしがあると思えばこそ毎日の此の仕事もがまん出来るようなもんだ」としみじみもらす彼らの言葉は決して誇張ではない。それ程生活に根強く吸収されている、そして我々の兵隊の——延《ひ》いては日本の一般大衆の偽りない現実なのだ。

十一月二十一日

こうやって毎日兵隊と同じ所に寝、共に語り、共に食い、一緒に作業をやっている内に少しずつ兵隊の気持が分るようになった気がする。まだ二十日にしかならないけれど、一日中裏表なく接して居る間に、お互いの気心も知れて本当の愛情が湧いてくる。将校として小隊長として指揮権を与えられた地位にはあるが、今の軍隊は最早昔年のそれではあり得ない。それを誰よりも早く的確に感づいているのは外でもない兵隊たちだ。彼らは聡明であり新しき時代への反応は敏感である。寧《むし》ろ一般的に言うなら上官、将校こそ頑固であり旧観念に捕われる。さればこそ部下の上官を見る眼は一層厳しくなってくる。そうした空気を知っていればこそ私は作業隊長としてここへ派遣せられてから如何にして自分の任務を果すかについて随分配慮をしてきたのだが、然し恐らく案ずるより産むは易い。凡ての外聞を捨てて裸の私人としてあるがままの私を見せることが下を率いる最上の道ではないかと信ぜられるようになった。

自分が如何に優秀な隊長である可きかを気にしている限り上官と部下の間は結ばれない。むずかしいことではあるが、そうした己に関する配慮を捨てきって兵隊の中に飛びこんでこそ、そこに不思議にお互い同志の情が湧いてくる。

「兵隊がある為に自分は指揮官にされているのだ」という自覚が失われれば凡て自分の立場は根底に於て崩れてゆくのだ。そして切実に兵隊を愛し、兵隊の為に尽してやるだけの暖かい心なくして今の軍隊に命令指揮の守られよう筈はない。否それは既に一の理念、当為ではない。聊《いささ》かなりとも兵隊と苦楽を分け合おうという誠意があれば情は自然に湧いてくる。働く兵隊が汗まみれ泥だらけになり黙々として仕事に忍従しているその姿を見ては気の毒だとも済まないとも有難いとも言えないそれ以上の気がしてくる。そうして自分も働こう、少しでも彼らの為になることだったらやってやろうという気になってくる。

それこそが上下を貫く強い団結の結紐《けっちゅう》となりうるのだ。

十一月二十二日

我々の作業場に来る監視兵の長は伍長だが日本人そっくりの顔をしている。初めは非常にうるさいので皆困っていたが、馴れてみると彼は非常に良い人間であることが分った。誠実で職務に忠実なので監視は可成り厳しいけれど、人間としては寧ろ立派な暖かい心の持主である。監督の暇を見ては、熱心に勉強している。此の間ちょっと覗いたら幾何をやっていてピタゴラスの定理が分らないらしくて私に説明を求めたりした。

時としては色々なものを持ってきて呉れることがある。

此の間一人の兵隊が彼に呼ばれて何か貰ってきた。ところがその兵隊は気味悪そうな顔をして「おい、こんな変なものを呉れたのだが何だろう食えるものかい」と言ってこわごわ皆の前に出した。それを見てどっと皆笑った。

「馬鹿だな。此りゃジャムじゃないか。おまえジャムを知らないのか」と一人が言った。農民である此の兵隊はジャムを知らなかったのである。皆にひやかされて彼は赤くなったが一口なめてみて「あ、うまいなあこりゃ」と躍り上ったので再び皆大笑いだった。――ジャングルの中の面白いエピソード――皆の心は明るくなる。

此の監視長は時として非常にきつく感情的である。此の間非常に機嫌が悪く、特に工兵隊に辛く当り、うるさいことを言い、とうとう予定以上の仕事をやらせてその為工兵隊は一時間以上も遅く帰ったことがある。次の日彼は私にこう言った。

「工兵隊の指揮官がいけない。朝一時間ばかり来ただけで、あとはテントに帰って寝ている。非常に悪い」と。

その日工兵隊の矢野少尉は風邪気味と称して直ぐ帰ってしまったのだが、彼はそれを知って非常に感情を害し、その日一日工兵隊に辛く当ったものらしい。指揮官の些細な不注意が兵隊を苦しめることがある。他山の石。よく私も慎んで兵隊に迷惑をかけることないようにせねばならない。

十二月二十四日

漸く水に非常なる不便を感じるようになった。

最初此処へ来た時は川の水も流れる程豊富だった。それが一週間二週間たって乾季が愈々本格的になり、雨一粒降らない晴天の毎日が続くにつれて、いつか流れている水はとまってしまった。それでも初めは可成り沢山のたまり水があちこちにあったのでどうやら水浴も済ませて来たが、今日此の頃になるとそれも減る一方でまことに心細くなってきた。

昨日はあそこ、今日はこちらと、水源へ水源へ水を求めて探しにゆく。あるにはあってもどんよりとしてまことにきたない水たまりでは如何にせよ体を洗う気にはなれない。と言ってもそういうところで我慢してやらなければならぬとは心細い。

一日の汗と泥にまみれた体をともかくも洗わなくては飯を食うことも寝ることも出来ない。そして疲れた体をさっぱりと水につけるときの快さ。それこそ一日の内でも最も気持ちよい一時なのだが、今やそうした楽しみを得られなくなって水浴に行くことが此の頃では却って苦痛になってきたような感じがする。

――水たまり　やっと見つけて　水浴びる――

実際、やっとという気持ちなのだ。

此の宿営地にあと幾日居らねばならないか分らないけれど、此の具合では、もう一週間も居られるかどうか心細い。

人間の生活に取って水がどんなに欠く可からざるものか今更しみじみと感じられる。それなくしては食うことすら出来ないではないか。

英軍に交渉して此の宿営地も近く移動せねばなるまい。幸い、サガンジーには大きな河がある。あの河だったら、まだ中々枯れることはないであろう。

作業をするには遠くて不便かも知れないが、水の苦労がなくなるのだったら、外の不便は少々我慢もしようというのが皆の一致した意見なのだ。

十一月二十六日

今日突然命令が来て此の作業場を明後日ひき上げよというのだ。工兵隊はパンガのゴム林に帰って新たな任務に服するとのこと。我々片山部隊の者は直《ただ》ちにウェカミという新しい作業場に移動せねばならぬ。

テットカウに一月近く労役を続けてきた兵隊の中にはぶつぶつ言う者も居る。南キャンプの中隊主力にはまだ丈夫な者も居るだろうからおれたちばかり働かせないで交代を出して貰いたいというのだ。

毎日の重労働だから此れ以上続けて、体でもこわすようなことがあってはいけない。私としてはそれだけが心配だから病気にかかっている者は勿論、此れ以上やれそうもない者は交代させてやる。自信のない者は申し出ろと兵隊に言った。然し此ういわれると「それでは私を帰して下さい」と申し出る者は居ない。それ所か、おれも行くおれも行くと皆言うのだ。人はその行為の動機に於て他の凡ゆる事情を押しのけて唯自分の面つうの為にのみ行為することがある。今日の此の場合、兵隊の心を左右したのは恐らくそれであったろう。自分だけが弱い者いくじない者と見られ、他人からとやかく言われることは耐え難い。もう労役をやめてパンガへ帰って休みたいがとひそかに思っている兵隊も居るかも知れないが、外部からでは本心を区別し難い。

そこで病人を除いて皆ウェカミに連れてゆくこととした。

「今まで一緒にやってきたのだ。此れからも苦労を共にしよう」此ういう気持が多少なりとも一人一人の心にあることも嬉しい気がする。

ウエカミ

十一月二十八日

テットカウを出てから一時間、サガンジーの部落を通り越して清流の岸に幕舎を張っている部隊の所に着いた。炊事場で暖かい湯をわかして貰いながら昼食をとった。

当てにしておったトラックは来そうもない。

「おい渡辺君、どうしよう。いつまで待ってみても仕様がない。若し来なかったら、夜になってから歩かなくちゃならないからね」

と角田大尉が心配そうに話しかけた。

「そうですね。大分暑いようですがぶらぶら歩いて行きますか」

私は半分立ちかけながら答えた。そして兵隊に直ぐ出発を命じたが木の蔭で涼んでいる兵隊達は中々腰をあげようともしなかった。

無理もない。今が一番日中の盛りで雲一点ない大空には、それこそ燃えるような日輪が輝いていた。此の炎天下に行軍を強いることは確かに気の毒なことだ。私自身兵隊であってみれば矢張り動かなかったかも知れない。それ程立つことさえ、ものうくだるくなっていたのだった。

漸く皆をひきずり出してとぼとぼと歩いた。途中で自動車に会えるかも知れないと皆それだけ頼りにしていた。

もうもうとして塵煙が立ちこめ汗の流れる顔は誰もすっかりきたなくなってしまった。実際もの凄いほこりだった。

「隊長殿、ほこりを吸うと肺病になるなんていうのは嘘ですな。若し本当なら我々は皆とっくに肺病になっていたでよす」

支那事変からの長い軍隊生活に経験ある岡本という元気の良い伍長がそう言って大笑いしたので私もつりこまれて微笑せざるを得なかった。

大分歩いたあとでやっと自動車が迎えに来てくれた。

目的地ウェカミに着いたのは夜だった。

十一月二十九日

「小隊長殿、大変なことを言って居ますぜ」

一人の兵隊が傍へ寄って来て何か言いたげな顔をした。

「何だい？」

「今炊事で聞いてきたのですけれど此の道路は二月十五日までに完成せよとかいう命令だそうですね」

「ほう、そんなこと言っておったかい」私は簡単に答えた。

「えっ、おい、お前、そりゃ本当か！」附近に居た兵隊どもはそれを聞いて一時にがやがやし出した。

「まだ三ヵ月もするのか！」、「畜生、だまされたなあ！」

「いやになっちゃうなあ。一体何時になったら帰れるのかな」

あちらにもこちらにもそれから長い時間兵隊たちは怒ったような失望したような顔をして無闇と煙草を吸いながら話し合っていた。中々寝る様子もなかったが、言いたいだけぐちをこぼし尽してから何時の間にか一人黙り二人黙りして静かになってしまった。そうしてすっかり力の抜けきってしまったようなやるせないあくびがかすかに聞こえてきた。

二月十五日までに完成！　そして今日は十一月二十九日だ。

作業を命ぜられて部隊を出て以来もう一月になる。初めは一週間の予定と言う筈だったのにそれが二週間、三週間と延びて行った。――

「十二月になったら帰れるぞ」という噂が何時か兵隊の間に信用されて居った。そして今までも兵隊は唯此の話しをする時にのみ朗かだった。

それが今日ウェカミへ来てみたら何ということだろう。我々がテットカウでやったのはほんの序の口であり、本格的な道路作業が此れから始まるということなのだ！

一ぺんで帰還のことが何処かへ、すっ飛んでしまった。

いや帰還どころのさわぎでない。明日から又あの辛い仕事をさせられるのだ。と思えば誰の心も憂うつになってゆく。

打ち破られた希望の幻影を胸に懐いて兵隊は何の夢を見ていることであろうか。

十二月三十一日

此のウェカミというところは小さな部落であるが我々の露営する所は部落から離れた大きな川の岸である。此の川はまだ水が流れている。テットカウのように水の苦労がないだけ此処は有難い。乾季に於て水は最大の贈物なのだ。

此処に集結しているのは約五百人、片山部隊は二百余人で、作業隊長は角田大尉に代って孝久大尉となる。

作業の全貌が明らかになった。我々が今従事している道路作業はタンビザヤからイエに至るまでの数十哩《マイル》、ジャングルを貫いてその中に一直線の大道を仕上げるのである。全区間を八つに分け、各区に五百人位の日本兵を配置させてあるらしい。此のウェカミ地区はその内の第三区であり分担範囲は、二区のサガンジー部落から四区のアニン河までの約十二粁、四里の間である。そして、今まで我々がテットカウでやってきた作業も殆ど無駄になった。というのは、従来、路面の上に土をほうり上げて、或る程度木の根の上にかぶせたりしていたが、今度からは、絶対に盛り土をしないようにして、逆に高い所は凡て削ってやることになった。土を削るということは盛り土に比べてずっと辛い仕事であり、労働力は倍近く必要である。然しその代り一日の距離が少し短くなった。愈々此れから本格的な労役作業となる。大変なことだ。

印度軍の兵隊は毎朝毎夕トラックに便乗し、我々がとぼとぼと歩く傍を、もうもうたる砂塵をあげて疾走してゆく。そのひどいほこりにあわてて口や鼻を掩《おお》いながら皆無念そうにトラックやジープを見送る。今の内は作業場もまだ近いけれど段々遠くなって、二区のサガンジーとの境まで行くようになったら、此の宿営地から通うだけでも毎日往復三里の道はたっぷり歩かねばならないだろうと、早くも気にかかる。

作業時間は八時間、休憩は一時間に五分ということだ。我々の宿舎から三百米位離れた所にゴルガー部隊、及びインデアンの部隊が一個小隊位居る。ゴルガーの方は作業の監督を、インデアンの方は給与とか警戒の方を受持つということである。

十二月四日

バチャンシングは我々の作業場に於ける監督長だが、一週間の内にすっかり我々と親しくなった。

初め私が知り合ったのは最初に時間を尋ねようと思って傍に行き「What time, now?」と話しかけたので、途端に彼は嬉しそうに笑いながら、「Can you speak English?」と私の方に向き直った。「Yes, a little」と私は答えたのだが、此れがきっかけとなってそれから彼は私を捕えて離さず、矢つぎ早に色々な質問をし出した。

「名前は何と言うのか」、「将校か」と言うので「Yes」と答えると「おおー」と感嘆したようにまざまざ私の顔を眺め、更に「いくつか」と聞いた。「二十五才」と言ったら再び笑って私の顔を覗きこんだ。

此んなことがあってから、私も英語が出来ると知ったので、毎日私の顔を見ると何か話すようになった。

彼は伍長でありまだ二十一才の若い青年であるが非常にしっかりしている。外の印度兵は概《おおむ》ね鈍いような頭を持っているのだが、彼は見るからに利巧そうな鋭いしまった顔つきをして居り、印度人には見られないような知性的面貌を持っている。おまけに美男子である。私はバチャンシングを知るようになって印度人にも随分しっかりした者が居るなと非常に感心して見直すようになった。

日本人の中に伍しても恐らく非常に優秀な部類に入れることが出来るだろうとさえ思われる。

彼は又非常に情熱家であり熱烈なる愛国者であって、直ぐむきになって印度のことを弁護するので面白い。

彼は言う。「印度には場処によって親英的な処と、親日的な処とあり、私は親日的な地方に生れたので、非常に日本には好意を持っている」と。イムパールの戦闘で、前を通りすがる日本兵を射撃しようと焦る兵隊を抑えて、日本兵を助けてやった時の苦心をヂェスチャつきで熱心に話してくれる。総じて戦争の全期を通じ彼は自分の好日的感情と、その日本人を相手に戦わねばならないこととの大きな矛盾に如何に悩んだかというようなことまで詳しく語りさえもした。

確かに、偽りなく誠意を以て彼は日本に絶大なる好意と憧憬を懐いているので我々も非常に話しても気持が良い。

十二月十三日

孝久大尉が私の中隊の作業場を通りかかった。もう昼近くである。その通り過ぎるのをちらっと横目で見て附近でよき（斧）を使っていた兵隊が仕事をしながら可成り大きな声で絶望そうに叫んだ。

「ああ、腹がへった。腹がへって足がぐらぐらしてぶっ倒れそうだ。もう仕事をする元気も出やしない！」

すると円匙で土をすくっていた他の一人の兵隊がそれに答えるように大きな声を出した。孝久大尉の方を盗み目しながら、

「馬鹿に今日は昼飯が遅いんだなあ。おいもう昼じゃないかしら。時計でもこわれて居ったら大変だがなあ」と。

明らかにそれは孝久大尉に聞えるように意識してわざと大きな声をだしたのだ。それは本当に腹がへって我慢の出来なくなった兵隊共が一分でも早く昼飯にして貰おうという憐れなささやかな望みから大尉に婉曲に当てつけたのである。実際その時私も空腹で何でもよいから早く飯にしてくれないかなあとそれ許り思っていたのだが兵隊の前に指揮官から弱いことを言うようなことは断じて許されない。それだけに私は兵隊の大尉に対する此の嫌味たっぷりな当てつけ言葉が実は我々労働している者全部の偽りない切実な要求の発露であることを、知っていた。昼食前の十分、二十分、その頃は本当に皆ふらふらになってしまう。斧を一回振り上げる毎に、円匙で土を抛《すて》る毎に、その一挙手一投足にも「飯はまだか」「飯はまだか」と心に思うのが正直な所我々の気持であった。

「ピピー」と晴れやかに笛の音が澄み渡った大空に消える。と瞬間、今まで秩序立って見えた人間の動きが俄《にわか》にばらばらっとくずれてゆく。「昼飯！」「昼飯！」と口々に連呼しつつ、ほっと生き返ったような明朗な笑い顔を並べ、兵隊は急いで集ってくる。「うあ！　飯だ！」と歓声をあげてそれこそ子どものように有頂天になって走ってくる髭の生えた者も居る。

それ程待ちに待った楽しい昼飯の時間なのだ。

私が「別れ」と言い終るか終らない内にもう彼らは一目散にジャングルの中にとびこんでゆく。そして箸取る手も、もどかしく飯にかじりつく。そうだ、此れこそ今の我々には最も幸福な一瞬なのだ。

十二月十八日

バチャンシングに、「君達そんなに日本と戦争したくなかったのなら、どうして降伏しなかったのだね？」と笑いながら尋ねたら、かれは肩をすくめて答えた。「私達もどんなに降参したかったもか知れない。然し、若し降参したら必ず日本兵に殺されるぞと上司の方から厳しく言われていたので、矢張り降伏するのがこわかった。然し印度兵の一部では相談して、インパールが取られたら皆一斉に日本に降参することに定めていたのだが」と。

成程そんな弱点もあったのかと私達は今更にして敵の内幕を知るのである。

彼は日本の言わば分隊長の格に当る者で、二十数名の部下を持っていたが、その数名を戦闘で失ってしまったと眉をひそめて語ったりする。而もそういう戦闘の描写の仕方が如何にも真に迫っている。真暗な夜、日本戦車の攻撃に際し、道路上で対抗していた軽機の音がはたと止んだので必死になって呼んでも答えがなく、気違いのように走って行って見たら部下は既に斃《たお》れていたというようなことを興奮して話して呉れる。

彼は非常に部下を愛しておったらしい。又自分の部下が優秀であることに大きな誇りと喜びとを感じて居るらしい。

一緒に連れて来ている兵隊を指しながら、

「あれがギャバルシング、非常に勇敢なマシーンガンの射手であり何処何処の戦闘では云々」

というように部下の自慢話しをする時の彼の態度は実に誇らしげである。最初の日本軍の進撃に際し、インパールまで逃走したこと、インパールの前哨戦に於ける苦戦の有様など、彼は様々な話しをしては全く時を忘れてしまう。

監督をする必要があまりない。日本兵は監督しないでも立派にやっているということが近頃やっと彼らに分りかけたのであろう。バチャンシングはじめ彼の部下達は日増しにうるさい干渉をしなくなってきた。又我々にしてもその方がずっと気分的に楽で仕事の能率があがるのである。

十二月二十三日

此のウェカミ地区の作業隊も今まで五百人であったのが、今日から児島部隊という部隊が来て九百人の多勢になった。一区から八区まで何れも千人近くの人員が配当され、かくして全線実に一万人に及ぶ日本兵が此の道路作業に動員されることになった。

児島部隊は終戦後新しく編制された部隊で、色々な独立部隊が作戦で徹底的に消耗し独立の能力がなくなったので寄せ集まって一の部隊となったものらしい。その外、橋梁作業等特殊の技術的作業に従事する為百名ばかり狼部隊の工兵が配属になった。此ういう人々はビルマ軍の内でも最前線から辛うじて生き永らえて帰って来た人々ばかりで、或はアラカンの峻嶮《しゅんけん》に或はフーコンの魔境に或はインパールの隘路《あい》に言語を絶する苦闘をくぐり抜けてきたのだ。戦い終って数ヶ月の月日は彼らの傷つき荒《すさ》んだ心と疲れ果てた肉体にいくらかの憩いを与えたので、私が初めてビルマに移駐した時見たあの戦慄す可き憐れな無気力と絶望に近い疲労の相貌は今見られないが、それでもまだ十分には回復しきっていないので、作業にこうしてひっ張り出されるのも気の毒な位に思われる。毛布など持っていない。一枚の毛布で二人も一緒に寝たり、ぼろぼろのシャツを着て居たりするのも憐れだ。まだ此れからどれ位したら帰れるかも分らないというのに、本当に着のみ着のままの持物だけでは心細い限りである。

然し、こうして此処に居る人たちは何れも選ばれた強者たちであったのだ。インパールからモールメンまでの長期にわたる生死彷徨の敗退に於て多くの人はマラリヤとアミーバー赤痢との恐る可き風土病の為に途中にて続々と斃れていったのであり、ただ体の強い者のみが奇蹟的に一命をとり止め得たのだと言う。正にそれは生き地獄であった。マンダレー街道には到る所憐れな同邦がその屍を横えた所謂「死の街道」、「白骨街道」の如き悲惨な状態を現出させたというあのなまなましい思い出は今尚《なお》深い痛恨事として我々の心にくい入っている。

十二月二十五日

クリスマスで二日続きの休みを貰った。嬉しいことだ。何が嬉しいと言って今の我々には此れ以上の贈物はない。

「隊長殿、まるで子供みたいになってしまいましたなあ」と福本曹長がはしゃいでいる兵隊を見て笑いながら言う。

「うん、昔小学校に行っていた頃は土曜日曜が待遠しくて仕様がなかったのだが、丁度おれ達は今それと同じような無邪気な心だな」、と私もほほえましい気持になって久し振りにのんびりした。

英軍の方から宿舎の清潔について色々うるさいことを言って来るので、午前中皆で手分けして不備な所を補う。特にやかましく言われるのは便所だ。便所は宿舎から三十ヤード以上離せとか、深さは六フィート以上に掘り、必ず蓋をつけろとかいう命令なので、今まであった便所はつぶして、わざわざ新しいのをつくる。折角の休みだけれど、やるだけのことは出来るだけ早くやらしてしまわなくては休めないので、兵隊もそれを承知して、二時間位で済ましてしまった。

「今日は蚊帳で以て魚つかみに行くんだ」と言って一分隊の者は三分隊の者と一緒に川下へ降りて行ったが三時間位して意気揚々と帰ってきた。

「ああ、腹減った！　おい先ず飯だ飯だ。飯が終ってから分けよう」と、びしょびしょに濡れた蚊帳を重たそうにどすんと投げおろして、彼らははだしのまま早速昼食をやり始めた。

「どうだい、収穫は？」私もサンダルをはいて外に出てみた。

「いやどえらい大漁でしたよ。此れ見てごらんなさい」

岡田軍曹が煙草を口にくわえながら片手に馬穴《バケツ》をぶら下げて持ってきた。「成程こりゃ素晴らしいな」私も意外な収穫に目を丸くした。蚊帳でも馬鹿にならない。

河でうじゃうじゃ泳いでいた名も分らない小さな魚が沢山蚊帳の網にひっかかってきたのである。

夕飯にその魚を皆して食った。内地の川魚のように泥臭いところがなくて非常にうまかった。此れがクリスマスの料理だ。

十二月二十八日

朝は漸く涼しくなった。四時か五時頃には薄いシャツ一枚でもかすかに冷ややかさを覚える。朝宿舎を出発する時は裸ではいられない。唯水上だけは例外だ。

「こんなの少しも寒かねえだよ」と相変らず一人でぴんぴんしている。

「貴様の体は特別製だよ」と言って皆は笑った。

白髪の多いごましお頭にぴかりと眼を光らせ真黒なそして筋金入りの隆々たる筋肉を叩いては彼船乗りの逞しき肉体美を誇るのだった。

寒いと言ってもそれは宿舎を出てから十分位のことに過ぎない。千米も歩けばもう寒さを忘れてしまう。歩いている内に薄暗かった空も何時か明るくなり朝星もかすんでゆく。と思うと東の空にはもう赤い一条の光がほんのりと見え始めるのだ。

まことに此の南方では内地に比べて夜が明けきってしまうまでの時間が短い。黎明《れいめい》も払暁《ふつぎょう》もそして又薄暮《はくぼ》も忽ち過ぎてしまう。

作業場につく頃はこれこそ火の塊と思われるような真紅の太陽がジャングルのかなたに浮び上る。それは雄大にして荘厳なる自然美の象徴そのものである。

日輪の輝きと共に草葉の露はいつしか消えてゆく。その頃はもう誰の顔にも汗がにじみ出して泥にまみれてくる。

作業終って円匙を肩にとぼとぼと歩いて帰る途中で西の空に美しい夕雲をのこして陽は悠容として隠れゆく。

作業場は一番遠く、往復三里の道はたっぷりある。それだけでも毎日可成りの行軍なのだ。作業場から宿舎に帰るまでいくつもの丘を超えなければならない。自分でつけた新道が一直線に美しく伸びて丘を登り、彼方の丘に消えてゆく。

十二月二十九日

「起床!」末線不寝番の叫びが極楽にあって夢の世界に陶酔している人の眠りを破る。二分、三分、静から動の世界への移り。あちらこちらであくび、話し声、ねぼけ声がする。気の早い者は早速毛布をたたんでしまうが、大抵の者は二三分、きょとんとしてぼんやり毛布の上に坐ったまま、まだ夢か現《うつつ》か、どちらともつかない境にあるような放心状態に居る。実際起される瞬間の一時、疲れきった体故ぐっすり寝こんでいる所を起されるその時の感じは嫌なものだ。どんなにか、此のまま再び毛布の上に寝転んで思う存分休んでやりたいと切実に思うことも一度ではない。毎朝毎朝、不寝番の声を地獄の使者の叫びのように寝床の中で聞く時、「ああ、起きたくないなあ、もう五分、三分、いやせめて一分でもこうしていたいなあ」という気持がする。そんなわけで皆ぎりぎりの時間まで寝ているから顔など洗う者も滅多に居ない。その日の作業に行かないで宿舎の監視をする兵隊を交代で定めて、その者が食事の準備を一切することになっているので、外の者は、箸をとる寸前まで寝ていられるのである。

私は朝でも暗い内を川まで降りて行って、歯はみがかないが、顔だけは洗うことにしているが、何百人と居る人数の内、会う人は僅か屈指を数えるに過ぎない。

便所も、仕事に出かける前にやってゆく暇もないから、多くの者は作業場で適当にジャングルの中で用を足す。紙も要らない。草の葉を使うから。お蔭で、宿舎の便所は利用者が少ないから、割合清潔である。

特に便所のことは英軍の方から、しつこい位繰り返してその徹底的保清を命じている。便所は宿舎より三十米以上離せとか、穴の深さは少なくとも二米以上にせよとか、必ず蓋をして蠅の入らぬようにせよとか言う。此の間も、英軍の衛生将校が、巡視に来たとき、便所でsmokingせよと言うので意味が分らず、一人の人が「それじゃ便所の中で煙草吸わなくちゃいけないのかな」と考えたので大笑いしたが、スモーキングせよというのは実は、くんえんをせよということだそうだ。そこで便所にもかまどを設け、古木や枯葉を燃やして煙を便所の中に流入させると、成程、蝿はずっと居なくなった。おまけに用を足していても尻のあたりが暖かくてここちよい。此れは良いことを覚えたと言っても間違いではない。

一月一日（昭和二十一年）

二十一年の元旦、ここ、ビルマウェカミの小舎に二十六才の歳を迎える。今日一日は仕事もない。部隊から心づくしに持って来てくれた少し許りの餅を貰って、炊事でつくって呉れた汁の中に入れ、とに角も雑煮らしいもので新しい年を迎えた。

午前中、服を正して東天を遥拝する。毎日毎日ふんどし一つの生活だが、稀にはこうして軍服をきちんと着ければ、矢張り心もひきしまって厳粛な気分になる。

正月といった所で疲れきっている我々には外に何もすることない。午前中沢村や水上を相手に花に熱中し、午後からは昼寝する。それでも今日一日はのんびりしたし腹も大分ふくれることが出来た。兵隊達にも言って今日は芋掘りなどにも行かないように、出来るだけ体を休ませるようにしてやった。

又明日からは激しい労働に従わねばならないのだから。

作業に追われている内にいつのまにか年は逝き年は明けた。此んな所で此んな目に会いながら今年の正月を迎えようとは夢想もしなかったことだったのに。目をつぶっていると、今までの正月のことが懐かしく思い出されてくる。去年はシルサのゴム林で炎天の下に宴会を開いた。一昨年は宇都宮の兵営で寒さにふるえながら辛い初年兵の日課に強いられていた。十八年の正月は一高の合宿があって千葉のグランドを駈け廻っていた。その前はインタハイ、等等——もう何年間も家の人と一緒に正月を迎えたこともない。そして、その一年一年は余りにも変化の大きい年月ではあった。今日はござの上に横になって青空を眺めながら疲れた身を休めるだけ——こんなすさんだ境遇の中に新年を迎えることは最初であるが、又最後であってほしいとつくづく思われてくる。

やがて年月が流れ去った時、何時か今日の日を回想し、此のあじけない二十一年の元旦を、「ああいうこともあった」と言って懐かしくふりかえることの出来るような日が来たならばどんなに嬉しいことであろうか。

此のウェカミの正月こそは一生忘れられない思い出としてのこるであろう。

一月六日

作業の能率をあげる為に、各中隊毎に範囲を定めてやるようにしている。毎朝、孝久大尉が命ぜられた距離を歩測し人員に応じて各中隊毎に割当てる。然しそれは一見公平そうであるが、事実はどうしても不公平なものとなる。同じ距離を貰っても、作業のしにくい場所は他の処より遥かに苦労せねばならない。木の根が無数にある所、地面の非常に固いところ、傾斜の急な所など、各中隊の作業場は地形によって種々雑多である。而もそれは、朝一見しただけでは草葉に蔽われているので判別することはむずかしい。そうした一切の考慮を計量して、やりにくい場所は距離を短く割当て、容易な場所は長く割当てるということは絶対に出来ないことである。外の中隊がのんびりやっているのにこちらでは将校以下夢中になって気合いをかけてやっても間に合わないという場合も少くない。そういう時、作業の楽な中隊は自分の割当てを早く済ませば、地形の悪いところで苦心している中隊を応援しにゆくということにすれば、最も公平であるかも知れない。そういうことを計画してやらせたこともあったが、事実は寧ろ失敗であった。何故なら、楽な場処を受け持った者は、どうせ自分の割当てを終っても他の中隊を助けにいく位なら頑張ってやっても損だから、出来るだけゆっくりやろうと考えるし、むずかしい場所でやっている者は、出来なくても後で応援に来て貰えるからというので適当にさぼるようになったから。それよりは一そのこと、地形の難易に拘らず自分の中隊に割当てられた所を完遂せねばならぬ、然し完遂したらそれ以上のことはやらなくてもよいと定めた方がずっとやり甲斐あると兵隊は言うのだ。

実際、最も能率があがり、而も最も公平に作業量を分担させるように指揮することは複雑な人間の心情を考えれば、全くどうしてよいか分らなくなる。積極的な相互扶助という美しく貴い人間性は、作業が作業だけに求めたくとも出てこない。そして人は大抵自分が楽であることに汲々としている実情なのだ。勿論自分とは必ずしも個人ではなく全体ではあるが、その全体とは今の所中隊という全体にすぎない。中隊の尺度に於て一切が許されてゆくエゴイズムの世界なのだ。

一月十二日

「小隊長殿ここです」と水上が奥の方から合図をして呉れた。そこでは分隊の者が一団になって飯の準備をしていた。朝、飯盒《はんごう》につめて持って来る飯が余り少ないからというので近頃兵隊達は昼食の少し前になると、それに水筒の水を入れて飯盒を暖める。すると飯の量もふえるし暖いうまい飯が食えるから一石二鳥だと言うので近頃は工兵隊に倣ってそういうことがはやり出した。「さあ、もういいだろう」と一人が待ち兼ねたように言う。

「うん、早く食おう」と応じる。銘々、自分の飯盒を持って来て七八人の者は円陣をつくりジャングルの涼しい木蔭にあぐらをかいて嬉しそうに蓋を開く。白い煙がふき上る。

「先ず暑いお茶を一杯」、私は、食前には必ずふうふう息を吹きながら、そして汗をたらたら流しながら茶を飲むのが大好きだ。実に此の一杯の茶を飲む時は何ものにも増して一日の中で生き返った一時である。兵隊達も飯の合間にしきりにお茶を飲む。

「うまいなあ」コップを置いて感に堪えないような顔をする者も居る。「うむ、お茶をうんと飲んでうんと汗を出すといいんだぞ」と岡本伍長が額からにじみ出る汗をふきふき文字通り模範を示してがぶがぶ飲んでいる。

「実際お茶を飲むと飲まないじゃ、腹のふくれが随分違うからなあ」と私は笑った。確かに我々はどうしてもお茶を飲まなくては満腹感を味わうことが出来ないのだ。皆がしきりに飲むのもそのせいはある。そんな他愛ないことでも――水腹によってとに角一時的な慰めを求めんとする。甲斐のないことではあるが、而も正に切実なる望み――そうした望みにあわれをも感じ得ない今の我々の境遇ではあるのだが、然しそれだけの望みも持てるだけでも有難いことなのかも知れない。

一月十六日

人には夫《そ》れ夫《ぞ》れ得手があるから作業をするにも、こちらから何の命令をしなくても、自然に分業が出来上る。あまり考えはないが力のある者は唯無意識に肉体を働かすだけで足りるような穴掘りをするし、腕達者で体力の続く者は重い大斧を振り上げては根起しに余念がない。又器用で頭の細密な者は鍬を取って路面を滑らかにして凹凸をなだらかにしたり、下士官の内で主だった者は測量して型を規正したり、傾斜をつけたりして最後の仕上げをしてゆく。実のところ、何も知らない私が下手に口を出して干渉するよりは福本曹長や小西曹長のような優秀な下士官に技術的なことを任せてしまった方がずっと効果がある。そういう点では私よりも彼らの方が経験もある。又多くの兵隊の中にも色々な職業の専門家がいるから、大工とか職工とか土方とか百姓とかの職業に於て身につけている技術知識は、此の道路作業に於ても大なり小なり役に立つ場合が多い。私としてはそれを全体の見地から統制して彼らのそういう長所をうまく発揮させるように配慮することが大切なのだ。何と言っても餅は餅屋だという感が深い。

兵隊の仕事ぶりを個人的に注意してみると、それだけでその人間がどういう人間かは大方見当がつく。仕事の中に偽らない裸の人間性が露われるものである。普段は自分の姿を隠して繕《つくろ》っている者でも、此ういう時、殊に苦しくなればなる程、その本当の姿を捕えられてしまう。どれ程誠実で有為な人間であるか、或は無思慮なずるい人間であるか、その他諸々の人のねうちを計る尺度は円匙を振い、十字鍬を持つ、その仕事の中に求められるであろう。他人の嫌がるような地面の固い所を進んで何時も引受けては骨折る人もいれば、人に見えないような地味なことを余念なく一人でこつこつ続けている者も居るし、痩せて体力のない者でも人一倍の辛さをこらえて黙々として二人分もの仕事に耐えている者もある。そういう兵隊を見ると偉いなあと頭の下る思いがする。私などよりはずっと上の人間だと感心せざるを得ない。私は将校だから、ある程度の責任から、そういう善行を意識してやることは時々あるが、兵隊の身として毎日そういうことが出来るのは、余程の忍苦と克己が要るに相違ない。

一月二十一日

今日新しく西沢曹長が作業隊にやって来た。バチャンシングは私の隊の兵隊は全部知っているので、此の髭の生えた曹長の出現をびっくりしたらしい。朝まじまじと見ていたがつうと西沢曹長の傍に来て突然鮮やかな日本語で尋ねた。

「何処から来ましたか?」と。バチャンシングの此の愛嬌ある日本語の質問に、附近にいる兵隊どもは大笑いだった。然しその笑は軽侮の笑でないことが直ぐ感ぜられたのでバチャンシングも一緒に大声で笑い出した。彼が日本語を熱心に習い出したのは私が知り合うそれよりも前らしい。私にも随分色々なことを尋ねて、作業場でも暇のある時にはよく復習していたようだ。その為彼の上達は素晴らしかった。数字なども一から百までは数えられるし、ちょっとした会話も日本語で話す程になった。彼は心から日本へ行くことを熱望している。が、金がないから行かれないかも知れないと言って失望した顔をするのである。

その日本執着熱は驚く可きものがある。私達の将校の出身地を尋ね、日本地図を書いて貰ってその上に出身地を記入して、「あなたは此の辺で産れた」というようなことを示す。初めて日本文字を教えてやった時の彼の驚きは非常なものだった。「日本の字はどういうのか。あなたの名を紙に書いてくれないか」と頼まれたので「渡辺洋三」と、漢字、平仮名、仮名と三通り書いてやった。それを眺めた時の彼の表情は、初めて未知なものに接する時子供がよく示すような驚異の表情そっくりだった。「此れ、此れが日本の字？　おお」と彼は肩をすくめた。それ程我々に取って何でもない日本字が彼には珍しかったのである。「どうだ、むずかしいだろう――」と尋ねたら真剣な顔をして首を縦に振った。

此れはもう大分前のことである。そしてその日から彼は猛烈に日本のかなを練習し始めた。「イロハ」を書いて貰ってそれを習っている。今では少くとも自分の名前だけはどうにか日本人にも読める位しっかり書けるようになった。「バチャンシング」と。

一月二十六日

兵隊の長としてその敬愛せられる将校であり得る為には唯二つのことを努力しさえすればよいと私には思われる。兵隊と一になること、つまり起居を同じくし作業を同じくし、同じ規定に服すること、此れが一つ。他は、自己の物欲を節して少しでも兵隊のために譲ること。此の二つである。此うした目的もない無駄にさえ思われる労役の生活の中に、若し何らかの意義と価値を求めるとすれば此の不断の自己修養を除いては凡て無に等しいであろう。それは将校として余りにも当然すぎることではあるが、その実現には絶大な克己と修鍛とを必要とする。自分でも歯がゆいと思われる程遅々として進まない精進の道ではあるが少くともその方向に於ては無我と愛の世界を此の現実の生活の中に具現しようというささやかな一の祈念ではあるのだ。

初め、兵隊には口で説教すまい、おれがやるからおれの通りにやれよとひそかに心の中で自負したものの、夜寝る前に時々自己を顧みてはその自負も空虚なひとりよがりではなかったかと恐れられる。少しでも善いことをしてやるとことさらに自分が善人であるような甘い自己意識を感じたり、少しでも苦労して自己を制すること出来れば如何にも努力精進している誠実な人間であるかのような錯覚を起すのは凡人の常ではあるが、そうした凡人の痛弊を余りにも屢々自分の中に見出すことは近頃、特に多いように痛感させられる。

自分の飯をゆっくりかんで食って、少量で済ませ、余った分は腹のへっている兵隊にやったり、自分の被服を物交して煙草を手に入れ兵隊に分けてやったり、作業の時は兵隊の嫌がるような悪い地形のところを進んでやったり、そういうことをやるのも皆兵隊に少しでも報いてやろうと思う切実な気持からするのだが、私のその切実さが全く純粋なものなら、私のやった行為の為、兵隊が喜んで明るく愉快にやってくれさえしたらそれで十分な筈なのに、然し中々そこまで私を滅し去ることはむずかしい。どうかすると自分は善いことをしたという意識に捕われ勝ちなのは情けない。良き将校としての本分を忠実に尽すことは本当にむずかしいことだ。

一月二十八日

パンガのゴム林から連絡に来た者に、「太ったなあ」と言ったら、「いや、とんでもない、太ったのじゃなくて、腫れたのですよ」と答えて足を見せた。成程ふくれている。長靴が辛うじてはける位だ。パンガでは、給与の低下に困り抜いているらしい。殆ど何も食うものがなく、ジャングル野菜の塩汁に毎日を送っている。カロリーとビタミンの不足に栄養失調となり、青ぶくれ病というものが流行し、皆顔をぶくぶくはらし、三分の二近くの者が練兵休患者になってしまったと言うことだ。

然し、全部がそうなのではない。一部の者——炊事勤務者や特別な将校連中——が特殊なぜいたく品を食うていることは、兵隊の不平を待つまでもなく、想像がつく。

「炊事の奴らは、使役ばかしとってうまい物ばかり食う」とか、

「今日将校室へ行ったら特別な料理があった」とか、はしたないうわさが聞えてくる。誰もが満足している時はそれでもよい。誰でも乏しきに苦しむ時、そういう時にこそ本当に人のねうちが出る。此ういう時には些細な徳も人の心を和げるのに、将校からして一片のチーズ、一杯のミルクに汲々としているようでは明るい秩序ある軍隊は産れる筈がない。

食物から起る争いはきついものだ。他人の持つ花は美しく見えるように、他人の皿に盛ってある飯の量は多く見える。自分の分だけが特に少ないような気がして、やぶにらみに人の皿をじろじろ眺め合う。そして時にはそれが不平となり、喧嘩となる。

連日の激しい労働と乏しい給与とを思えば此れも亦さもしいこと、あさましいこととして退けてしまう程簡単なものでない。食い物のことでとやかく言うのは、如何にも意地きたないことだと一がいに言いきってしまうような人は、と角、食物のことで切実な苦しみを味わったことのない人ではないかと反問したい。

善意志への追求は、物欲の止揚に始まるということは本当であるにしても、然し現実に人は物欲にいかに左右されるかということの反省なくして厳しい努力では産れてこないであろう。

一月三十一日

日曜日となれば皆芋を掘りに行く。此の一週間のたった一回の休みをすら、彼らは決して休もうとはしない。毎日の作業でもとより疲れてはいるが、そして休みたいのは山々だが不足せる食糧事情はそれを許さないのだ。ウェカミへ来てから間もなくジャングルの中に山いもがあることを知った。いも掘りは非常にエネルギーの消耗となり体がえらい仕事なので、初めは皆熱心ではなかったけれど、白いもを、すって、とろろをつくると中々うまい。その上何よりも足りない飯の補いとなる。そして何時の間にか兵隊達は熱心に暇さえあれば芋を掘りに行くようになった。

少しでも満たされない腹の足しにしようとする努力は作業がきつければきつい程真剣なものになってくる。

此の頃は日曜など、朝から円匙をかついでジャングルの山の中を少くとも半日は歩き廻る。そして附近の山という山は芋の穴だらけになってしまった。段々遠い所にまで行かねばならない。

ビルマ人は、此の御馳走の味を知らないらしい。此の天然の贈物を彼らが食っているのを見たことはない。

努力さえ惜しまなければ自然はその産物を与えることを拒みはしない。我々は決してうまいものを食いたいと思ったのではない。食わなければ体がもたないから休みの日も休まず天然の自源にエネルギーの供給を求めざるを得ない。

日曜日でなくとも毎日、昼食後のちょっとした休憩の時間を惜しんで三分の二位の者がいも掘りに行く。白いもだったら普通四十分くらいで一本掘ってくる。然し、ジャングルの中の外のまぎらわしい草蔓が一ぱいある内、太そうな、いものつるを発見することはむずかしい。名人は忽ちにして、太いのを二本位掘ってきてしまうが、それと同じ時間内に又或る者は全然から手で、しょんぼり帰ってくるのもある。或は、非常な努力を使って、全身それこそ汗と泥にまみれて帰ってきた者を見て、どんなに大きい収穫があったのかと皆期待すると、全く小さな細いいもをそっと手の中に隠して人からひやかされないように気を使っている兵隊も居る。

いも掘りはとても根のいる仕事でこつこつと深い狭い穴を掘る者にのみ収穫は与えられる。

二月二日

私は将校であるから、当番兵を一人つけて貰っている。然し実のところ、私には心苦しい位だ。出来ることなら自分でやれることは兵隊と一緒にやって他人の世話を受けるまいと思って当番兵を使わないようにしていたところ、此の間福本曹長から

「小隊長殿はそんなことをする必要はありません」と言われてしまった。今更将校に特権を与えるのはけしからんというような考えがある反面、実は将校は将校として兵隊のやるようなことを余りやって呉れては困ると彼らは言うのだ。たとえば私が自分の食器位自分で洗おう、洗濯も自分でやろうと思ってやれば、成程それだけ兵隊の労は省けるには違いない。然し私が洗っている所を外の兵隊が見て何と言うか。「あの将校はあんなことをやっているが一体当番は何をしているのか、怠慢な当番兵だな」と人は感じるというのだ。それ故私の方では善意を以てやったことが結局当番兵の不評判という結果を齎《もたら》す。或る程度当番にやって貰えば、その当番が任務に忠実な兵隊として皆からその労を認めら

れることになる、という。

私もそれを聞いて成程と思った。心苦しいと思いつつも、何時も有難い済まないと思いながらやって貰っている。

それと同じようなことが私と他の兵隊等との間にもある。私のやることに対して外の中隊の兵隊から「あの中隊では、将校にあんなことをやらせている」と思われることを非常に気にするらしい。

それは確かに一の見栄である。然し人は余りにも屡々《しばしば》他人の評判を気にして自己の行動の基準を定め勝ちなものではある。時としてそれが社会に於ける決定的な要素ですらある。人間の感情も中々微妙なものだと思わせられる。

二月四日

現地人との接触は公のところ禁ぜられているが、事実は中々そうではない。特に此のウェカミでは近頃、夜になると物々交換が行われるようになった。一番ほしいものは何といっても煙草である。その外チャンダカと称する黒砂糖、時として米などを持ってくる者もある。彼らも非常に日本の衣類をほしがっている。

こちらの方では初めの内少し交換する物を持っていたが次第にそれも乏しくなってきた。衣服は去年の十一月定数を制限されたので、その時正式に出した者は今いくらも物交す可き余分の衣類を持ってはいない。ところがずるい要領のよい人間はその時適当に隠し蓄えておったので、今になってそれを巧に放出し物交している。結局正直な真面目な人間は損をするということをぶつぶつこぼす者も少くない。それは一般世間に於てよく言われる通俗な処世訓ではあるが、今その具体的な表れである。然しもう少し高い大きい眼で見た時、本当に損しているのかどうかは分らないであろう。

靴下、襦袢、袴下、毛布等々、さまざまな品物が煙草になって空中に消えてゆく。配給になる缶詰の空缶で馬穴《バケツ》など巧みに造ってそれを交換する者も居る。

煙草は半必需品である。本物がなければ、その附近にある代用葉を苦心しては探し出す人にとっては何か口にくわえるものがなくては淋しくて仕様がないのだ。さればこそなけなしの貴重なものをやってまでも、少しの煙草を手に入れようとしている。それはそれ自身悪いことではない。然し物欲への執着は——煙草も亦一つの物欲に過ぎぬであろう——それが節度を超えて自制心を失った時には諸々の悪徳に転化しうる。自分の物を使い尽し遂に他人の所有物へ手を伸ばすようになっては大きな弊害である。ひんぴんと盗難が続出し、他人の衣類が自分の煙草となることが多くなった。ちょっと油断をしていれば盗まれてしまう。なげかわしいことではある。

二月八日

初めテットカウでやっていた時は円匙や斧を持つと直ぐに手にまめが出来て困ったものであるが、何ヶ月かの土方作業を続ける内に皮も硬くなって痛まないようになった。経験によって、円匙を使えば手のひらのどの辺にまめが出来、斧ならどこ、十字ならどこということまで知っているので、色々研究しては傷まないような持ち方をすることが出来るようになった。それと同時に皮膚の色も今は日に焼けて見るからに黒くなった。皆が同じように黒くなっているものだからそんなに黒くなったとも思えないが、稀にパンガのゴム林から中隊の者が連絡に来ると、その顔が如何にも青白く見えることから成程自分たちは黒くなったと合点がゆく。幸いに私は病気もせず日毎に体は鍛えられてゆく。

とやかく色々な不平を言っても――「おれたちばかり使われているのに、ちょっと気の弱い者は体が悪いと直ぐに寝込んで何もしていない」と言って、ぶつぶつこぼす者がたえないが――然し如何に肉体的苦労が多くとも、健康であることは矢張り大きな幸せではないであろうか。「まあ、そう不平を言うな」と私は何時も兵隊に言っている。「丈夫な者ばかりがこき使われているので不公平なように思われるが、考えてみろ。病気になってたるんでいるよりは、こうして元気で汗を流している方がずっとよいじゃないか。おれたちが内地に持って帰ることの出来る最大のものは此の体だからな。外のものがなくっても健康な肉体こそが唯一の土産物になるんだからな。体だけは大事にしろよ」と。

自分の健康に絶大な信頼を覚えることは有難いことではある。連日の厳しい労働に一日でも長く堪えられれば、それだけ大きな自信が湧いてくる。

「内地へ帰っても今と同じ位の気持で働いたら何でも出来ねえことはないなあ」と言うのが皆の正直な言い分である。

二月十日

児島大尉は嘗て「おれは兵隊の為ならどんなことでも忍ぼう。韓信のまたくぐりでもします」というようなことを言われた。大尉が兵隊の面前でこういうことを明言されたのは一部の者に如何にもわざとらしい芝居がかった所作として非難されたのであるが少くともその心構えに於ては将校たる者凡てが範とす可きものであり私も身を以てそれを具顕せんことをひそかに希《こいねが》っているのである。

将校なり通訳なり、直接に英軍と接する人々の一挙手一投足はその部隊全般に大きな影響を及ぼしてくる。某部隊では通訳をしている将校が非常に横柄であって英軍将校と話しをする時の態度が悪いので彼らの感情を害し、それが為に無理な夜間作業を強いられたりして部隊全員が迷惑しているというような話しを聞くにつけ他山の石として我が身を顧みる。

此の間もバチャンシングが話してくれたことがある。「サガンジの第二区の部隊の者は割合作業をよくやるが通訳の態度が非常に悪い」と。一人の不注意な動作が多くの人を苦しめる。それと反対に、上に立つ人の誠意と配慮はその人の意識すると否とに拘らず他の人の為に善きみのりを齎し得る。

特に現場に監視にくるゴルガー人に対する応待は細心の注意を払わねばならぬ。個人的には彼らも日本人に好感を持ち、時として尊敬の情をさえ抱いている。然し、我々の方でもそれに馴れ過ぎて少しでも高慢な態度を示せば突然彼らの方でも硬化する。「何だ、おまえたちは負けたのじゃないか、おれ達は勝者だぞ」と言わんばかりの高圧的態度になる。そして結局気の毒なのは何も知らないで作業をする兵隊たちだ。彼らの作業に対する要求が厳しくなるのだから。それ故に私はある程度、英語を話せるということを出来るだけ有効に利用して監視人の心を和らげてゆきたいと思っている。時として円匙を取って兵隊と一緒に肉体を働かせることが良い場合もあるし、時としては、汗にまみれて勤労する兵隊をよそ目にして笑いながらゴルガー兵を応待する方が却って良いこともあるのだ。

二月十四日

此の道路作業も二月十五日までに終るという最初の計画であったが結局又一月延びて三月十五日ということになった。もう概ね道としての輪郭は出来ているが、色々と英軍からの指令も変るので後から後から補備作業をしなければならない。両側に掘る溝も初め四フィートの幅であったのを五フィートにしなければならない。或は雨が降っても水がたまらないでその溝の中に流れこむように、道の端を中央よりずっと削って傾斜を急にしたり、更に雨水の為にぬかるむことがないように、出来るだけ粘土質の赤土又は砂りのまじったバラスを一面に道路の上に敷いたり、工兵隊がかけてくれた橋梁や暗渠の前後をうんと盛土して、又その附近には排水壕を掘ったり、その他、所謂補備作業といっても今までの本作業に劣らない程あれやこれやの仕事を将来に控えているのだ。確かに我々の命ぜられることは首尾一貫を欠いておって、計画性に乏しいので非常にやりにくい。それが為に兵隊の気持ちを不安なものにする。後から追加命令が来る毎に、又かと誰しもがっかりする。こんな風では、一体何時になったら此の道路作業の全き終局の日が来るのであろうか、と懸念されて何もかも当てにならないような心細さを感じてくる。三月十五日まで延びたといっても、その三月十五日さえ、本当には信頼出来ない。

丁度、知らない道を旅する時、目的地を尋ねながら行くと、会う人毎から「もう少しです」「もう直きです」と言われながら、行っても行っても中々その目的地を見出し得ない時に感じるいらだたしい焦慮の気持ち、そんなやるせない気持に明け暮れ追われている。

何といっても船だ、船が来てくれなくては、はなしにならない。ただで食わせてくれるわけもないから、ビルマに居る限りは使われるものと覚悟せねばならない。

内地では一体何をしているのだ、何故早く船を廻してくれないのかと誰しも言わなくても心には強く強く念じているのだ。そして作業が辛い時などには、応々憤りの念さえ湧き上ってくる。

二月十八日

今日はバラス積みに行く。此の道路も一応仕上ったら、その上に幅十フィートのバラスを一面に敷いて、雨季になってもぬかるむことのないようにせよというのだ。児島部隊の者が、バラスの出るような堅い土質の所を選んでそこに大きな穴をうがちバラスを採掘し始めたのも一二週間前からのことである。今日行った所でも、既に児島部隊の一部が岩壁に十字を刻みこんでくずれ落ちる小石を道路上に運び出していた。その山となって積んであるバラスを自動車に積み入れるのが我々の役目だ。採石自動車は五台だ。六人一組となって円匙でバラスを自動車の中にほうり入れる。一杯になれば、車はそれを一定の間隔を置いて道路の上にずっと並べて行く。石を車に積みさえすれば良いのであり、それを所用の地点でおろすのは車が機械により自動的にやってくれる。

然し、此の積込みは中々骨の折れる仕事である。五人で一台の車を引受けて、一杯入れるのに普通十五分位かかる。円匙にすくった石を下にほうるのは楽だけれど、上にほうり上げるのはえらい。一、一、体を曲げたり伸ばしたりせねばならぬ。石がじゃりじゃりして円匙ですくうのがうまくゆかず、少ししか円匙の上に乗っからない。一台の積載量は大きいので、随分積み入れた積りで車の中を覗いてみてもまだ底の方に僅かたまっているだけだとがっかりする。「此れでもか」、「此れでもか」と思って円匙を振うのだが、何だか泣きたいようなもどかしさを覚える。それでも半分位たまったと思うと後の半分は存外早く出来てしまう。人間の感覚というものは妙なものだ。同じ半分でも最初の半分までが変に長い時間に思われる。後の半分は忽ち出来てしまう。仕事のやり方は変らないのに。意地の悪い監視が来ると、バラスが山盛り一杯になるまでは入れさせる。こちらでは出来るだけ早くしてしまおうとするのだが、彼らは手真似でもっと入れろ入れろと言うので仕方なく入れる。然し考えて見れば彼らは決して意地が悪いからではない。自己の職務に忠実な善良な兵士らであるのだ。

面白いことにはゴルガーの運転手とゴルガリーの監視兵とが口争いする。運転手は車のことを気にして、バラスを沢山入れさせないようにし、監視は、職務上命ぜられているので出来るだけ沢山入れさせようとするから。

二月二十二日

「めりめりめり」とジャングルの中で音がしたと思うと、ぬうっと象の長い鼻が出てくる。そしてのっそりとその巨大な体が表われる。見上げるような象の背の上に何とちょこんと坐って馭しているのはまだ七つ位の子供だ。呑気そうにマドロスパイプを口にくわえて黒い顔をにっこりして、白い歯をむき出す。

象は後ろに太い大木を一本ひきずっている。何のことはない、その通ったあとはジャングルの中に道が出来てしまう。

此の巨大な動物は我々に苦手だ。折角苦心して我々が綺麗な新道をつくっても、こやつが一回歩くと、体の重みで土の中にめりこんで、大きな足あとが点々とついて、全く道路の美観を失ってしまうからだ。そばで見ると気味が悪いが、ちょっと離れて見ると、小さな子供にあやつられておとなしく歩いて居るのが可愛いようでもあり憐れなようでもある。眼を細くしてうるさそうに鼻を上下して居る所など如何にも善良そうで愛きょうがある。

象と、もう一つ我々の作業の邪魔をするのは牛である。ビルマは牛の多いところだ。折角、土手を築いても、そこを牛が駈け上って崩してしまうと、また直ぐ補修せねばならぬ。何回も同じことをさせられるのもつまらないので、印度兵に、そういう道を荒らす放牛を射ってしまって肉でも食ったら一挙両得で良かろうと話してみたが、流石に彼らもそうすることは出来ないと言う。困ったものだ。

道路の片側に積んである大きなバラスの石――それはもう何年も前に積みあげたものらしい――それを小さくして道の中央に敷く時に恐ろしいのはさそりだ。そんなに大きいのは居ないが小さいのが石と石との間に隠れていることが多い。不注意に手で石をつかむと、刺されることもなくはない。此んな小さな虫でもうっかりすれば何日間もうんうん言っていなくてはならないと思えば、矢張り慎重にならざるを得ない。

二月二十三日

「現地人はけしからんことをするそうだね」と小山大尉は言う。

「昨日ある兵隊がチャンダカ（砂糖）を物交してきた所が、後で調べたら中身はチャンダカじゃなくて木の板だったそうだぜ。又、外の者が、ガピーだと思って買ってきたのを一口食べたらじゃりというので変だと思ったら砂のかたまりなんだそうだよ。ひどいじゃないか、え？」

「そうですか、えらくたちが悪いですねえ。然しそれは日本兵が悪いんじゃないですか。というより日本兵が彼らを悪くしたんじゃないですか」と、私は正直に言った。

非常に不愉快なことではあるが、私は日本兵が単純な現地人に今まで如何に悪いことをやってきたか良く知っている。まことに物欲の本能は平気で人の良心を踏みにじって悪いことをさせるものだ。物交に際し日本兵は応々にしてひどいごまかしをして彼らをあざむく。英軍のかんづめや煙草は非常に高価だ。日本兵は煙草の中身を取り変え、わざわざまた封をして、此れを上等煙草だと称して売りつけたりする。質の悪い、破れた布を持って行って、その破れ目をうまく隠して上等品と称したりする。嘗て軍票の通用していた時には、五円を十円と、十円を百円とごまかす者も居った。そうした悪質な詐欺ばかりではない、ひどいのは純然たる強奪をする。

日本兵と原住民との物交は終戦前は勿論のこと、今も尚自由意志に基づく契約ではあり得ない。屡々日本兵は彼らが嫌がるのも構わず、強引に押しつけては不当な物交をして来たのである。暗さにまぎれてかっぱらいをした兵隊もあったのだ。

終戦前に於て日本軍は絶対であったが故に彼らは凡て泣き寝入りせざるを得なかった。而もだまされつつも好んで物交に来た彼らは又それだけ切実に日本軍隊の諸々の軍需品を欲していたのだった。勿論凡ての兵隊が悪かったのでは決してない。而も此うした数々の悪徳が原住民に与えた影響は如何ばかりであったろう。それが日本人に対する彼らの信用を失墜し、延いては信服を拒んで時には憎悪の念をさえ惹き起したであろうことを心ある人は憂慮の念を以て案じていたのである。

日本軍隊の兵は凡ゆる階層の人を含むのであり、それ故、こうした事実は日本人一般の道義心の浅薄さをはっきりと我々に示してくれる。

一人の日本人としてどんなに恥ずかしく淋しく感じたことか。外地に於て同邦のなす悪事は余計身にしみてこたえる。少くとも私は自分の部下に関する限り、そうした破廉恥なことはしないようにと心掛けては来たが、恐らく（表面では分らないが）私の努力は未だ十全ではあり得なかったように思われる。

日本兵が彼らを欺けば、彼らもその知力の及ぶ範囲で我々を欺こうとするのは不思議でない。

今になって、彼らがチャンダカを木の板でごまかしたり、ガピーを砂にかえたといって怒ってみた所で、それは受ける可き当然の罰ではないであろうかと反省しなければならない。

今ではもう手遅れになってしまった。大きな眼で見れば恐らく大東亜の諸地域に於て日本軍は皇軍ではなかったであろう。対日感情が悪いということはとりも直さず日本兵の在り様が悪かったからに外ならない。

そして、皇軍が実際戦陣訓に謳われている通りの皇軍であったなら、戦争の推移はもっとずっと変ったものとなっていたであろうと惜しまれる。

二月二十五日

此の遠い辺境の土地にも祖国現状の動きは断片的ながら伝わってくる。週に一回発行される小さな新聞紙を通じて、ささやかながら、終戦後立ち上らんとする国の復興は如何ばかりかを推測することも出来なくはない。もとよりそれは僅かな部分であり、且、必ずしも正確ではないことを知りつつも、然し混迷の中に喘ぎつつあるであろうその有様は大体に於て間違いはないと思われる。

誰でも、内地が一体どんな状況にあるかを切実に知りたがっている。天皇制、民主主義、戦争犯罪、追放、食糧難、インフレ等の問題が表われてくる。然しそれらの概念的構想も実際に此の眼で見、その雰囲気に親しく触れてみるまでは具体的な実感となってこない。それだから気になって現象の表面の奥に行われている実際生活はどんなものかを案じざるを得ない。祖国の暗い面を報じているニュースを見ては眉をひそめ、明るい華やかな面の報道に接すれば、それとの対比に於て現在の自分たちの置かれている境遇のつまらなさを思い、望郷の念一しお濃くまた我々の胸を痛ます。内地のニュースは何でも良いから知りたい、然し読むと憂うつになる。此れが誰でも持っている感じではないであろうか。それ故「もう新聞も読まないぞ」と言っている者が、そのくせ報道を達する時には一番先にとんでくる。私にしても学校のことなど書いてあるところを見ると妙な気になる。内地では教育も漸く正常化し、大学はじめ各学校も戦争前のように開かれたとか、学生スポーツが復活して、何処と何処が仕合をやった等というニュースを見る毎に在りしの学生生活を思い浮べつつ、今頃はどこでどんなことが行われているか、あれこれと想像してみたくなる。内地に居った友達など続々と復員してもう通学しているんだろうなと考えたりして、何だか自分一人こうして取り残され落伍していくようなわびしさを感ずる。

法経二十五番教室に或は東大サッカーグランドに心はとんで夢はかけめぐることもあるが、何時かその幻想は破れ、円匙を肩に泥にまみれた裸の体をとぼとぼと運ぶ現実の我が身にかえる時の淋しさ、それは言いようもない。

二月二十七日

夕食が終って就寝までの二時間、一日の労苦から漸く解放せられてくつろいだやわらぎの一時である。皆思い思いのことをやっている。釣竿をかついで川の下に降りてゆく者。こちらでは花札に明るい掛声があがると思えばあちらではざる碁、へぼ将棋に神妙な顔をする兵隊。まわりでわいわい言ってひやかす兵隊（一体どちらがやっているのか分らない）。隅の方で黙々として針仕事にいそしむ者。ぼんやり煙草をふかして冥想にでも耽っている者。女の話し食い物の話しに打ち興じている者。――まことに人さまざまのその瞬間の理想郷である。

「待てば海路の日和とやら、ざまあ見やがれ、青丹だぞ」、「畜生！」

「こりゃいかん、黒は皆死んでしまうぞ」、「うむ、到る所、真白白だな」

「はい、王手飛車とり」、「待った待った」、「いや、待ったはなしだ」

「また、うめえドリアンが食いたいな」、「まったく、ドリアンの味だけは忘れられないわい、もう一生食えないかなあ」

「おまえはカンブリーで外出の時にはいつもあの女のところに走って行ったなあ」、「何言うんだい、おまえこそ、ピヤに行かない行かないと威張っていたくせにして、名前のついた手拭を置いていったのは誰だ」

「おい、今日の収穫はすごいぞ、こんな大きな雷がかかったぞ」「これは珍しい、貴様の釣竿にもかかるような馬鹿な魚がいるのかねえ」、「馬鹿言うな、食わせてやらないぞ」、「此れは失敬失敬」

あちらこちらで種々様々な会話が取り交されて賑やかな雰囲気がかもし出されてくる。此の憩いの一時に人は少くとも外のことを忘れている。労役のことも内地のことも。

それは今の生活の中で求められる最小限度に必要なリクリエーションではある。意味もないような此うした乱雑な騒ぎの中に何時の間にか人々の心は涙ぐましいまでに溶け合ってゆく。

私は嬉しい。朗らかな騒ぎの中にまきこまれてゆく自分のことを有難いとさえ思う。元気で愉快な心を少しの間でも長く持っていて貫いたいとせめても希うているのだ。

「和を以て貴しとなす」とは今も変らない私の信条ではある。

三月二日

私達の作業場の隣で下士官を長にした五六人の工兵隊の人が暗渠をかけていた。そこへジープに乗って見廻りに来た英軍の伍長が〝Today finish?〟と尋ねたのでその下士官は「Yes, O.K.」と早速答えた。伍長は満足そうな顔をして去って行った。聞くともなしに此の会話を聞いていた私は然しどうもその仕事がそう直ぐに出来そうにもないと思ったので本当に今日中に仕上げてしまうのかなと審ったが休憩の時その下士官に尋ねてみた。

「一体君たち今日中にそれをやってしまうのかい?」

「いや、どうしてです。とても出来そうにありませんよ」と下士官は言う。

「だって、君はさっき英軍の伍長にできると言ったじゃないか」。

「え？　何ですって？　あいつは何て尋ねたんですか？」と、下士官は少し慌て出した。「何だ、君は意味が分らなかったのか。今日中に終るかどうかって問うたのだよ。それに君はイエスと答えたじゃないか」。

「本当ですか、それは大変なことを言ってしまった。私はよく分らなかったけれど、何でもイエスと答えておけば善いと思っていたものですから」。

ここに至って善良な此の下士官は、急にびっくりして、夕方又見廻りに来た時叱られて、夜間作業でもやらされては大変と、兵隊を督促して夢中で馬力をかけ始めた。

卑しくも長たる者がくだらない見栄をはって知らないことをまでも知ったかぶりをして無責任なことをやるのは非常にいけないことなのだ。それが為に自分は勿論、外の多くの人にも随分多くの迷惑をかけるものである。殊に言語の不通から来る些細な誤解というものは当人が知らない内に存外大きな事件となることは今までも到る所で見受けられたことである。

三月五日

孝久大尉が作業場で私をひそかに呼んで詰問する。

「渡辺、君の中隊じゃ点呼を取らないそうだね」

「はあ、今はとっておりません」

「困るじゃないか。そんな勝手なことをやって。うちの中隊の兵隊は、君のところでとらないものだから、うちもとる必要がありませんでしょうといってぶつぶつ不平をこぼすのだ。一体君は何故点呼をやらないのだ」

「そうですか、とらなきゃあいけないものですか」

「君までが本当にそう思うのか。だから兵隊がだらしなくなるのだ。点呼は朝晩に於ける軍隊のあいさつじゃないか。復員するまでは矢張り軍隊は軍隊らしくさせなくちゃいかん」

非常な見幕で大尉は私を叱った。私は黙ってしまった。然し此の問題は当然いつか取上げられると覚悟していたのだ。

実は、ウェカミに来てから私の中隊は点呼を取らなくなった。作業がきつくなって毎日帰営するのも遅くなった時、私は兵隊の束縛をいくらかでも少くしてやろうと思って点呼を止めてしまった。一日の作業を終り疲れ果てた身体をひきずって帰ってくる兵隊は何よりも早くくつろいだ気持になりたくなる。そして食事して水浴したら魚釣りに行ったり、花札をうったり、ごろっと横になって休んでいたりしたい。此うした一時の憩いこそ今の境遇に於ける唯一つの楽しみなのだ。

点呼を取れば、時間的にも精神的にも兵隊は此の楽しい一時をさえ制限されなければならなくなる。勿論魚釣りにも直ぐ行かれない。水浴をしに行き、或は食器を洗いにゆくさえ、もう点呼の時間じゃないかと気になって落着かない。

勝負ごとをやっていてどんなに面白い時でも点呼になったら中止せねばならなくなる。折角の雰囲気もめちゃくちゃだ。それ故兵隊は点呼を非常に嫌がる。私は彼らのそういう心持を察してやることが出来た。そして彼らにそれ程窮屈な思いをさせてまで点呼を強いる必要があるかどうかを疑った。それに私はそもそも点呼そのものに以前から疑いを持って居た。軍隊の点呼はそれを人員の掌握という面から見れば意味はある。然しそのやり方は如何にもマンネリズムだった。五ヶ条の勅諭を奉じてというのだが実は兵隊はうわのそらで無意味に「一つ、軍人は云々」と機械的に言うにすぎない。そんなことで五ヶ条の精神を体得出来ると思ったら甘いものだと、私は入隊以来ひそかに疑っていた。それに何より悪いことはそれを兵隊にやらして而も将校は何もしないことだ。恐らく将校で毎朝五ヶ条を奉唱する者は稀であったろう。此れじゃいかんと終戦前からその矛盾に苦しんでいた私だった。そんなわけで私は殊に終戦以後、点呼は不必要だと思って居た。自分でそう感じるものを、今わざわざ兵隊の心を束縛してまで強いるということは出来なかったので私の中隊では止めてしまっていたのである。

孝久大尉は、形式も必要なる所以を力説したが私の若い心には単なる虚偽としか思われなかった。然し、あとになって幕舎に帰って、ゆっくり考えている内に私も多少行きすぎていたと思った。それは矢張り全体の秩序ということから言って私の中隊だけが規則を破ることはいけないと感づいたからである。とも角も我々が今居るのは実質上軍隊ならぬ一つの社会ではあるけれど、如何なる団体にも秩序がなくてはならぬ。私のやることが自分の中隊だけに影響を及ぼすのは良いけれど、広く外の中隊外の部隊と一緒に共同生活をする限り、外の兵隊に及ぼす影響をも考えなければいけない。私はまだ若すぎたようである。

私の中隊も点呼を取ろう。が外の隊のようなあんな形式的なことをさせてはいけない。私からして小隊長自ら率先して点呼を取ろう。そして本当に真心こめて祖国を、故郷を拝し、愛する人々の健在を祈ることにしよう。勿論五ヶ条の勅諭などは奉唱しない。日本兵としてではなく日本人としての新しい自覚を持って生きねばならない時なのだ。

兵隊の中には不平を言う者も居るかも知れない。私は兵隊を愛する。然し彼らの機嫌取りとなり彼らにおもねることは注意せねばならない。

三月七日

「えんやこら、えんやこら、たこつきは、たこつきは、辛いよ、辛いよ」。午後ともなれば、また賑やかなたこつき音頭が作業場のあちこちに聞えてくる。

「おい、どうだね。ここもたこつきを始めたら」と私は傍の福本曹長をふりかえった。

「そうですね、始めますか。おーい、誰か、三人ばかりたこつきやってくれ」と福本曹長が兵隊にどなる。比較的手のあいた兵隊が自分の仕事を戦友に頼んでやってくる。

「おい、誰か音頭を取れよ」、「山本、やれやれ、矢張しおまえに限るよ」と、福本曹長はにやりと笑う。「へー、へー」山本と言われた大男はひげだらけの顔をほころばせる。彼は軍隊の実役七年とかいう大古参の兵長で、入隊前は請負のような仕事をしていたとか。まことに土方あがりの荒っぽい、逞しい体つきをしている。外の兵隊から「おやじ」の通称で通っている荒らくれ者で音頭取りにはもってこいの男だ。

たこにも二人用、四人用、六人用等色々あるが四人用が一番手頃である。土を盛った所やバラスを敷いたところには少し水を打って、どんどんたこをつく。水が便利な時はよいが、川に遠い時などは水運びに漠大な労働力と時間とを必要とするのでたこつきが遅れて仕様がない。

昔、東京の電車の駅で、線路工夫が歌を唱いながら、つるはしを振り上げて仕事をしているのをよく見たことがある。そのふしにも独特な調子があって面白く、子供の頃は真似をしたこともあるが、嘗て、彼らの歌を唱う必然性については考えたこともなかった。

今、こうしてたこつき等やらされて、初めて、仕事をしながら音頭を取ることの重要さを知るようになった。単調な、同じ動作を繰り返す時に、それを一定のリズムの中にとかしこんで無意識にそれに合わせると仕事の苦痛がずっとやわらげられる。そして時間のたつのもずっと早く感じられる。それをしないと直き仕事が嫌になってくる。そこで自然と音頭をとる為に口を開くようになる。

三月十日

悪い人間を叱る時に怒ったのでは恐らく半分の効果もあげ得ないであろう。子供のように分別もつかない稀の人にはそういう場合もあり得るが、三十の年を超え立派な一家の主人であるような兵隊に対して怒ることは意識してさけなければならない。特に暴力を用いるに至っては却って相手の反抗心を潜在的なものたらしめるに過ぎない。

うわべは一時如何におとなしく見えたにせよ、その隠れた不平不満が如何に又長く続くことかを兵隊と起居を共にし、その言うところを聞くとはなしに聞いている内にはっきり知らされる。

最もいけないのは、所謂「怒を人に移す」ことだ。何か外の理由で機嫌を悪くしている人が無やみとしゃくくに障って、ちょっとしたことにも怒りっぽくなり、些細な不注意や過失を取り立てて他人を責めるということは世の中に有り勝ちなことであるが、叱られた人の身になってみれば此れ程迷惑なことはない。恨み心はこうした場合に起ることが多い。

寝物語に兵隊たちがあれこれと将校の悪口を言うのを黙って聞いていると成程無理もないことだと考えさせられることがある。全体として彼らの判断は決して誤まってはいないようだ。叱られる人間にとっても、その叱責が暖かい愛情から出てくるものか、或は叱る者のほしいままな私情から出てくるものかということは分るものである。そのどちらかによって本当に悪かったと悔やむようにもなり、或は心ならずもの表面的服従に終るようにもなる。

軍隊の性格が今のように歪められている此の特異な社会に於ける上下の繋りは微妙にして表裏の二面を伴っている。こういう時、上からの一方的威圧は予想外な悪い結果を及ぼしうる。まずい叱り方をして、逃亡者を出すような例も時たまある。

短気で怒りっぽい者とそうでない者とは相当その人の性質に依存するのであり、一朝一夕には改められないものであるが少くとも人の上に立つ程の者としては、それを抑えるだけの自制心が是非とも必要でないであろうかと深く考えさせられる。

三月十三日

終戦後ビルマ人が我々に取っている態度はそのまま、日本軍が嘗て彼らを遇したやりかたを如実に反映している。当時こちらがま心を以て宣撫に当った地方の人は今尚好意と信頼の情を示してくれる。

今日も作業している時、珍しくビルマ人を乗せた自動車が通って行った。ちょっと顔をあげた途端、車の中で女が一人立ち上がって手に持っているものを投げた。空中でくるっと廻ったと思うと大きなバナナのふさが足元に転り落ちてきた。そして、同時に何本かの煙草が頭上に降ってきた。「おや」と思ったら、自動車は砂ぼこりの中に半分包まれて大分離れていた。そして女は指を口に当てて笑っていた。此の無言の贈物の中に彼らの好情を感じて嬉しかった。がそれと同時に彼らからも憐れまれねばならない今の境遇のあさましさに淋しいひけめをも感ずるのだった。

嘗ては皇軍の名の下に権威を振って彼らの上に君臨していた日本の兵隊が、今はこうして英軍の労役に黙々として服している様を彼らがどんな眼を以て見ているかを想像することは恐ろしいことである。

今日の女とは全く逆に憎悪と嘲笑の念を浴びせられたこともあった。いつかタンビザヤの町を通った時だった。六つか七つ位の子供がやって来て、日本語で、

「日本、負けて恥ずかしくないのか」

と言われたその瞬間の恥辱は全く堪えきれなかったと言う。

「畜生！　こんな子供にまで馬鹿にされて！」とぎりぎり歯をくいしばって無念さに断腸の思いだったと言う。どんなにくやしかったことか。それは一人の日本人に与えられた、否、日本の国に与えられた最大の屈辱ではなかったろうか。そして今尚我々の一人一人の心にしみ渡っている根深い民族感情は日本人たる意識と誇りに於てそのような恥辱にどうして平然たり得たであろう。

ともあれ今はどうしようもないのだ、が此のことは強く心を打って一生頭から忘れ去ることはないであろう。

三月十七日

今日はパンガゴム林から演劇慰問団が来てくれた。勿論素人の兵隊たちばかりであるが、それにしては中々うまくやってくれた。衣裳も材料がないのに創意工夫で立派につくってある。馬のしっぽの毛でかつらをこしらえたり、毛布やエンジーの布で美しく見える女の着物をつくったり、どんのごのすが帽子になったりして、どうにか一通りの衣裳が揃っている。

落語、漫才、歌謡曲、手品、軽音楽、ヴァラィアティ等から喜劇時代劇等等。

丁度近所の英軍キャンプからも印度兵が沢山見に来ていたが、女の衣裳をつけたおやまが出ると、すっかり有頂天になって喜びものすごい拍手の嵐に大騒ぎだった。単純な彼らの中にはそれを本当の女だと早合点して、あの女に会わせてくれと、がくやうらまでわざわざ押し寄せ、それが変装を解いたら、女でなく色気のないむさくるしい兵隊だったので、がっかりして帰って行った者もあったそうである。皆でそれを聞いて大笑いした。

バチャンシャングも見に来ていたが、私を探し出して解説をしてくれと言うので劇の時など大体の説明をしてやる。中々感がよくて、こちらから言わなくても、舞台の身ぶりを見て想像することがおおむね当っているので驚いた。丁度家庭劇で、家族一同揃って食卓につく場面があったが、母親が子供の飯をよそってやる段になると、彼は非常に喜んで〝Good！Good！Very good custom！Our custom same！same！〟とくりかえしくりかえし叫んだ。日本の食事の慣習が自分たちのそれと図らずも同じであることに此の上ない嬉しい発見をしたらしい。そして彼の感嘆の中に私は彼の日本への思慕がうそでないことをはっきり知った。

　今日の演芸の中で一番人気があったのはフラダンスであった。特に印度兵は劇等よく分らないので、此の、あまり美的ではない、然し充分にエロティックなダンスにすっかり魅せられてしまってこおどりする程のかっさいであった。ところどころに「ジャパニーズダンス、ジャパニーズダンス」という囁きがきこえたが、此んなのが日本の踊りだと思われては大変だと苦笑せざるを得なかった。

三月二十日

　二月十五日で終る予定であったのが、色々な補修作業がごてごてとあって三月十五日まで延期された。然しそれも間に合わず、とうとう今までかかってしまった。が、ようやく目的は、ほぼ達せられたようである。英軍師団長の検閲も案外簡単に済んだ。えらい人の巡視とか検閲とかある時には、それを迎える為の準備や下調べというものばかりが極めてやかましくうるさいので皆てんてこ舞いするような忙しい目に会うのに、いざその実施になると非常にあっけなく終るということは日本の軍隊でも英軍でも同じことであるようだ。巡視の二三日前から道路にちょっとでも生えている草をむしったり、落葉を拾ったり、少しのでこぼこでも馴らしたり、果ては箒をもって綺麗に清掃することまでさせられて、どんなに厳重な検査を受けるのかと思った。が師団長は軽快にジープで走り過ぎただけである。唯橋梁とかその他重要なところでは車をとめて数分間見て歩いたに過ぎない。

そして検閲の結果は極めて良好であった。日本軍がおおむね誠意を以て此の大事業を完遂したことに満足したらしい。

此れからは、本当に最後の仕上げを若干すればよいので作業も余程楽になることと思われる。

バチャンシングが来て、もう直きお別れだと言う。時計を持っているかと尋ねるから持って居ないと答えると、それでは此れをやろうと言って、大きな丈夫そうな懐中時計を差し出した。私は好意を謝してそれを受け取った。文字盤に小さく、カルカッタと刻んであった。その代りに兵隊の画いた日本娘の絵をやったら大喜びしていた。

我々の作業も彼が居た為にどんなにやり良かったことか。彼は日本人に対する好意を身を以て実行してくれた。時としては自分の上官に反抗してまで我々をかばってくれたものである。

外の部隊のように、英軍といがみ合って事故を起したり、処罰されたりした者もなく、比較的嫌な気持を起すことが少かったのも、そのせいではなかったかと思う。非常にものの分かった印度人が居ること、そういう人から日本人が敬愛されていること、その二の事実の発見は嬉しい。

三月二十七日

印度の映画を見るのも最初であるし、そして恐らく最後だろう。今日はどういうわけでか日本軍将兵一同に映画を見せてくれるからという達しがあったので、夜兵隊を連れて見に行く。英軍キャンプの所に行くと早速バチャンシングにつかまってしまった。

「グッド・イーヴニング・サー」と彼。頗《すこぶ》る上機嫌である。将校は後の椅子に坐ってくれ、今日はおれが解説をやるからと言って嬉しそうに笑うのだった。此の間のお礼の積りらしい。愛すべき男だ。

私は初め印度の映画など、どうせ低級なもので、えげつないえろっぽいものではないかしらと危んだのだったが、いやどうして中々まとまりのある真面目な恋愛映画であり予期に反して高尚なものであるのに驚いた。日本の最低な愚劣な作品よりまだよい。勿論言葉が分らないので細かいニューアンスの微妙さは理解出来なかったけれど、映画の持つ印象とバチャンシングの適切な解説とで大分楽しめた。尤も兵隊は殆ど訳が分らなかったらしいが、それでも後で聞いてみたら彼らの推察も出たらめではなかった。

「お互いに純真な愛を懐く二人の若い男女。然し若者達の夢見た幸福な将来ははかない夢であった。金故に目がくらんだ女の母のために女は望まない結婚を強いられ、遥かに年取った白髪の人の家にやられる。その家で彼女は可愛がられはするが、如何せん前に分れた初恋の相手をお互いどうし、忘れ得られるであろうか。否！　否！　唯彼女の思慕は深まるばかり！　そして或日遂に家を出た。森の中に愛人を求め愛人と会いはしたが、二人ともままならぬ体、自由ならぬ体であった。どうしよう？解決は彼らには唯一つ。それは死であった！　二人とも毒を飲み倒れる。やがて女を探しに来た夫は、初めて自分の外に妻には秘められた愛人のあったことを知って驚くのだった――」という筋であった。音楽が非常に効果的で私達にも強い印象を与えた。その女が悲嘆の内に愛人を思慕して唱う歌など如何にも可憐な淋しい情緒をにじみ出していてよかった。印度兵達も自ら口に合わせて歌っていたから有名な歌だろう。

ただ、美しい俳優が車に揺られながら弁当を出し、飯を手づかみで食う所など、習慣とは言いながら、美しさもだいなしで矢張り印度映画らしいと思った。

四月七日

人の上に立つということはどんなにむずかしいことであるかということを作業隊に来ている内にしみじみ痛感させられる。今まで、一人の人間をも使ったことのない私。社会世間のこともろくに知らない私。兵隊より六つも七つも年下の若輩の此の私がよく三十人以上の人間をも掌握出来るかと心配してきたが、今までの所、どうにやら大過なくやってきてよかった。

終戦後軍隊は唯復員完了までの一時的集合団体となり終せたのであり、昔年のように戦闘の目的の為に統帥権と軍紀で結ばれた共同体ではあり得なくなった。今は英軍が日本軍に労役を命じるのにその方が都合がよいからと言うので便宜上従来の指揮系統を保っているに過ぎない。然し古い将校たちは徒《いたず》らにその指揮権を昔の統帥権に結びつけようとしてそれにより自己の地位を守ろうとしているのだ。されば上官に対する反抗は陰に陽に兵隊の自覚をさませつつある。

此の上と下からの攻撃の間にはさまれて私達、作業隊の第一線に居る若い将校たちの統率指揮は全くむずかしいものだった。肉体的に疲労し精神的にいじけすさんでゆく兵隊の心身をいたわり、邪道に陥るを戒め、少しでも明るく健康に彼らを導いてゆくことは至らざる私達若き下級将校に取っては困難な課題であった。

帰還という唯一究極の目標の前には決して目前の感情に私情を差しはさむべきではない。何事も大事の前の小事だから決して誤まちをおかすことのないように、口をすっぱくしては繰り返し繰り返し兵隊に言ってきたし、彼らも、それは十分に承知してよく忍んできてくれた。

及ばずながら私は私の地位にあって出来るだけの努力はした。勿論それは十全ではあり得ず、幾多の至らない点、不平を言う可きことも少くはなかったであろうが、それは私の誠意に免じて、兵隊にも許して貰えるだろう。

又兵隊達は外の中隊、部隊の者に比し確かに真面目で忠実にやってくれた。私は感謝のすべを知らない位だ。

パンガ〜ムドン

四月十四日

半年にわたる道路作業もやっと終った。此こウェカミの作業隊も此れで任務を完了して部隊主力のいるパンガ、ゴム林の南キャンプに帰って来た。

昨晩はひどいめに会った。ウェカミからアニンまで四里の道を歩けというので、日中、暑くてたまらないから皆裸で行軍した。夕方アニンへ着いたら、汗びっしょりになった。着替えのシャツとか毛布とかその他一切の装具は、トラックで持ってきてくれる筈だったのに、とうとういつまでたっても着かない。運転手が嫌だと言ったらしい。さあ皆困ってしまった。いくら南方でも外で裸で寝るわけにゆかない。夜は少し冷えるし、第一、蚊がくるし、スコールでもあったら大変だ。此んな所に野宿すればマラリヤ患者が続出すると思ったから、丁度此の附近に居った中隊の者から、シャツとか毛布、シーツを少し借りてやっと一晩を過したが大部分の者は寝れなかったようだ。

パンガのゴム林では、作業隊が労役を終えて帰ってきたというので中隊長以下残留者が迎えてくれた。流石に懐かしい感じがする。初め作業隊に居ったが、病気の為途中からパンガに帰されて静養して居た兵隊があちこちから出てきて、

「隊長殿御苦労さまでした」「ウェカミでは色々世話になりました」といって、あいさつに来るのも嬉しい。

去年の十月テットカウに行ったその最初の日から今日に至るまで終始私と一緒に働いてくれた者は僅か十二三名に過ぎず、後の三四十人は皆病気の為に斃れてしまったのだ。

どうにか任務を終えてやっとここまで漕ぎつき得たと思うと、ほっとして肩の重荷が降りたように呑気な気分となった。

日本人の手でつくられた新道はジャングルの中にくっきりと一直線に浮びあがる如くモールメンから南下してイエまでも伸びてゆく。

それはもとより我々の好んでやったことでなく強いられてやったことではあるが、此のビルマの国に日本人がのこしてゆく最大の記念物として長くその足跡をのこすことであろう。

四月二十日

作業隊から帰ってきてもゆっくりと休むことは出来ない。今此のキャンプでは全力をあげて雨季の準備に忙しい。今月末新しい集結地ムドンへ移転す可く、それまでに必要な建築材料を凡て収集してしまわねばならない。既に我々が作業していた間にもキャンプの残留者は毎日此の仕事に追われていた。尤も此れは道路構築のような英軍の為の使役と違って、直接自分たちに必要な生活材料を確保するのだから真面目にしなければならない。

屋根にする為のニッパ、骨組となる竹、此の二つは絶対に必要だから主力は重点をそこに向ける。此の辺は竹に乏しいので探しに行くのに骨が折れる。ニッパの葉も初めの内は近所にいくらでもあったらしいが毎日何千という人が採りに行くので、次第に遠いところまで探しに行くようになっている。

午前中かかって四百枚～五百枚の葉を集めてくる。馴れない内はどれが本物のニッパなのか分らない。少しは代用の葉をまぜておかないと外の者が採り終ってもまだうろうろして探さなければならない。チャンダガの葉は大きいから代用としては最も良い。こうして採集してきた葉を午後から編む。一米五十糎位の所に十四五枚の葉を編みこんでそれで一組出来上る。こういうのを日に三十～四十組仕上げなければその人は終えることが出来ない。器用な者や、馴れている者は二時間もしない内に仕上げてしまうが私のように不器用で初心な者はそれこそ夢中でやっても四時間位かかってしまう。然し各小隊の中では皆が共同してやっているから、自分の割当てを早く終った者は、遅い者を助けてやる。此うした近しい戦友の間では確かによく団結し合ってくれる。小隊の者が揃って同じ時に仕事をやめ、バケツをぶら下げて水浴に行く。それは楽しいことだ。

こうして、毎日何千枚という屋根葉が編まれ、竹が集積され、けっこう材料がつくられ、ここパンガのゴム林ではムドンへの移動を間近に控えてあわただしい空気がみなぎっている。

四月二十三日

段々と附近の井戸は水が乏しくなるので遠い所に井戸を求めて水浴に行かざるを得ない。今日はゴム林の中の一民家に綺麗な水があると兵隊に教えられたのでそこへ行った。冷くて気持ち良いので久し振りにゆっくり洗おうと思って早速真裸になって水を浴び出した。すると現地人が一人来て、何か大きな声を出し怒った様な顔をしてこわい見幕だった。

何のことかと初め私は自分が悪いとも思わないのであっけにとられていた。と傍に居た一人の兵隊が笑いながら直ぐ私に注意してくれた。

「隊長殿。裸になっちゃいけないと言うのですよ。見せちゃいけないんですよ」と。

「ああそうか」と私も直ぐ合点がついたので苦笑しながらはずしたばかりの下帯をつけて又水浴を始めた。

此の附近の者と言わず一般にビルマ人もそして私の見た所ではシャム人も、又マライ人さえも決して真裸にならないということは私も知ってはいたが、日本人にまで此の風習を強要しようとは思っていなかったので、つい私は真裸になったのだが考えてみればまことに恥ずかしい迂かつなことである。彼らは（我々は彼らのことを文化道徳の程度が低い民族であると見るのだが）不思議なことに、決して人の前に自分の全裸体を見せることを嫌がる。水浴の時でさえ、ロンジーをはいたままで体を洗い、終ったら、先ず上から新しいロンジーをつけて、その後に下の濡れたロンジーをはずし決して生殖器を露わしはしない。丁度上品な若い娘が恥ずかしくてするように。彼らにとって此れは一の神聖なタブーであるかに見える。日本人を彼らはどんなに畏敬の念を持って見たかは知らないけれど、少くとも此の点に関する限り、平気で裸になる日本兵を随分野卑な非礼な人種であると思うことであろう。郷に入っては郷に従わねばならない。現地人と接するにも、我々は何でもないと軽く考えて軽率にやることが実は非常に彼らの観念からすればあるまじきことであり、従ってとんでもない誤解や侮蔑をすら招くことがある。

今日の私の此の些細な失敗の中にも過去の日本が犯した住民統合政策の誤謬への大きな反省が含まれてはいないだろうか。

四月二十六日

昨日夜九時頃、斉藤曹長がえびす様のように顔をほころばせながらとんできた。「おい、快報が入ったから達する！」と言って大声をあげて会報を読んだ。

「リヴァティ型三せき、モールメンに向け出航せり。モールメン到着は五月十三四日の予定云々」と。さあ、此れを聞いたあとの騒ぎ喜び、手を叩いて皆喜び合った。

今まで乗船の話しと言えば、大抵炊事や便所からひろがる、でまばかりであるが今度は英軍の方から正式に通知してきたのだというから間違いないであろうと皆話し合う。然しそうは言っても誰の心にも二つの疑懼《ぎく》がある。一には、まだ船が入っているのではないということ。二つには、一体何人位乗って帰れるのか、ビルマ軍の内の何分の一しか、第一次の船団には乗れないので、どこの部隊の者が先になって、どの部隊が後廻しになるのかさっぱり分からないこと。此の二つである。

此のところ、凡ゆる人はそれに熱中して大変な騒ぎだ。どこへ行ってもその話しで持ちきり。あちこちに小田原評定が開かれて楽観論悲観論入り乱れて論議が行われる。

「どこが先に帰れるか。矢張り奥地に居る部隊から先じゃないかな」

「いや、そうじゃない。我々のように道路作業をやって連合軍に貢献した者は一番先に帰してくれるに違いない」

「おれの聞いたところによると病院が優先的らしいぞ」

「特に英軍の指定した部隊は残留ということだが、うちみたいに戦犯を出している部隊がそれにひっかかるんじゃないか」

「冗談じゃねえ、今頃そんなことがあってたまるかい」等々。

確実に船が入って乗船ときまれば追って詳報される筈である。どっちみち、まだ二三週間はあるから、予定の通りムドンに集結せよと命ぜられる。

この暗い憂うつなゴム林とも、お別れだ。ここを出る時は、今使っている宿舎を全部ぶちこわして一切の資材をムドンまで運ばねばならぬ。丁度かたつむりのようなものだ。始終からを背負って動いているのだから。

四月二十九日

愈々ムドンへ移駐してきた。パンガよりもいくらか乗船地へ近づいたということだけでも晴れやかな希望が皆の心を明るくする。朝早く起きて天長節の式を行い、すがすがしい気持で東天を拝する。今までのゴム林と違ってここは小ジャングルを切り開いた開豁《かいかつ》地だから、じめじめした暗い感じはしないでからっとしている。東の方にはそう高くない山々が連なり、その麓は伸びて此の丘陵となっている。何日間ここに居るだろう？　それが誰しもの知りたいところだ。願わくは一日も早く移動乗船ということになってくれれば良いのだが。

それはとも角、早速寝る家だけは建てねばならぬ。先発として数日前から来ている者と、大工をやっていた三人の兵隊を中心として中隊の者全員忙しく働く。

此のムドンに集まっている者は約二万余、司令官は塩川少将という方だ。今ビルマ全軍で六万余、それを三つに分け北、中、南地区として、此のムドンは南地区、所謂テナセリウム地区になる。北、中地区に居る者の方が本当から言えば北緬の戦争で最も苦労してきた部隊であり、それだけ早く内地へ帰るのが至当かも知れないが、英軍の指示もあり、此のムドン地区の者が一番早く帰るらしいということは、彼らに対し済まないような気の毒な感じもするのだが、矢張り人の情としては喜びをかくすことは出来ない。

昨日、移動の途中でムドンの街の中を通ってきたが、思ったより大きな賑やかな町であるのに驚いた。と言っても日本の地方の田舎町ほど大きくはないだろうが、此の辺ではモールメンに次ぐ大きい町だ。露天店が一杯立ち並んで、色々うまそうな食物なども売っていたが、此こでは英軍の指令が厳重でビルマ人と絶対に交渉してはいけないということなので、じろじろ眺めながら通って来た。日本軍の放出したらしい衣類も並んでいた。敗戦後は、ビルマ人の大勢居るところを通るのは辛くて仕様がない。どうしても恥ずかしいようなひけめを感じるのも淋しい。

五月六日

此のムドンに来て一週間、連日の熱心な作業により、やっと我が中隊の宿舎も基礎構造が出来上ってどうにか寝れるようになった。あとは急ぐ必要もないからぼつぼつやればよい。

帰還の話しは依然として有力であり、それが本当なら、今頃新しい家を建てる必要もない位だが、今までも同じ様な話しがあってその都度何回もだまされてきたのでどうしても半信半疑で、本当に船が入ってみなければ安心出来ないというのが皆の本心だ。

帰れるような帰れないようなもので、それだけ余計いらだたしい落着かない此の頃である。どうなるか分らないから建築作業は続けてやるようにせよと言われているけれど、矢張り人の情として何か張合抜けのする感がある。

「今までの経験によると、軍隊では宿舎をつくると完成した頃に必ず移動ということになるに定まっている。だからつくるだけつくろう」という兵隊も居る。先日の話しが本当なら、もうそろそろ乗船準備の命令が出ても良さそうなものだと、そのことばかりが気になる。

新しい宿舎は一個中隊百余名が全部入れるような大きいのをこしらえた。

「まるで三十三間堂みたいですね」と言って笑う者も居た。

宿舎から三百米位離れたところに大きな池があるのでそこへ水浴に行く。水も綺麗だし、池畔には緑こき草木が茂って、ちょっと美しく、落着いてしめやかな情緒がある。池の真中にごく小さな島があって、その上に赤と白で色どられたパゴダが建てられている。シャムでもビルマでも仏教国の誇り豊かな表徴である此のパゴダの塔は何か文明と原始の奇妙な混合を思わせるような独特の雰囲気にさそってくれる。そして雨あがりの直後、濡れたパゴダが白光の中にきらりきらりと光るのは鮮やかな印象をあたえる。

雨と言えば、そろそろ少しずつ雨が降るようになった。もう今月からは雨季に入る。本格的な雨季にならない内に此こを立ち去ってしまいたいものだ。

五月十二日

楽しみに楽しみに待っていたのに何ということであろう。またまたすっかりだまかされてしまった。中隊長会議から帰ってきた中隊長の苦虫をつぶしたようなふさいだ顔を見て、吉か凶かと首を長くしていた私達はすぐに悟った。「駄目だったのだな」と。

少しして全員を集め中隊長はさとすように言った。

「今度モールメンへ来る予定だった船は都合で外の方面へ廻されることになった。それで皆はがっかりするだろうが今度の乗船は延期になった。然し決して悲観してはいけない。第二回目には必ず廻してくれるそうだから、延びたといっても一月位待てばやってくる。もう長いことはないのだから、自重してやけになったりしないように。何時船が入るかも分らないから、検疫は予定通り実施される云々」と。

皆おとなしく聞いていた。中隊長は延期ということの為に兵隊が動揺しないように、しきりに楽観的な希望のことを言って慰めてくれたのだが、それも、あまりききめはなかった。「もうだまかされはしませんよ」、という兵隊の沈黙の抗議が無言の内に見えた。

「いつもいつも、もうすぐだとか、あと一ヶ月位だか、そう言っては何ヶ月もたってしまったではないですか」。彼らの顔はそう言っているようだった。本当に船が入るその日までは決して当てにすまいと皆思う。然しそう言いながら矢張り、「もうじきかも知れない」と心の中では考えているのだ。

それにしても此れからは雨季に備えて宿舎の補強をやらなければならぬ。嫌なことだ。兵隊たちの心を荒ませないように特に気をつけなければと幹部の人々は色々相談する。

夜はおぼろ夜。十字星の内の三つ星だけがかすかに見える。

小便しながら、最後の一つを見ようとして長いこと天を仰いでいたがどうしても見えない。

ゆるやかに尺八の音が夜の大気の中にどこからともなく流れ、どこへともなく消えてゆく。中々風流な兵隊も居る。それは一まつの哀愁を帯びてほのかに人の心をしめらすような淋しい調べだった。

——おぼろ月　尺八吹ける　兵は誰ぞ——

五月十五日

検疫所も完成し、十日間の予定を以て各部隊の検疫が始められた。検疫が終って直ぐ乗船というのなら有難いのだが、その乗船の期日があてにならないのでは検疫もいささか張合の抜けた感がある。然し此れは帰還の前提だから誰も嫌がる者は居ない。

検疫所に剃毛所という場所があるのであれは何だろうということになったが驚いたことに体の大切な部分の毛を剃るのだということを聞いて流石に皆がっかりした。わきの下の毛位は剃られても構わないが、大切な下の毛まで剃られるというのは全く文明人として思いも寄らないことだったので、常識はずれだとか人権蹂躙《じゅうりん》だとかいって憤慨する者も少なくない。然し話しによれば此れは印度の習慣だという人も居る。また船の中で毛しらみがわくといけないから全部毛を剃らせるのだという人も居る。何にしても、内地へ帰る為にはこんなことまで忍ばねばならないのかと幾分おかしくもあり憂欝にもなる。

わざわざ検疫所で皆の見ている前で剃られのも嬉しくないので、どうしても剃らねばならないということが分ってから、大抵の者は、検疫の前の日に自分で便所へ行って剃ってくるようになった。その方が痛くもないしみっともなくもない。面白いもので、剃ってしまえばすがすがしいと、皆子供のように無邪気に笑っている。

検疫所は、剃毛所が最初で、ちゃんと剃ったかどうか調べられる。それから次の室で各人二分間ずつ消毒風呂に入れさせられる。出てからは軍医の身体検査、主として花柳病が重点で皮膚病の重い者も失格させられる。

裸になって身体検査を受けている間に、被服は一切蒸気消毒されることになっている。

然し、今消毒した所で乗船するまでに大分日があるようでは効果がないと言ってぶつぶつこぼす者も居る。

実際、折角毛まで剃ったのに、三ヶ月も四ヵ月もあとになって乗船で、その時又剃られたらかなわないと言って苦笑する。

五月二十日

来るかなあと思って見ている内にぽつりぽつりと大粒な雨が落ちてきた。「干し物を入れろよ」と兵隊がどなっている。二、三分もたつかたたない内だ。文字通り沛然《はいぜん》としのつく雨が物凄い勢いで遠慮なくニッパの屋根を叩いてざあざあ降って来た。

「おい、大丈夫かな」木本中尉が心細そうに屋根を見上げた。

「うあ、いかん、いかん、洩って来たぞ」隣の兵室で急に大騒ぎになって、数人の兵隊があっちこっち飛び廻る。そして敏捷な二三の兵が葉を口にくわえてするすると竹の柱を登って行った。

それをぼんやり見ていると、「おい、おい、此りゃいかん」と中村中尉の声。

そしてぼつりぼつりと雫の音。「や、やっぱり洩りますね」。私も反射的に上を見上げた。ニッパの葉と葉の隙間から、たまった水がふくれ上って大きな粒となり落ちてくる。而も初めはぽつん、ぽつんとゆっくり落ちてきたのに、雨がひどくなったのか、段々早い速度でひっきりなしに落ち出した。而も一箇所でなくあちらこちら、三箇所も四箇所も。

さあぼんやり見てるわけにも行かず、三人で慌ててござをめくり荷物を隅にやった。木本中尉が早くも柱に登り始める。私も急いで、大きなニッパの葉を手に持ってよじ登った。器械体操をやったお蔭でこういうことは得意中の得意とする所だ。横木の上に馬乗りになって、隙間の葉を重ね合わし、或は足りない所に新しい葉を差し入れ、大慌てで屋根の補修をする。

そうこうしている内に何時の間にか驟雨《しゅうう》は去って、かすかに小雨がぱらぱら屋根葉にあたる程度になってしまった。「なんだ、折角直し終ったと思ったらもう止んでしまったですな」と私は下を向いて笑った。「いいよ、又のことがあるから、御苦労さん。もう降りて来いよ」中村中尉も笑いながら答えた。まさに颱風一過、雨が止んで急に静かになってしまった。

大雨が来る毎にいちいちこうやって大騒ぎをせねばならぬのも厄介なことだ。然し誰を怨みようもない。凡て自分の手でこしらえた家なのだから。自分達が葉も竹も取ってきて、それを編んで作った屋根なのだから、洩ると言って怒ってみた所で自分達の作り方の粗雑で不体裁だったからに外ならない。まいた種は自ら刈らねばならぬ。

五月二十四日

夕方、久野部隊の小泉少尉が十五人位の兵隊を連れて外から帰って来たのに会う。皆襦袢を汗でびしょびしょにして、すっかり疲れきったような憂うつそうな顔をして如何にも元気がない。「おいどうしたんだい。使役かい」と尋ねたら、

「いや、そうじゃない。実際嫌になっちゃうよう」とぶつぶつ言いながら行ってしまう。どうしたのだろうと思っていたが、晩になって「久野部隊に逃亡があったらしいぜ」と言う話しが伝わって初

めて、はあはあ、それでさっき探しに行ったのだなと合点がゆく。

逃亡の絶対禁止、ということは最近英軍からとみにやかましく命じてきている所だ。「逃亡者あらば、その者は勿論当人の属する部隊、延いては南キャンプの部隊一同、帰還を遅延せしむ可し」という厳重な命令だ。まさか一人の逃亡者の為に何万人もの人が帰れなくなるというひどいこともしないとは思うが、何しろ英軍のことだからどんな制裁を加えられないこともない。とに角英軍の命令に違犯する者を出すような不軍紀な部隊は内地への帰還序列を定める時にどうしても損をするということは繰り返し言われているのでどの部隊でも非常に神経質になっている。一人の不心得者の為に全体の迷惑があるようなことがあってはというので、各隊逃亡防止には全力をあげている。

丁度そういう時だから久野部隊に逃亡者が出たということは全軍の耳目をそばだてざるを得ない。「各幹部は速かに機を捕らえて逃亡す可からざる趣旨を一兵に至るまで徹底させよ」と直ちに指令が飛ぶ。他山の石だ。

不寝番、衛兵の服務を完全にせよと、厳重に言われる。

「馬鹿だな、今頃になって逃亡するなんて無茶だよ」としきりに憤慨する兵隊も居る。その通り。今になって逃亡する位なら何故今まで何ヶ月の我慢をして来たのか。長いこと忍んで、色々な使役を甘受してきたのは何の為だったか。勿論まだ帰る日は分らないとは言え、少くとも大分近くなったことは、そして日一日と近づきつつあるのは事実なのに。然し情を抑えきれない者の中には一時的にかっとして無分別なことをする者も少くないからよく注意してやらねばならぬ。

五月二十七日

日常品に窮するようになった。一番不足するのは紙である。手持ちのストックもなくなって需要は最低限にとどめねばならぬ。便所へ行っても皆紙を使わなくなった。そこいら辺にある草葉を採ってきてはそれで用を足してしまう。至る所紙ありということになっている。それから煙草の紙だが此れには最も困っている。書物も一枚二枚と剥がされて燃えてゆく。今時、他人に本を貸してもどこかに消えてしまう。歩兵全書の紙で煙草を巻くと最もうまいという評判である。時々同僚と顔を合わせると、二言目か三言目には大抵どちらかが聞く。

「おい、君、紙持っていないか、少しでもよいから呉れないか」と。

「冗談じゃない、こちらで貰いたい位さ」と答えられるのが普通だ。

所が、不思議なもので、ある所には一杯あるということだ。自分では奥深いところに隠し持っていながら、ちびりちびり出して、何時でも余計な分は無さそうな顔をしていながら、而も何時になっても困らないと言うずるい人間も居る。尤も此れはずるいと言っても悪徳と言う程のことでなく多分にその人の性分によるものである。

私は終戦の時、大かた本を焼いてしまったが、尚二、三冊持っていた。それも便所の紙にしたり煙草の紙にしたりして、今は歌の本を一冊余すのみになった。「旅人と憶良」だけは内地出発の時、豊橋で弟に貰ったものだし、此ういう生活には折りにふれ古歌をくちずさむのも大きな楽しみとなっているので、最後まで此れは手離すまいと思っている。紙がなくなれば、少し位煙草を我慢しても此の本を読んでいる方が慰みになるから。

本当に全然紙のない者は、パイプをつくり始めた。兵隊はこういうことにかけては熱心で器用だ。仕事の暇を見てはこつこつと木を削ったり穴をあけたりして、何日かの内には立派なマドロスパイプを造ってしまう。不自由な時は不自由なりに人は何とか工夫創造してゆくものだ。

六月二日

井戸を掘り始めてから今日で三日になる。中隊の兵から屈強な者六人を選んで私が長になり毎日専門にやっているのだが、中々はかどらない。水浴をするのにも食器を洗うのにも、遠いところまで毎日水を汲みに行くのは不便なので兵舎の前に中隊固有の井戸を掘ることになり、私は好きなので進んで引受けその責を負うことになった。

縦横三米位の正方形の穴を掘る。初め五十糎位の深さまでは円匙だけで間に合ったが、忽ち土質が堅くなったので十字鍬でこつこつくだいてから円匙ですくいあげねばならないので時間も二倍近くかかることになった。一米の深さに達するまでは円匙で土を外にほうり出すのも楽だけれど、一米五十糎を超えて穴の深さが自分の背位になると漸く労力がはげしくなってくる。そして二米にも達すると特に背の低い私などは少し無理をしなくては投げられない。そうなると僅か十糎掘り下げるにも交代でやらねばならないようになってくる。

やっている時には目に見えないような、ちっとも深くならないように思われるのだが一時間も汗を流したあと、上から眺めると少し深くなったような気がする。そして午前中一ぱいやれば朝来た時と比べて明らかに深くなっているのが分る。

それは楽しいことだ。たとい些細ではあっても自己の労力が報いられてゆく結果が目に見えれば自然仕事のやり甲斐も出てくるというものだ。

「まだ水出ないかね」と気の早い兵隊がもどかしそうに言う。「まだまだ、少くとも三米は掘らなくちゃ」と一人が答える。もう、二米五十糎は掘ったろう。

早く水が出てくれれば良いがなあと、誰でも心に思っているのだ。自然、まだかまだかと穴の中を眺めては大地に催促するような心持になってくる。地下水にも脈があるということだ。うまく水脈にぶつかってくれれば案外早く水が出るのだが、そうでないと余計な骨を折らねばならない。

六月七日

親ある者は親を案じ妻子を持てる身は妻子を思う。明けても暮れても、折にふれ事につけ、いつとはなしに慕かしき人、いとしき人、愛する人の身の上に心は移ってゆく。如何に焦がれあせったとて、幾百千里の波濤を超えて遠く南国異境の土地に幽愁の身をかり寝の床に横たえる此の有様を如何と為し得よう。

ああ！　船！　船！　何回となく私達は夢にはかなき現実の運命を託して喜んだことであったろう。醒めて見れば凡ては一瞬の迷いに過ぎなかった。風の前の塵であった。

心に描くふるさとの情景、そこにのこしてきた今は自分の帰りを祈っているであろう所の肉親の人々。そこで自分達が過してきた何年かの忘れられない数々の思い出——純情な兵隊の心にうつる映像は美しい。

彼らの歌を少し許り拾ってみよう。

——ひんがしの山　ふるさとの　山に似て

　母の手ひきし　あの頃こひし——

今日も雨あがりの空に東の連山がけむって見える。なすこともなく去来する雲を眺めている内にこいしい故郷の山々が何時かほうふつとする。そしてその山を母の手ひいて登った少年時代の思い出が。

——未だ見ぬ　吾子《アコ》のことども　思ひつつ

　一人ほほえむ　ニッパあむ間に——

ニッパをあんでいる時には頭がからになってとりとめなく色々なことが思い出されるが、不図《ふと》、まだ見ない子供、自分がこちらへ来てから初めて産れたという便りを受け取ったが、その子ももう三つになる。どんな子供かしら。帰ったら、自分になつくかしら、あれやこれや想像してみると、何だか嬉しくてひとりでに微笑が顔に浮かんでくる。

――にこやかに　母は来ませり　まろびつつ
　かけ近寄れば　夢は消えしに――

母が笑って立っている。なつかしい母の顔！　何もかも忘れてつまずきながら近寄って行ったら、悲しやはかなきうたた寝の夢であった。母を思う子としてのはずんだ心。

――妻こいし　妻もこいなむ　ふるさとの
　ともしびもゆる　さ夜なべ　思ひて――

在りし日の、妻と二人で行燈の下に行ったであろう静かな夜の仕事。わびしい片田舎で苦労を共にし合ったその妻がこいしくなる。そして妻も今我をこいしく思っているであろう。

――あばらやに　病みふせる身の　今日もまた
　やさしき母の　顔ぞ夢見る――

雨が降れば直ぐ洩ってくるような粗末な此のニッパ兵舎にわびしく病の身を横たえてから今日は幾日になることか。病の為一しお心細くなった心には外の人にもまして郷愁の念がやみ難い。今日も、うとうととしたその夢に自分を育て慈しんでくれたやさしい母の顔があらわれる。等々。

歌としての巧拙は問うまい。三十も過ぎ一人前の社会人である兵隊が此んなにいじらしい歌をつくっては持ってくるその純情さが美しい。彼らの私生活に於ける良き子、良き夫、良き父としての面影が躍如としてにじみ出る。

確かに家庭に於て多くの人は善人であり得るのだ。そして家庭人になりきっている限り人は此の世に於ける幸福とは何であるかを身にしみて知っている。

祖国への思慕は住み馴れしふるさとへの思慕であり、それは畢竟《ひっきょう》、その上に住む何人かの親しき人々への思慕でなくて何であろう。

それは最早センチメンタルというような言葉で言い表せるような感傷ではない。もっと深いもっと強い人間性の発露であるのだ。

帰還をまちわびる今の生活に於て、此の人間性が大抵の人の心を支配している。

六月十日

段々と雨の降り続く日が多くなって来た。此のムドン地区では講習と運動が奨励せられるようになった。労役もその他の作業もあまりない、と言って一日中何もしないでぼんやりして居れば、いつもいつも船のことばかり考えて、所詮くさくさして憂うつな気分に陥るばかりだ。運動は如何なる時にも快適な気分転換である。特に野球が普及するようになった。初めは素手でまりほうりをやっていたが、器用な兵隊が円匙の、のうを使ってグラーヴをつくってから、色々な創意工夫に基づいて珍妙なグラーヴやミットがつくられるようになった。まりもバットも有り合わせのものを苦心して変形してどうにか使えるようにした。そして軟式野球試合に類するものが近頃は到る所で行われている。各中隊対抗、部隊対抗、中隊内各班対抗、出身県別対抗等々。

雨あがりのちょっとした晴間に好きな兵隊は喜々として球を追っている。「三十も超えたあほう面さげて何で野球なんて出来るものか」などと言って居た者も、しまいにはひっぱり出されて熱心にやっている。丁度十八、九の若い青年のように、愉快に大騒ぎしながら、たわむれている無邪気な兵隊の有様を見ると、あれで家へ帰ったら、一家の主人で妻子を持つ身なのに、うさ晴らしの為あんな子供じみたことに打ち興じていると思って、ふと涙ぐましい気持になる。

私も運動は大好きだから、一緒になってやっている。

うまい者も居り、全然まずい者も居り、私などはそれでも、少しはうまい部類に入るのだから面白い。将校の中には学生時代少しやっていた者もあり、兵隊の中にもその昔甲子園球場で名を馳せたという豪の者が居る。そんな者がピッチャーでもやると、全然試合にもならない。誰も打てないから、審判でもやって貰うに限る。全然まずい者に至っては実に愛嬌たっぷりで面白い。却ってとんでもない失策などがある方が試合に興を添えて面白いといって皆喜ぶのだ。

六月十三日

ムドン大学が出来上った。近頃運動と共に、各種の啓蒙的講習が開かれてさながら庶民大学の観を呈している。段々と雨が多くなるにつれ仕事も出来ず、無為に日をおくるのもいけないと言うので塩川少将が率先して始められた。少将は軍人の内で恐らく私の知っている限り最も学識ある方だ。稀に見る物知りの人で、あんなに博識の人は普通の世間でも少いのではないかと思われる。軍人でありながら何時勉強したのかと不思議になる。古今東西の文学・哲学・宗教から卑近な科学的知識に至るまで一応は知って居られるようだ。文章など実にうまいし、腰に矢立てを指しているから俳句や和歌もつくられるのだろう。此の司令官のきも入りで、各部隊から専門家を動員して各種の講習会が部隊相互に行われている。此の地区には二万人もの人が居るから、中には随分教養ある人も居る。軍属の中には歴史・数学・教育・絵画・政治経済などの部門に詳しい人が少くない。将校や兵隊の中にも学者・芸術家が居る。そうかと思うと、自分の長い経験から、農業・水産・薬・園芸等の実用的分野に於て優れた人々の話しがある。特にこういう人々の話しは、深い体験の中から身につけたものだけあって、よし視野は狭いにせよ、偽りない真実の響きがこもって居て傾聴するに値するものが多い。その外常識的な面白い講習がある。鯨の話し、かんづめの話し、トンネルの話し、鯉の話し等々。

又、旅団、大隊の通訳による英語の講習会等では中々熱心な生徒が少くない。或は部隊毎に和歌や俳句の同好会がつくられる。私も委員を仰せつけられて歌会の設立者となってしまったが、到底指導などという大それたことは出来ないので外の部隊から頼んでくる。岡島という軍医の大尉さんは浅香社の同人で半分くろうとだからうまい。俳句は横田さんに教えて貰う。

此うして近頃は此こムドン地区では文化水準の向上を目指して極めて有意義な試みが起りつつあるが、未だ全般の支持を受けることは出来ず、そんなことをする位ならマージャンか昼寝でもさせてくれと言う兵隊も少くはない。

然しとに角軍隊も変ったものだとつくづく感ずる。階級章はつけているが、事実上、その差別は次第に捨象されてゆくのだ。

帰還

六月二十日

中隊長会議から中隊長が帰ってくる。そして直ちに全員集合の非常呼集！　皆何もかもうっちゃって駈け寄ってくる。期待に満ちて然し静粛と緊張と真剣な顔、顔、顔。

中隊長は皆の前に現われる。冷静な落着いた声で口を開く。「乗船命令を伝える。部隊は二十四日乗船！二十三日朝モールメンに向け当地を出発」

一言も聞き洩らすまいとくい入るように眺めていた兵隊。瞬間、誰の顔にも浮び上る安どの微笑！　何とも言い難い複雑な表情！　待ちに待った此の一瞬ではあったのだ。

それから注意事項を与えて「解散！」と言うが早いか待ちかねたように皆「うわー」と躍り上る。抑えかねて到るところ歓喜と興奮のるつぼと化する。「今度は愈々本物じゃ」「もう間違いないぞ」「帰れるんだぞ。帰れるんだ」誰もかもにこやかに顔をほころばせ大声で笑っている。とりとめもない話しに仕事も忘れて時のたつのも忘れてしまう。誰でもよい。会う人毎に話しかけてみたい。何だかじっとして居られない。一人で黙っては居られない気がする。本当に今日はどんなにか兵隊も晴れやかな顔をしていることか。心の底から朗らかに明るく楽しそうに見えることか。一生の内で恐らくこんなに唯一最大の歓喜の日を迎えることはないであろう。

正しく一切の希望が展開された。

一年近くに及ぶ忍苦の結実は今ここに結ばれんとしつつある！

夜になっても誰も寝ようという者は居ない。皆そわそわして何べんも何べんも背のうから荷物を出したり入れたり靴をいじくり廻したりしている。丁度昔子供の頃遠足の前の日に持ってゆく物を準備するのが嬉しくて菓子を入れたり出したりしたように、今同じような気持から幾度も幾度も背のうの中を覗きこんでいる。そして時々お互いに顔を見合わせては微笑するのだ。

六月二十二日

朝早くから活気ある浮き浮きとした雰囲気が溢《あふ》れる。折角苦心して建てたばかりの我が家も今日でお別れだ。「立つ鳥跡をにごさず」とかや。出来るだけ綺麗にして出て行かねばならぬ。何時もだったら此うい う使役に直ぐ不平を言うような者でも今日はどんどん人から言われない内に働いてくれる。人は楽しい幸福な環境にあればそれだけ善人になりうるものである。正しく今日という今日こそは一人のこらず善人である。

宿舎の骨組だけ残して、あと不要なものは全部焼いてしまう。キャンプのあちらこちらに火の手があがる。夜になると一層盛に美しい焔が人々の明るい心を反写するように燃えあがる。燃えろ、燃えろ、うんと燃えろ！　皆色々なものを火の中にぶちこみながら感慨深そうに、闇の空にしょうじょうとして消えてゆく火のてを眺めるのだった。

何もかも焼けて灰となってゆく。火に投ずれば有形な凡てのものは滅して二度と現われないであろう。我々の見うるものは灰だけに過ぎない。そうだ、此の焔と共に我々の一切の過去も消えてゆく。南方二年に近い生活は決して短い日々ではなかった。然し凡ては流転して永劫に帰り来ることはないであろう。過ぎ去った思出は燃えつくして唯一片の灰となって眼前にあるのみであろうか。それからそれへ、限りなく、来し方の起き伏しの中に起滅した大小の出来ごとが頭に甦ってくるのだった。丁度かすかに曇り勝ちの夜空である。ビルマ名残のおぼろ月が淡い光を放つ。十字星は遠い空に点滅するようなかすかな光を投げる。丁度過去を閉すように。

ぼんやりとしながら唯何かしら心の底にくいこむような強い感慨に溢れてくるのだった。

六月二十三日

出発準備を終え、二、三時間でも眠ろうかと思ってちょっとうとうとした時突然私を尋ねてきた人に夢を破られた。

工兵隊の将校の方だった。工兵隊は残留組に廻された。私達が歓喜の内に内地への帰還準備をしていた時、此の人たちはモールメンから逆にラングーンへ向け出発を命ぜられ、英軍の要求により再び鉄道道路その他の作業を行う為、遠く中―北緬の奥地に送られてゆくのだった。

「あなたが渡辺少尉ですか」とその見知らない人はねぼけ眼の私の傍に来て問うた。やさしい静かな人だった。

「あなたが歳時記を持って居られるとか、それを譲って貰いたいと思いまして、実は私達、まだ当分帰れそうもありませんので、外に何の楽しみもありませんしせめて歳時記でも読んで心を慰めたいと思いますので」と、つつましい美しい頼みであった。私は思わず胸を打たれた。

「どうぞ、どうぞ、持って行って下さい」と差し出した。

「有難うございます。お蔭様で、では御無事にお帰り下さい」。丁寧に挨拶してその人は去って行った。私は何も言えず暫くの間消えてゆく足音に耳傾けていた。

あの人たちは此れから又何ヶ月かの暗い日を送らなければならない。こうして私達は喜びにひたっているのに残された人々はどんなに辛い淋しい気持でいることであろうか。思えば彼らの前途に何時まで荒寥《こうりょう》たる生活が続くことであろうか!

そうした無味乾燥な生活の中にせめて歳時記でも借りて俳句をたしなもうとする人のゆかしい憐れな心が惻々《そくそく》として胸を打つ。

私達は余りに自分のことばかり考え過ぎて済まないことをした。忘れてはいけない。私達の喜びの裏には此の喜びを分ち合うことの出来ない何万かの戦友が居ることを。
帰心矢の如き私達の心も――その喜びが大きければ大きいだけ――その胸中に湧く一点の曇りに蔽われる。苦悩多き友らの恙《つつが》なき前途を祈らざるを得なくなってくる。

六月二十四日

午前二時、愈々宿舎を出る。小雨がはらはらと落ちてくる。暗い夜空の下、かすかに道が光る。自分で持てるだけの荷物を負っている。それが内地へ持ち帰る全財産なのだ。然し荷は重くても、足はどんなに軽いことか。此の一歩一歩にふるさと近しと思えば自《おのずか》ら心がはずんでくる。ムドン駅まで二時間余、もう夜も明け始める。駅前の野原に休んだ時、少し臭いなと話し合っていたが、明るくなってから良く見たら、到る所　があるので一同慌てたり笑ったり大騒ぎする。汗と雨に濡れた体にまた一しお雨が激しくふりかかる。

ムドンからモールメンへ汽車の旅は長くはない。然し無蓋貨車の上に積みこまれたので終始雨にうたれて襦袢をとおして身も冷え冷えとしみてくる。

午後ムドンに到着、今日は当地で一泊の予定。寝る場所もなく、あちらこちらの空いている貨車を割り当てられたが、狭くてやっと坐ることが出来る位のスペースしかない。

雨はまたどしゃ降りになる。乾かすことも出来ない。今日一日の宿とあれば、どんなところでも我慢もしようと皆は言う。明日の乗船を控えての今日だから文句も言いますまいといったような気持である。

間もなく私は三十名の兵隊を以て衛兵となり警戒をするよう命ぜられる。此の附近のビルマ人が時々襲撃してくるので被害を受けた者が二三あったとのことである。

明朝乗船に決定、あれやこれやでごたごたし今日も一晩寝ないでしまった。交代で警戒をさせ少しは眠る時間をつくったが、矢張り興奮しているのであろうか、皆いつまでもおしゃべりに最後の夜の一時を過すのだった。

六月二十五日

リヴァティ型V二十六号。七千トン余の米国の輸送船である。英国人は居ないで日本の船員が乗りこんでいる。初め船員達の顔を見た時、正直な所奇異な感がした。「此れが日本人かしら?」と。それ程頭の髪の毛を分けた色の白い此の船員たちの様子が珍しく思われたのである。

そして私達の淋しく感じたことは此等の人の冷静な態度であった。こちらの方では、はるばる内地から迎えに来てくれた人だというので懐かしくて傍へ寄って何か話しをしてみたいと思う位であるのに、先方では一向に暖かい思いやりある態度をしてくれないので非常に失望した。何の感激もなく、私達がきたない身なりをしてよろめきながらステップを登って行くのを人ごとのように眺めながらにやにや笑っている船員の顔を見た途端どんなになさけない思いがしたことか。その悲哀は、今までのように連合軍から受けた時のそれではない。

期待をかけていた同邦への、その期待が裏切られた苦さであり淋しさであった。彼らの態度の中に、此れから帰りゆく祖国では復員軍人をどんな眼で見ているかの暗示が含まれているのではないかと早くも一まつの不安が感じられてくる。

船は元来戦車などを輸送するものらしいので人間を乗せるには適しない。各部隊毎に割当てを定めて落着くまでには色々とうるさいことを言い合ってもめる。五千人も居るのだから勿論狭い所へ押しこまれて荷物を置けば寝るところもない。

船に乗る前は、「内地へ帰れるのなら船の中ではどんなことでも我慢するさ。少し位寝なくたって食わなくったって構いはしない」等とえらそうなことを言っていた人間が今になると大騒ぎして少しでも良い場所、広いゆっくりした場所を取ろうと争い合っている。醜いと言えば醜いが、多かれ少かれ人間は此うした勝手な我儘な存在であるということは誰だって身に照らして思い当たることではないかと考えれば一概に非難することも出来ない。漸く割当ても定まって皆ほっと一安心する。あとは自然に船が日本まで運んでくれるのだ。

六月二十七日

不図目をあけると、通風孔を通して白々と明けそむる光に船倉もぼんやりと周囲の人を浮び上らしている。寝ている兵隊を起さないようにそっと階段を登って甲板に出た。此処でも通り路がない位沢山の兵隊が毛布にくるまって寝ている。それでも七八人の早く起きた者たちが或は手摺《てすり》によりかかってぼんやり海を眺め或は腰掛けて話に興じている。

印度洋は□□として果しなく拡がっている。盛り上り、又盛り上る浪のうねりは船体に当っては白くしぶきとなり泡となり又深海にのまれてゆく。後から後から絶間なく雄渾《ゆうこん》な力を以て迫り来る荒浪をじっと見ていると飽くことなく心の吸い込まれるような気がしてくる。船は大きく上り又下って進んでゆく。

何時の間にか明るい空となった。東の空に薄赤い雲が流れている。気がつくと甲板の上には人が沢山出てきた。

「皆まだのびてるぜ。此れじゃ飯上げに行く者も居ないぜ」

「うむ、此れじゃ万年飯上げだぜ。まあいいや、腹一杯食えるからな」

何処かの兵が二人笑いながら後を通って行く。

船はまだ大分揺れている。三分の二位は参ってしまって他愛なく眠っているのだ。弱い者は朝から便所に通ってもどしている。起きると直ぐ気持悪くなるらしい。何をする気力もなくすっかり消耗してしまった者が多い。一晩の内に。

下へ降りてみた。水上が何処を風吹くといった調子で一人平気な顔をしている。流石漁師として日本海の荒海を渡り廻った男だけある。

「小隊長殿、何ともないんかね」と近づいてきて彼は話しかけた。

「おれか、おれは大丈夫さ」私はにやにや笑って答えたがその実起きているとちょっと妙な気がし出したので横になってしまった。皆動けないので、水上とその外酔っていない兵隊が二三人で食事を運んで来たが、気持悪いと言って誰も余り食わないので彼らは大喜びで二人前も三人前も食べてまだ食べ切れなかった。私も半分くらい食べてから寝てしまった。

途中でスコールがやって来て下まで洩れるのでひどい目に会ったが積極的に直そうという者もなく、恨めしそうに上を見上げているだけだった。

六月三十日

シンガポールの港外に船は停泊した。波もなく静かな海。緑なす丘の起伏。眠るが如くかすむが如くその豊かな港全体の情緒は透明な清らかな湖水の如き入江を深く包んで全き静寂の風光を現前せしめる。港内に浮ぶ大小様々の船、船、船。

思えば若き日の経綸を懐いて此のシンガポールに上陸してから、早や二年の星霜が過ぎんとしている。その同じ港を今祖国に帰り行く船の上から再び見つつある。

夜になると大小の燈火が明るく輝いて不夜城の如く美しい市街が水の上に浮び上るのが甲板の上から見渡される。

「ほう」とあちらこちらに感嘆の声があがる。久し振りで赫々《かくかく》たる電燈の光を見て皆魅せられたようになってしまった。もう何年間明るい都市の夜を見たことがなかったことであろうか。

今まで全く野蛮な生活をしてきた我々にとって、凡ゆる文明から遮断されていた我々にとって此のシンガポールの夜景は失われた文明の情緒を心に甦らせて呉れる。飽かず見つめていると何かしら懐かしい懐旧《かいきゅう》の情がこみ上げてくる。

それは又如何にも平和な憩いの中に横たわっているようにも見える。嘗て此の港に初めて上陸した時には、物々しい燈火管制下に不気味な戦争の雰囲気がただよっていたのに、今はそうした過去の凡ゆる悪夢から解放された安らけさが訪れつつある平和への讃歌を無言の内に奏しつつあるかに見える。

「そうだ、平和が来たのだ」と今更のように我が身に言いきかせて独り合点するのだった。

夢のような幻想の内から又苛烈なる現実への認識がひしひしとして胸を打つ。あの賑やかそうな街のいずこかに今尚労役に追われて冷たい生活と闘っている何人かの同邦が居るのだ！

七月一日

「内地の新聞があるぞ！」「や、本当だ。おい、内地の新聞だぞ、内地の」「どれどれ、おれに見せてくれ」「何が書いてある、何が？」

大変な騒ぎである。復員局の人が出航まえに内地から積んできたものと見える。四五日頃の新聞、朝日、毎日、名古屋タイムズ等々が廻って来た。丁度飢えている者が食物におそいかかるように皆争って新聞のまわりに寄って来た。

「懐かしいなあ、日本の新聞」。誰の瞳も唯此れだけを語るように熱心に輝いて新聞に吸いこまれ活字の一つ一つに刻み込まれてゆくのだった。飢えている。正にその通り。私達は飢えきっているのだ。何に？と尋ねられれば私は躊躇なく答えるだろう。「凡てのものに、日本に関する凡てのものに飢えている」と。今までも東南アジア軍の司令部から発行する新聞、又はビルマ新聞を読んではいたがそれは唯ニュースを伝える一片の紙に過ぎなかった。然し、今此うして目の前にある朝日、毎日等、此れは内地で発行され、はるばる内地から持ってきたものだと思うと此の一枚の紙の裏にも私達には今まであれ程思慕されていた内地の香りがしみじみと溢れ出るようにさえ思われる。中に書いてある内容などどうでもよいことだ。実は此の一枚の紙そのものが大切なのだ。それが象徴として伝えてくれる日本的なもの、そこから湧き出る内地の雰囲気、それが今の私達には飢えた心の暖かい対象を何らかの意味でつくってくれているのだった。

「何だ、昔の新聞とちっとも変りないねえ」と一人の兵隊がわきの兵隊に呼びかける。面白いことを言うものだ。戦争が終ったからと言って、そして敗れたからと言って新聞の形式が変わる筈のものでもない。然し此の兵隊が不用意に言った一言の中には、暗に祖国の激しい変革に対する無意識な期待が強く動いてはいなかったではあろうか？　まだ見ぬ祖国ではあるが、そこでは敗戦によって凡てのものが変ってしまったのだという無自覚な意識があるからこそ、何もかも変っているということだのに新聞の記事の出し方はもとの通りだということがちょっと気になったのではなかったろうか。

七月三日

乗船の際、あまり煙草も持っていてはいけないと言うので、どうせ内地へつくまでの辛抱だから煙草位はと言って持って来ない者もあったが、今になって漸く煙草の不自由をこぼしている。退屈なだけに人は切に煙草を欲してそれがないのが淋しくてたまらない。少しでも持っている者のをお互いに分け合っては一服ずつ吸う。こういうところでは如何にがりがりの利己主義者でも一人でひそかに私欲を満足させるということは出来ないからその点は公平でよい。私は非常に節約してまだ多少持っている。すると普段は滅多に寄りつかないような人が煙草ほしさに話しにやって来て何とか一本の煙草にでもありつこうとする様子は苦々しくもあり、又見えすいた腹のおかしさに憐れでもある。

私はそんな人にやるよりは、何時も世話になっている兵隊を喜ばせてやりたいと思うのは人の情だ。とに角他人の僅かな吸殻も拾いまわって自分で巻き直して吸っているのを見るとあさましくなる。

シンガポールで積みこんだ食糧品の内、英軍の携帯食糧たるレーションが主食代りに配給されてチョコレートが少しその中に入っていた。今日も一人の兵隊がそのチョコレートに全然口をつけず大切にしまうのを見た。「おれには子があるんだからなあ」とその兵隊は誰に言うとなく嬉しそうに、にっこり笑った。私はそれを見て思わず深い感動を覚えた。一日二食の乏しい給与、唯でさえ腹がへった腹がへったと言っては定量外のレーションに手をつける程抑え難い空腹感にしめつけられている兵隊達の中に、此れだけのひもじさを忍んで、食いたいものを食わず、内地で待つ我が子の為に珍しいチョコレートをせめての土産に持って帰ってやろうというその父としての美しい思いやりを見ることはどんなに嬉しいことか。物慾を制しきれずあさましさを兵隊に嘲笑されているような憐れむ可き将校も二、三に止まらないというのに一体私は兵隊から何を学び得たであろう。

愛は人の生命であり秩序の根源でもある。

盲愛が時として人を誤まつことあるとしても所詮、愛なき人生が果して生くるに値するものであろうか。

七月四日

今日も夜空は限りなく美しく拡がっている、何処となく歪んだようなそれでも殆ど円くなりかかった月。今夜の月は十三だったかしら。

星月夜の下、淡い光に浮び上る海面は遠く続いてやがて闇黒の中に消えて行く。それは丁度何か薄暗い静かな野原が無限に伸びてゆくようでもあったし、絶間ない波のざわめきが、その原一ぱいに生えているすすきの群を冷たい風が根本からゆすぶる時のような響きを思い起させてくれさえするのだった。特に満月とは言わないまでも、鮮やかな今日の月に照し出されているところは明に白々と際立って反射して目に深くしみこんでくる。それは長く真直にのびて海原を二つにわけるかにも思われる。そしてその澄み切った白々しさは、まわりの薄暗い茫洋《ぼうよう》さとの対比に於て恰《あたか》も夜の野原の中に月光により、くっきりそめぬかれた一条の道路があるかの如き錯覚を起させるのだった。

「青田貫《ぬ》く　一本の道　月照らす」――亜浪《あろう》という句のようでもあった。

もう大抵の者は寝てしまったようだ。少し前までの賑やかな騒ぎはいつしか消えて淡い静寂がかすかに揺れる甲板の上に訪れる。何人かの寝つかれない者が手すりによりかかっていつまでもいつまでも動かず凝《ぎょう》としてくだけゆく白波を見つめている。恐らくあの人達の心は船から遠く離れて何処かをさ迷っているに違いない。過ぎし昔のことか？　やがて開けゆく未来のことか？　じっと一点を眺めていると何かしらそれにひきつけられて一思いにあの水中に飛びこんでしまいたいというような想念がむらむらと湧き起る。

屡々人はそうした一瞬を持つことを経験するのではないか。断崖の頂上に立ってふらふらと墜落してみたくなったり、間近く通過する汽車の轟々たる音響に魅せられて、走る列車に身を投じてみたくなったりするあの瞬間の、ものくるおしい発作を多くの人は一生の内何回か味わうのではないか。

夜の海は無限の深淵を思わせるように豊富な水をたたえている。永遠なる自然の動き、幾千年の昔より久遠の未来へと、波のうねりは変ることなく起滅するであろう。

七月六日

「暑いなあ！」誰かがやるせない悲鳴をあげた。「うむ、全くたまらないなあ！」とそう言う兵隊の背は汗でぎとぎと光っている。誰もかもふんどし一つでいながら、むっとした暑さに堪え難い苦痛を感じる。然し此ればかりはどうしようもない。何処へ行っても逃れられない。「おい、甲板はどうだ。風があるだろう！」「駄目、駄目、すごく日が強いから、あんな日にあたっていたら直ぐ頭が痛くなってしまう」

船倉に入ればむし風呂に居るが如く、甲板に出れば、強烈な直射日光の炎天下、どちらにおっても一通りの暑さでない。

「我慢しろよ。台湾過ぎたら少し涼しくなるだろう。今が一番暑いんだからな。あと三四日の辛抱だよ」

と私は慰めたものの、その私自身、さっきから寝ようとしてもこう暑くては如何としても寝れないで、手に握りしめている手拭は汗でびしょ濡れ、鼻には汗の玉がにじみ出てくる。

もうバンコックの沖合を超えている頃だろうか、等と考える。

まことに南海の旅は来る日も来る日も酷熱との戦いである。

随分暑さには馴れた体である筈なのに此の二三日はやり切れない。喉もからからに乾いているのだが、思う存分水が飲んでみたいとつくづく思うのだが、飲料水の乏しい船の中ではそれも出来ぬ。一杯の水！　それがどんなに高価な宝であることかを本当に心の底から全体験をもって感じ得る機会は普通の文明人には一生の間でも決して多くはない。毎日配給されるほんの僅かな水だけでは到底満足されるものではない。兵隊達は堪え切れなくなって炊事の蒸気の所から洩れる湯を受けに行くのだ。ちょびちょび落ちる滴を非常な苦心を以て長い時間にためてくるのだ。水筒一本の水を得るのに時として二三時間から半日近くかかることがある。而もそれですら得られないことがあるので、朝二時、三時に起きては待っているのである！　そうした兵隊の苦労の数々を思えば「小隊長殿、お湯ありますから」と言われても、直ぐに手を出す気にはなれないものだ。どんなに飲みたいと思っても、それをやせがまんする方が、ずっと気持が良い。兵隊がそう言ってすすめて呉れるその気持ちだけで僕は欲望に打克《か》って喜びを感じるのだ。

七月七日

城川と二人で砲塔に登った。途端に涼しい風が身にしみる。船倉の中から上って此処へ来ると、今までゆだっていたような、むっとした生暖かい空気がひんやりとした、それこそ極楽のような清涼さを感じてすっかり生き返ったような透明な気持になる。今日も夜空には星が美しく輝いている。南十字星はもう此の辺まで来ると水平線に近づいて遠く低い空にちらちらとする。そして逆に北極星は高くはっきり光って見える。十字星が見られるのもあと一日か二日か位のことであろう。

やがてそれは水平線の彼方に没し去る。そして永遠に我々の視界から消えてゆくであろう。「十字星、十字星と言って人がもてはやす程美しく目立った星でもないのに」と思っていたのだが愈々もう見られなくなると考えると不思議に名残り惜しいような気がして何時までも飽かず見ていたい。

「もうちょっと十字星を見ることもあるまいね」

一こと言ったきり、後は二人ともぼんやり夜空を仰いでいた。

船は北へ北へと静かに波を蹴って進む。そして様々の想念がとりとめもなく頭に去来する。来し方の情、果なき未来への夢――正直な所、今まで私は十字星がいい星だと感じたことはない。南方へ来て「あれが十字星だ」と初めて教えて貰った時、むしろ失望した。知らないが故に未知のものに対する憧れ、ロマンス。期待が大きかっただけに、一度それを知って見れば胸に懐いた夢は色あせて、もう何の魅力をも感じ得なかった。(おお! 此ういうことが人生にはどんなに多くあることか!)

然し今日は限りない情緒を秘めてその光は深く心にしみこんでくる。私は初めて十字星の美しさを知った。懐しい打ち克ち難い心のおののきを以て四つの星を眺めいった。

南国の象徴としての十字星の美しさは今、南国を去り行く人の心にしみこんでゆく。そうだ、それが本当なのだ。自然は永劫に変らない。客観的な美などというものはあり得ない。自然の美はそれが人間の心に投影されて、その象徴としてのみ美しさを持ってくるのだ。

七月十日

「小隊長殿、此の船に乗っている復員局の人は栃木の人だそうですよ」と川口軍曹がわざわざ私を見つけて報告に来てくれた。私は例によって砲塔の中に居たのである。

「そうか、あの若い方の人かい?」「ええ、そうでしょう。とに角行ってごらんなさい。何か話しがあるかも知れませんよ」と川口軍曹は勢いこんで言う。私と同郷だからそう言えばどんなに私が喜ぶことかと思って親切にもこんな所に居る私を探してくれたのだ。本当に有難い人の好意だ。「有難う、直ぐ行ってみよう」。私もじっとして居られなくなったので急に船尾の客室へと行ってみた。同郷人というような切実な感情は実は私にはぴんとこない。兵隊達が故郷を思い、同郷の人を痛烈に慕うと同じ程に於ては私に取って栃木は身近な血肉のこもった実在ではあり得ないのだった。だから懐しい同郷の人に会うというよりも、栃木県の事情が少しでも良く分るかも知れないと言う漠然たる期待を持って会いに行った。そして結果は予想以上の大収穫だった。

相田勇という復員局のその人は何と赤津村の人だった。伊勢屋［注・渡辺の本家。父孫一郎は長男であるが家業を譲って学問の為上京した］から遠くない。よろず屋という所に細君を置いて船に乗っているとのこと、そしてはからずも此の人の口から父の様子、父の生きて健在でいることが分ったのである。此れは又何という奇縁だったことだろう。

「それじゃ、あなた孫一郎先生の息子さんですか。先生は今でも居られますよ。何だか一週間に一度位、あそこから東京に通われるようですよ」と相田さんもびっくりする。それ以上家のことに就いては知らなかったようであるが、今の私には此れだけ聞いただけで実に嬉しい。ああ、有難い。此れで安心した。今までの心配も幾分かなくなった。こんな船の中でこんな人から父の安否を知らされようとは考えてもみなかっただけに余計、心がはずんでくる。栃木から通っている？　矢張り家は焼けたんだなと想像する。焼けたこと位は前から覚悟しているから何でもない。ただ皆無事かどうか。それだけが案じられたのだが、少くとも最後まで居られた父が健在である所を見れば外の者も大抵無事であろうと勝手な想像をして、一人で愁眉をひらく。何にしても今まであれやこれやと悪い場合を考えていただけに此の話しを聞いて急に力強く気が晴れ晴れしてきた。じっとして居られないような喜びがする。

七月十一日

「おーい、陸地が見えるぞ、あれはもう内地じゃないか」

「うむ、そうだ九州じゃないかな」

愈々船は懐かしき我が本土の沖合に入りかかる。皆大騒ぎだ。遠くから見ればぼうとかすんだような陸地は決して今まで見てきた陸地と違ったものでない。ただ輪郭だけ見えるだけなのだから。それでも、それでも人は争って甲板に出て飽かずじっと眺め入るのだ。銘々万感の思いを秘めて。あと二日もすれば愈々日本の土を此の足で踏みしめることが出来るのだ。もう此こまで来れば無事帰ってきたも同然だ。

はるけくも恙なく帰り来りしものよ。我が親、我が妻、我が子の待ち祈る此の祖国の土へ。とは言え喜びも亦その裏には幾多の悲哀と杞憂とを含む。戦勝の国への凱せんであったなら何も言うことはないであろうに。敗れたる焦土の国へ。いかなる喜びも此の心の痛みだけは消すことが出来ないのだ。そして家は？　肉親は？　どうなっていることかしら。誰の胸にも強い期待の中に若干の憂慮は抜け切れない。いや、益々たかまってくるのだ。

此の一年近くの間、われわれの懐いて一時も離すことのなかった夢は今現実になろうとしている。そして我々がビルマに於ける過ぎし日の起き伏しは今逆に夢となってゆくのだ。

果してどちらが夢でありどちらが現実であろうか、凡てが夢であるのではないか。二年前に九州を出たその自分は再び今こうして船上に九州の山々を眺めている。確かに二年間の星霜は逝いた。そして我々はその間悪夢の中にさ迷っていたのではなかったろうか。

気のせいか、船の速度が遅くなったような気がする。

波は穏やかに空は青い。甲板の上は身動きならぬ人、人、人。

無言の内に、波が船に当って白くくだけるのを眺め、時に眼を遠く移してははるかにけむる九州の連山を見る。

七月十二日

夜中から船がとまってしまった。何時の間にか濃い霧が一面を蔽って全く視野を遮る。どの附近に居るのか見当もつかず、船は動きようもない。朝までには宇品港へ入港出来ると思っていたのに当てがはずれて皆焦燥の念一段と濃く、甲板に出て足踏みをしてくやしがる。入港寸前に立往生をさせられては却ってじれったくなる。一秒でもよいから早く目的地へ着きたいと願っている。

昼近くなって霧は次第に晴れ日輪が明るく浮び上る。やがて見る見る内に透明な青空が開け海面がぐんぐん眼前に拡がったかと思うと、右に左に美しい山々が青々として眼に迫ってきた。

船はもう瀬戸内海の入口に入っていたのだ。

「うおー」奇声にも近い歓声がどっと甲板に溢れてなごやかな雰囲気が誰の心をも陽気にさせる。今日の日の此の喜ぶ顔を今まで如何に夢見たことであろうか。此の人々の中には七年振り八年振りで初めて帰って来た人もあるのだった。

船は徐々に動き出した。湖水のようになめらかな水面、時々行き交う小さな漁船。或は小さく或いは大きく浮び上る緑の島々。海岸に点在する静かな平和な家々。何もかも昔のような気がする。やがて夕陽は傾き、たそがれの宇品港に船はなめらかに入りゆく。

小さな舟をあやってきた老人が薄暗い海上をそして船の周囲をめぐりながら下から必死になって叫んでいる。

「ビルマから帰ってきたのですか？　○部隊の前田という者は居りませんか？　誰か御存知の方はおりませんか？」

最愛の我が子の帰りを待ちわびて復員船が着く毎にこうして夢中になって探し求める老人。○部隊、それはあとにのこされた部隊だ。可哀想に、何と言って答えてやろうかと我々は思案に耽るうちに老人の小舟は闇の中に消えてしまう。あちこちから眼を射る港の灯は、さざ波に写って静かに揺れる。皆凝としてそれを眺めるのみ。

七月十三日

朝早くから上陸開始。検疫も至極簡単に終り、附近の宿舎に入る。

此の足で踏みしめる日本の大地、此の眼で眺める日本の街、凡てが感無量。皆魅せられたようにきょときょとと目をくばらせながら歩く。どちらを向いても日本人ばかり、矢張り此こは自分の国なのだ。間違いなく我々は祖国に今帰り来たのだ。

「や、女が居る。矢張し綺麗だなあ！」

誰かが叫んだのでどっと大笑いする。確かに美しく見える。我々の美的判断力はそれだけ低下しておったに相違ない。黒い現地の女ばかり相手にしておった眼には、日本の女は、唯色が白いというそれだけの理由で無やみに美しく見える。

宿舎に入るや、早速洗面所へ行く。栓をひねればざーと流れ出る水道の水。全く便利で有難い。そしてその水を初めて体にあてた時の如何に冷たい爽やかさであったことか。又一口飲んだ時の如何にうまかったことか。此の味だけは恐らく一生忘れられないであろう。それ程、冷たい水、清浄な水は、内地へ帰ってきたことの実感を深く身にしみこませてくれる。

引揚援護局の世話してくれた此のささやかな宿舎にも畳という懐かしい日本的な臭いが一段と、人の気持を喜ばせる。誰も落着いている者は居ない。何となく右往左往してみたい。人に会ったら話してみたい気持になる。

廊下に大きな戦災地図があって、空襲で被害を受けている場所は分ると言うので都会に家を持っている者は夢中になってすっ飛んでゆく。私も大方駄目であろうと観念してはいたものの、若しやと思うから早速見に行ってみた。黒山のような人で、皆、眼を皿の様にしてわいわい騒いでいる。当てにして行く可き家があるかないか、そしてその中に住んで居た人は無事かどうか、誰が此れを気にかけないで居られるであろうか。恐る恐る不安な気持で眼は地図を追って行くのだ。東京都――淀橋区――戸塚町――

「おれの家は此の辺の筈だが」と一点に集中してゆく。その自分の家と思われる附近、赤と白が丁度、境になってどうなって居るのかさっぱり分らない。此の地図の上での境界が一体現実にはどの辺に当るのかと目をつむって嘗ての我が家の附近を頭に描いては、あの附近、此の附近と色々想像しても気にかかるばかりで見当がつかない。

「どうだ?」「うん、おれのところは大丈夫らしい」

と安心しきっている者もあれば、

「ああ、駄目だ、どうしようもない」

と言って、すっかりしおれかえってしまった者も居る。

復員準備は忙しい。汽車の切符や携行糧秣を貰ったり、旅費も支給して貰わねばならぬ。終戦後の俸給の整理、果ては今日に及んで最後の進級があるとか、色々なことでごったかえす。銘々帰りゆくべき府県別に分れて今夕から臨時列車が出る、というのであちらこちらで最後の挨拶が取りかわされる。

お互いに苦労を共にし生死の一歩手前まで歩調を揃えて歩んできた仲間同志であって見れば後会期《こうかいご》なき離別の内に懐旧の情一段と濃く、過去の個人的な恩しゅうを一切超えて相共に断ちがたい愛着の念を今更ながら強く覚えてくる。

午後四時頃、九州行きの第一列車が進発する。

関西北陸地方は明朝、関東東北地方は明夕ときまる。

部隊は解散された。そして府県別単位に分れてゆく。

「愈々、お別れですな、いつまでもおしあわせに」

「有難う、お互いに、無事でありますように」

今日一日の名残にて東に西に銘々の新しき生活を求めて新しい道を切り開いてゆかねばならぬ。

終焉、つつがなき終焉である。

後記

今にして思えば、あの生活もなつかしい。それはもう何年も昔の出来ごとであるような気がするし、又つい二三日前のことであったようにも思われる。こうして今、再び昔のように家庭の人となり学生となっていると、一体ビルマに於てあんな日を送ったということが本当なのか、自分にもあんな時代があったのかしらと不思議に思う位である。

学生服を着て大学の教室で経済だ法律だなどと言って講義を聞いている此の自分は、数ヶ月前まで南国の名もなきジャングルの中で、ふんどし一つになって円匙や鍬や斧を振って土方をやっていた自分と同じ人間であるのかと疑いたくさえなる。

もとより個人の体験というものは多くの場合軽薄であるに過ぎない。自分が苦労してきたということを得々としてしゃべるような人は多くの場合誇張に満ちている。それは他人の知らない世界を自分は超えてきた、他人よりも多くの苦しい経験に堪えてきたのだという自我優越感が働いて、とかく大きなことをふいちょうしたがるからだ。復員軍人の外地経験談なるものにはそれがつきものであることと少くない。本当に苦しみを味わってきた人はそれについて語ることを好まないということは真実であるらしい。私が復員してあいさつに行くと、「随分御苦労なさったでしょうね」と慰められる毎に心中恥ずかしく思わざるを得ない。

我々の体験した苦労などは取るに足らないものである。まだまだその何十倍もの苦しい試練の中に身を置いてきた人も居るのだ。そういう人々が居るということ、己よりも厳しい苦しみの下に生きている人が常に居たし、今も居るということ、その自覚の内から人は自己の体験の低さを痛感し、それによって初めてその体験を真に生かすことが出来るのではないであろうか。

此の戦争によって、人は果してどれ程深い体験を身につけたというのであろうか。そしてその中には産れるに値する何物かがあるであろうか。さはれ、永遠なる時の流転に於てゆくものは回帰せず、徒に過去を呪い、或はしたって美化するをやめよ。

終戦一年の生活も亦それだけのものであって、それ以外の何ものでもないであろう。その生活の中にささやかながら、つかみ得たものが若しあったとするならば、それは自分の僅かなる体験と無力への厳しい反省でなくてはならぬ。

そして凡ての経験が人間の成長と向上への起縁である限り過去を単なる思い出話しとして、とどめることなく、それを将来への礎石とする努力は忘れられてはならないであろう。

果して如何ばかりの成長があったかどうか。

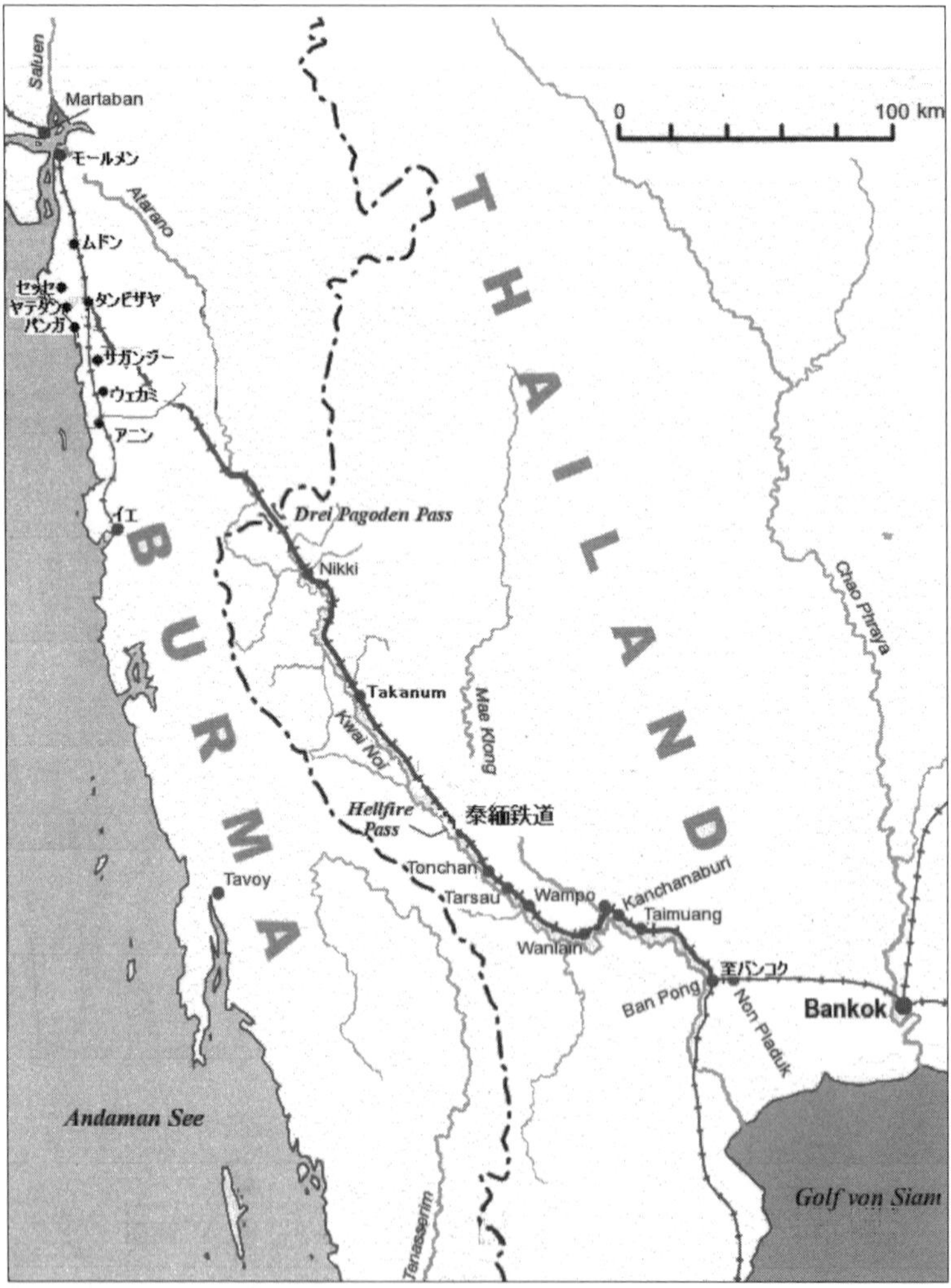

Saluen
Martaban
モールメン
Atarano
ムドン
セッセ
ヤテタン
パンガ
タンビザヤ
サガンジー
ウェカミ
アニン
イエ
0
100 km
THAILAND
BURMA
Drei Pagoden Pass
Nikki
Takanum
Kwai Noi
Mae Klong
Hellfire Pass
泰緬鉄道
Tonchan
Tarsau
Wampo
Wanlain
Kanchanaburi
Taimuang
至バンコク
Ban Pong
Non Pladuk
Bankok
Chao Phraya
Tavoy
Andaman See
Tenasserim
Golf von Siam

三　詩

作品一

マラッカに
夕陽は映えて
美しき黄金のさざ波
（南方の海の　何という
　明るく　澄明なことでしょう）
椰子一木ななめに立ちて
炊煙はみぎはに消える
（月が出ましたよ
　ほら　あの椰子の葉蔭に）
本当に淡い月だ
郷愁がちらりと
頭をすぎる

作品二

日輪は
大海原を真紅に染めて
悠容と
今水平線に没しゆく
マラッカ海の落日は
その美と雄渾の調和に於て
まこと
類稀なる景観でありましょう

作品三

マラッカのなぎさを行けば
静かなる波　足あとを洗うなり
小銃を肩よりおろし

汗ぬぐふ椰子の葉蔭に
日焼けせし顔黒々と
友ら皆さざめき合いぬ
透明な大気の中に
消え行くか煙草のけむり
一筋の煙を追えば
目にしみる烈日強し
二十余の若さをここに
顧みて感慨新た
やすらひの時のすぎれば
吸い差しの煙草投げ捨て
いざ行かん帰営の道を

作品四

濱にのぞめる官舎の山に

一輪咲くや赤き花
人知れぬ木蔭なれども
可憐なる花びら見れば
南国の夢は美し
（この花は何というのでしょうね
　さあ　私も知りませんが
　でも本当に美しい花ですこと
　そうです　こんな人目につかないところにも
　咲いてゐるのですねえ）
名も知れぬ小さき花よ！
私も亦あなたのように
飾らずつつましく
美しくあらんことを
どんなに希うことでありましょう！

作品五

本当にまっくらとは
此のことです
しっかりと前の人に
つかまって行きなさい
此れがただ一本の道です
(一体どっちに進んでいるのか
　全くわけが分らない!
　空を見上げて星さがしても
　ただくらやみの大空だ)
危ない!
ここに細い丸木橋
後から来る人注意して
川にはまらないように
しっかり足をふみしめて
体の平均失わず

真直に行かないと
橋から落ちますよ
（体の平均とることは
おれは随分馴れている
中学校での体操が
こんなところで役に立つ
だけど　外の人は危ないようだ）
ばしゃ！
誰か落ちました
（おい　電気！
　懐中電気をつけろ）
いけません
光が敵に見えたらば
それっきりじゃありませんか
（そうだ　確かにそうなのだ）
隊長殿　心配ありません
割合浅いようですから

今直ぐ上ってゆきますよ
そうか　それはよかったなあ
本当に濡れただけなのだ
けがは全然なかったかな
どこも体は負傷してゐない
恥づかしそうに笑ってゐる
（よし　出発しよう）
再び夜の静寂は
不気味なまでに
ひしひしと
うつろな兵の心に迫る
（飯も食わず
　夜も寝ず
ただ黙々と歩くのみ）

作品六

ずぶりずぶりと
一足毎に
体めりこむ泥の中
随分心を使っても
腹の中までめりこむのだ
（弾入れも泥だらけになりました
　然し弾は何ともないようです）
全くひどいぬかるみだ
一体どこまで続くのか
おまけに昨日も文字通り
一分さえ　も寝ていない！
腹もぎゅうぎゅうなってゐる
昨日から
青い小さなバナナを二本
歩きながら食っただけだ

がまんしなさい　もう少し
此の湿地帯のりこえて
あの山一つ廻ったら
そこでは部隊本部の人が
待ってゐて呉れるでしょう
（全くそうなら
こんな嬉しいことはない
まこと
かん苦と困難の中に
人は眞の喜びを見出す！）

作品七

私は今日まで
椰子の實は好きでありませんでした
うまいと思いませんでした

然し
今日の椰子の
おお！何とうまいこと
炎天下
大きな椰子にかじりつき
がぶがぶがぶと一口に
飲み干し飲み干し
息つかず
私は汁をからにします
此のあじけない汁とても
飢えとかつえにふらふらの
此の瞬間の私には
一切の宝にもまさって
喉をうるほすものであります
否！
全生命をば
蘇生させるものであります

作品八

ちょろちょろ燃える
たき火のまはり
皆うつぶせになって
木の根枕に寝ています
（渡辺も眠ったらどうだい
然し　万一の事がありましたら
それにもう歩哨交代の時間です
でも本当に皆疲れてよく眠ってゐる
起すのも何だか可哀想ですねえ）
交代！
さあ起きなさい
今度は君の立つ番です
（こんなぐっすり眠ってるのに
起きるのは辛いだろうなあ
然し任務です

警戒は厳重にせねばなりませんから）
東の空がほんのりと
白く光って参りました
もう夜が明けるのでしょうか

何事もなく
一夜は明けて
はれがかった赤い眼に
朝日がきらっとしみ入るようだ
ジャングルの繁みの中を
ダーをかついでマレイの人が
朝の仕事に出でてゆく

作品九

猿がするすると

高い椰子の木を登り
大きな實のかたはらに坐りました
（あの實を一体どうしてとるのでしょう）
利巧な猿は
その實に両手をかけながら
くるくる廻し始めました
やがてその實は
つけねがよじれてとれそうになりました
猿はそこで手をとどめ
一瞬思案をしたのです
どのようにして落すのでしょうか
そのまま眞直おとしたら
實は割れてしまうでしょう
再び猿は慎重に両手をかけて
今度はゆっくり廻します
今や實は木から離れんばかりになりました
猿は狙いを定め一瞬力を入れました

實は木を離れました
然しそこから直接に地上には落ちなかったのです
下葉の重なる場處に落ち
転がるように葉を傳はり
その葉の尖端まで行きついて
一番低いところから地上に落ちてゆきました
そのやり方は全く見事でした
ついに實は割れませんでした
本当に猿は
頭の良い動物ですねえ
私はすっかり感心したのです

作品十

待ちに待った便りが来ます
幾月ぶりかの故郷の安否

遠い祖国の香りがします
名前呼ばれて戦友は
水浴を浴びてる中途でも
裸のままでとび出して
むさぼる様に読むのです
嬉しいざわめきおくにの話し
互いに手紙見せ合って
自慢話しに花が咲く
（だがおれの所には一通も来ない
淋しいなあ
どうしたのだろう　無事なのだろうか
たまりかねてはひき出しあけて
古い手紙をひそかに出だし
も一度読むのも頼りない）
スコールが
幕舎の窓を激しく叩き
異郷の夜の更けにけり

作品十一

銃にぎる
手首に群れる
蚊を追いつ
夜空に立つや我れ一人
サザンクロスの
光は淡く
遠き夜空に
オリオン光る
虫すだく夜は淋しく
人けなきしじまの底に
しんしんと大気は迫る
（星空はどこで見ても美しいなあ
然しおれがこうしてゐることは
一体本当に現實なのだろうか、
めぐるましい境遇の変化

偉大なる時の流れは
おれをとうとうこんなところに
押しやってしまった
数年前には
予想もしなかったことだのに）
たっ！　たっ！　たっ！
突如火を吐く
軽機の音に
妄念去りて銃をとり
目を光らせるやみの中
（おれは今
一かいの兵にすぎないのだ）

作品十二

さあ飯を焚きましょうか

でもここには水がありませんねえ
構いません
あの椰子の實をとって
その汁で焚きましょう
そうですね　それはよい思いつきです
でも少し臭ひはしないでしょうか、
まあやってごらんなさい
（椰子飯とは素敵だ！）
炊煙が椰子の木を傳ふが如く
真直に上に登ってゆきます
本当に静かな風ですこと
おや　ごらんなさい
あちらの方は空が暗くなったようですが
本当に
飯が出来上るまでに
スコールがやって来ないとよいですねえ

作品十三

さき程　支那人が
あそこの砂漠に鶏を埋めて行きましたよ
そうでしょう
此の辺の人はよくそうやるのですよ
埋めておけば中々悪くならないし
それに犬にとられる心配もないですからね

作品十四

緑の丘は起伏をなして
赤い屋根々々見えかくる
白い豪奢な邸宅見れば
覇者の威勢の名ごりをとどめ
英国統治のおもかげ深し

作品十五

ぼろを一枚体にまとい
裸で歩くマレイの人は
夜とも言はず暇さえあれば
どこと構はず横になる
赤道近いとこなつの
燃ゆるが如き太陽に
人の心はにぶりゆく
荒れ狂う
厳しき自然の
暴威も知らず
平穏な
興えられたる恵みの下に
労することの少くて
日々の営み繰り返す
衣食の配慮も僅かにて

生きうるような環境が
発展力なき停滞の
人育まれゆく風土なり
（マレイ人は何を常食とするのでしょうか
椰子やバナナ　それにタピオカ
そんなものではないでしょうか
彼らは本当に仕事らしい仕事も
してゐないようですねえ
然しそれで生きてゆけるのだから
自然　人の活動力もなくなるでしょう
勤勉な日本人には
ちょっと考えられない生活ですね
だが此れは幸福でしょうか
それとも不幸なことでしょうか
確かにここでは
我々のように　あくせくと
仕事に追い廻されることはありませんし

生活の心配に心を奪われることもありません
然し生活の安定と
その上に立つ火花線香のような
刹那的な享楽とかは
その中に
発展と向上の契機を
持ち得ないことは明らかでありましょう
然し一体人の幸福とは何でありましょうか
文化の向上と生活水準の上昇は
先進諸国の努力の結晶でありましたし
此れからもそうでありましょう
がその輝かしき不朽の功績にも拘らず
何故今も尚
我々はこうして苦しまねばならないのですか
お互いに傷つけ合わねばならないのですか

発展？

それが人類の努力の唯一の指標ですか
文化？
それが人間の幸福の最大のシンボルですか
ごらんなさい
此のおくれた人々の
原始的な生活を
若し幸福とは主観的なものであるならば
彼らよりも私達が
幸福であると果して言い得ましょうか
又若し幸福が客観的なものであるならば
何故私達は
幸福になり得ないのでしょうか
ああ！
私には何が何だか
譯が分らなくなりました
東洋民族の解放の為に
此の戦いが行われてゐるということは

此の人たちの生活を
現実に直視してゐると
一のはかなき幻影であるとしか思えません
八紘一宇？
それは畢竟ナンセンスではないでしょうか
では一体何の為に
私達はこんなところまでやって来て
戰はねばならないのでしょうか
恐ろしい殺りくと闘争を
行わねばならないのでしょうか
恐ろしい疑問です

私は日本人なのです
祖国の興廃を賭しての戦争に
死ぬ可く與えられた宿命を
真直進まねばならぬということ
一軍人としての節操と責任に

十全であらねばならないということ
ただそのことだけを思うて
日々のつとめを果せ！
とは言え　内なる理性は
現在の境遇をも拒否する
大なる矛盾を抱擁するのであります
既に内地に在りし時より
ひそかに懐いた此の矛盾が
外地に来ても消え失せず
原住民と接する毎に
益々深くなること
ああ！
それは恐ろしく辛いことです
戦争というものに対し
ひたむきになれないというのに
果して自分は
将校たり得る資格があるのでしょうか

時として電光の如く
心を動揺させる此の矛盾を
私は一体どうしたらよいのでしょうか）

作品十六

はてしなき　ゴム林の中
汽車は眞直　北へ行く
（ここはまだマレイですか
そうです　シャムへ入るにはまだ二日あります。
本当に素晴らしいですね
此のゴム林の広さは
全く！
英国の植民政策はたいしたものです）
走れ！　走れ！
ゴム林縫うて

故郷が少し近くなる

作品十七

汽かん車の
車輪に日蔭求めつつ
毛布を敷きて横になる
ふと見れば草の一葉の
微風にそよとゆれにけり
何げなくふるさと思い
在りし日の夢を求めつ
南国の野べに在る身は
一しほの郷愁深し

作品十八

今日は何處に寝ましょう?
矢張りレールの上がよいです
夜中に突然汽車の出ることはないでしょうか?
それは心配いりません
冷えはしないでしょうか?
それも絶対大丈夫
蚊にさされはしないでしょうか?
防蚊覆面があるでしょうに
さそりはいないでしょうか?
まづ出ませんよ
(返事するのも面倒臭い
　随分気の小さい人だなあ)

とつ国の流離の旅は
名も知らぬ異郷の野辺に

伏する身も今日で幾日
高枕レールの上に
一枚の毛布をかむり
かり寝する今宵の夢路
星月夜いよいよさやけし
十字星南に高く
北極星北にかすめり
(そうだ　ここはまだ
　赤道以北なのですね
　ごらんなさい
　あの星空の左の星を
　いつも光が淡いこと)
輝きの星空仰ぎ
大宇宙己が胸に
ひしとだく此の一時ぞ
永遠の調和の秩序
われも亦自然の兒なり

自然またわれの父なり

作品十九

赤いロンジや黄色いロンジ
頭にかごをひょいとのせ
汽車にむれくる娘たち
かたことまじりの日本語に
身ぶり手ぶりで話しかけ
マンゴ取り出す手一杯
日はさんさんとマンゴの上に
そよ風ちらとほほ伝う
口にとろけるマンゴの美味に
思い新たな異郷の旅路

作品二十

六つ七つの小さな子たち
バナナ木蔭に集まりて
歌と躍りのその一時は
たそがれ迫る夕焼空
（本当に哀愁に満ちた
　情緒的なメロディですね
　單調ではありますが　静かなやさしい調べで
　心がしんみりして来ます）
黒い体に裸ではだし
にっこり顔を見合せる
行きつ戻りつ手を振りて
躍る子たちは幸福の
顔輝かせて愛らしく
可愛ゆいシャムの子供です
（子供たちは完全なる喜悦にひたってゐます

私は今まで
こんな嬉しそうな子を見たことありません
恐らく此の瞬間　子供たちは
世界中で一番幸福な者かもしれません）

作品二十一

先日別れたばかりの友が
そしてあんなに元気だった友が
今日はとぼとぼやってくる
あの憔するゐした顔！
元気なくやるせない歩き方！
どうしたのだろう
おお！
腕が片方なくなってゐる
左の腕が全然ない

（君　君それは一体？
うん　やられた　モールメンで
　矢張り　痛むなあ）
友はぽつりと淋しく言った
そして甘くないまんじゅうを
一口　口に入れながら
幾日ぶりかのごち走だと
涙を浮べんばかりになった
何と　変り果てた
友の淋しい姿だらう
おれはもう
いたいたしくて見てゐられない
だが戰争！
まさしく戰争なのだ
そしてここは第一線だ

作品二十二

見給え
街の中を裸でうろうろする兵隊を
銃を捨て剣を投げ服をぬぎ
それこそ裸一つじゃないか
ただ飯盒だけをぶら下げて
ひょろひょろ歩く
顔はやつれて青黒く
目さえうつろに死んだ様だ
（今まで　乞食でさえも
　あんなにひどいのは見たことない
　鬼界が島の俊寛のようだ）
此れが厳しい現実なのだ
惨たんたる實相なのだ
思ってみるがよい
あの人たちの忍苦の道を

インパールの隘路に
フーコンの魔境に
アラカンの峻嶮に
幾日月の苦戰を経
言語に絶する困苦をおかし
甲斐なく戻る幾十百里
豪雨　酷熱
マラリヤ　赤痢
地形はけわしく病は重く
飢餓と疲労と疾病に
人斃れゆく道のべに
（それは正しく生き地獄でありました
気力と体力と
ああ！　その何れかをも持たない人は
死んで行ったのです
白骨街道！
何という悲惨な有様でしたでしょう

然しあの時
誰でもが自分のことで
もう本当に精一杯だったのです
病に苦しみ　飢餓に泣き
のたれ死にしてゆく戦友を
目の前に見ておりながら
而もあの時
外にどう仕様があったでしょう
友を見捨てるということが
それでも許されない行為なのでしょうか？
友を助けるということが
自分も友をも死へ追いやる道であることが
余りにも明らかであった時に
私達の自己を守った行為が
いけなかったと人は言うのでしょうか？）
そんなことは決してない
それはそれでやむを得ない

生き得べき人が生きること
誰がそれをとがめ得よう
（然し余りにも
それは恐ろしい現実であります
人の世は
かくもむごいものでありましょうか
信仰と道徳と教養とは
まがうかたなき現實の前に
如何に無力なものでありましょうか）
若し果してそれが
人の姿の最も真実なものであるならば
おお！　私は
一体どうしたらよいのか
（凡ての人生観は
根底よりくつがえります
その崩壊の上に
私は一体何を建てられましょうか）

作品二十三

顔は美しからずとも
その心のやさしさの
たぐい稀なるひめ君は
多くの人に惜しまれて
かくれ給えぬはかなくも

姫を愛せし王君は
追慕の心一しほ深く
忘れ得給はぬおもかげを
後の世までもとこしへに
のこさんことを願いつつ
姫君ねむる墓の上に
植ゑ給うなり一樹の木
此の木に姫の霊あらば
守らせ給えいつまでも

此の木のいつか大となり
實を結ぶことある時は
その實はまこと姫の如く
外皮は如何にみにくとも
内に包まる中味こそ
香ばしくこそあれ
願わくは
その實を食する人々は
たぐいまれなるその美味を
しょうする毎にその中に
生き傳えらる姫君の
愛の深きを一しほ偲び
追慕の情けを寄せまつれかし
願わくは

王の祈りはあだにはならず
まことその木は生長し

大きな果實の實を結ぶ
外皮はみにくくとげさえあるも
一たび割りて柔かく
黄色き中味口にせば
ならぶものなきその美味は
忽ち人の舌をば魅して
その人人を酔わすなり
（全く此のドリアンはうまいですねえ
そうでしょう
初めは少し臭うけれど
慣れればば本当においしくてやめられないです
いくら食べても飽きませんねえ
それにほら
その昔すぐれてやさしき姫君の
墓の上に植えられたとかいう
その傳説が如何にも
面白いではありませんか）

作品二十四

子供たちが遊んでゐます
男でしょうか女でしょうか
私には判断がつきかねます
同じような顔をし
同じような髪をゆい
共に裸で色黒く
ロンジー一枚まとうてゐます
時折煙草を取り出して
器用な手つきで吸いながら
笑ってこちらを見てゐます

作品二十五

日は傾きぬ　西の空

青く繁れるバナナの葉蔭
赤いロンジーは見え隠る
バナナ畑に夕陽が落ちて
ビルマ娘の一人行く

作品二十六

黄色い衣に日傘を廻し
はだしで歩く僧侶たち
大人も子供も打ちそろい
つぼ手に持ちて　たくはつの
今日のつとめに出でてゆく
ここ　佛教王国に
並ぶ者なき権威を負うて
僧は俗世に君臨す
人々は何をか求め

何をか信ず？
僧たちは何をか教え
何をか傳う！
宗教の神秘はいづこ
伝統の権威はいづこ

佛教は生命ありや
人間はば如何に答えむ
信仰は完全なりや
人聞かば如何に答えむ

然し　一体信仰とは
魔術と迷信から切り離し
考えることが出来ましょうか
それは恐らく此の国では
不可能なことでありましょう

作品二十七

完全に敵に包囲されました
最早敵中突破する以外
逃れる道はないのです
それも夜！　完全なやみ
静粛行進する以外に道はありません
若しわづかでも音したら
我々凡ての命は
失われるでありましょう
（兵の緊張　無言の合図）
部隊は今や　敵歩哨の陣地をぬって
黙々と敵陣地に近づきました
（此ら一團の兵たちに
一人の女まじりつつ
いとけなき子を負うてゆく
突然その子は沈黙破り

幼き聲をふりしぼり
　やみ夜の中に泣き出だす)
ああ!　それは全く致命的であったのです
ぐわぜなき此の子のなくを
誰が一体とめ得たでありましょう
(人々凡て当惑し
　顔見合わすなりがく然と)
敵中突破は隠密です
最早此れ以上
此の子を連れてゆくのは不可能でありましょう
如何にす可きでありますか?
その時でした!
母はよろめくように子をだいて
悲痛な声をふりしぼり
うなるが如く言いました
「此の子を殺して下さい
　此の子がおれば

皆さんの命は助かりません
可愛い我が子！
でも皆さんの命には代えられません
ああ何と因果に生れた子だったのでしょう
そして私は　私は――
さ　早く　やって下さい
お願い！
又私の気が変らない内に
そして私の居ない内に」
けなげな母は低いおえつをもらしつつ
子を兵隊に押しつけて
闇のかなたに退きました
敵陣地は眼前です
子供の聲は愈々高く夜の大気をふるわせました
早く処置しなければなりません
敵の耳に入らぬ内に何とかせねばなりません
（いや　おれには殺せない

おまへやってくれないか
駄目だ！　おれに此の坊やを殺せというのか
とてもそんなことはおれに出来ぬ
おれもいやだ
わしもやらんぞ
自分もやりません
可哀想に　どうするんだ）

忽ち兵の間には
苦しいため息がひろがりました
誰一人とて此の恐ろしい仕事をば
成しとげる勇気は
持ち合わせてゐなかったのです
今まで此の愛らしい坊やをば
誰しも可愛いがっておったのです
殺ばつな気持を以て
せいさんな戰場を駆使し
人を殺すことさえ

馴れきった兵隊共でありながら
而も誰か敢えて此の可憐なる生命を
たつだけの非情になり得たでありましょう
戰場に於て人は
異常な残忍性を発揮するとは言いながら
而も人は矢張り
人であるには違いないのです！

あわれ！
子は死んでゆきました
そして
それから二日後
その子の母は不幸にも
散彈により膝を貫通されたのです
がくっと膝を折ってよろめきながら
やがて母親はそこに斃れてゆきました
（おい　どうした　しっかりしろよ

傷は浅いぞ
　おれ達が交代でおぶってやるからなあ）
兵隊たちはそう言って
彼女をはげまし連れて行こうとしました
然しもとより兵隊たちも
實は自分だけのことで精一杯だったのです
傷つける女を負うてゆくことは
所詮不可能でありました
顔は苦しさにゆがんでおりました
然し彼女はきっと眼を開いて
けなげにも言ったのです、
「皆さん　有難うございます
然し　ほおっておいて下さい
此れ以上　皆さんに
迷惑をかけることがどうして出来ましょう
それに　私は自ら
可愛ゆい自分の坊やを殺したのです

坊やが死んで
此れ以上私に何の生き甲斐がありましょう
私も坊やのところへ参ります
死にましょう　私は死にます
さよなら皆さん！
「無事に逃げて生きて下さい！」
弱々しくほほえみながら
彼女は然し決然と
手榴弾を手にしたのです

××××

ああ　何という
おごそかな
そして又いたましい最後であったでしょう！
ふるさと遠き名もなき地に
はかなく散りし生命よ
民族の悲劇と宿命は
この

（編者註記。以下、なし）

あとがき

渡辺洋三先生（一九二二〜二〇〇六年）の蔵書処分について、その内容を村田彰教授（流通経済大学）と調べていたときに、夫人の華子様から「心の窓」と題された一冊に綴じられた未発表の随筆を手渡された。原稿用紙に書き込まれた草稿を製本したものである。先生が、第一高等学校（旧制）・東京帝国大学（旧制）のときに書かれたものであろうか。先生が学徒出陣（一九四三年一二月）の直前まで書いたものである。これを手にした村田教授は、この草稿とともに、すでに刊行されていた『南方一年』（渡辺華子様の自費出版）と題された、終戦と同時にビルマでイギリス軍の捕虜となってから復員（帰国）するまでを記した手記と、大学ノートに書かれた、詩の出版を私に強くすすめた。

しばらくして私は、村田教授と共同で、二つの手記に加えて「詩」とともに出版することを決意した。すでにわれわれは、渡辺先生の著作を編集して『慣習的権利と所有権』（二〇〇九年、御茶の水書房）・『温泉権論』（二〇一二年、御茶の水書房）と題して二冊出版しているので、異種の著作とはいえ、出版することとじたいにためらうものではなかった。しかし、渡辺先生と私のように同じ川島武宜先生の門下生であり、直接の師弟関係があるものと違って、師弟関係がない村田教授に、学問とのつながりだけで、編集と出版費の負担をかけることがためらわれたが、村田教授が全面的に協力することになったので出版した次第である。いずれも原本にもとづいて編集した。

書名を『「学徒出陣」前夜と敗戦・捕虜・帰還への道』としたのは、内容にそったものであるが、私に、ある思いがあったからである。

すなわち、敗戦直後の混沌とした時代に中学生の私は、ヴィトコップ『ドイツ戦没学生の手紙』と、レマルク『西部戦線異状なし』・レマルク『帰還への道』・レマルク『凱旋門』、そして『きけわだつみの声（日本戦没学生の手記）』と竹山道雄『失われた青春』・同『ビルマの竪琴』を読んだ。その中には何回となく読んだものがある。それらをイメージしたからである。

ドイツ、日本を問わず、学生は戦場に赴き、ある者は戦死し、ある者は生還する。渡辺先生の生還は、日本の敗戦によってである。戦争が長びけば未帰還となったかも知らぬ。

渡辺先生は、昭和一八（一九四三）年に東京帝国大学在籍で学徒出陣し、敗戦とともにイギリス軍の捕虜となり、翌年の昭和二一年に帰還（復員）する。私の兄達も学徒兵として出陣し、帰還したが、従兄は帰還しなかった。南海で、多くの戦友と共に散華した、と伝えられた。私にとって学徒出陣も、生還も、そうして未帰還も身近なものであった。そればかりではない。渡辺先生が読まれたもののいくつかは、中学生の私のモニュメントでもあった。しかし、渡辺先生のあれだけの思考の深さは、文章とともに真似できるものではない。この草稿を手にして、はじめて、渡辺先生の、これまでに知らなかった他の才能の一面を知ることになったのである。

府立四中、第一高等学校、東京帝国大学という渡辺先生の学歴は、エリート・コースにほかならない。その先は、官界か経済界であるが、渡辺先生は帰還してすぐに大学に帰り、卒業とともに、特別研究生として大学に残る。これは、学者としてのエリート・コースである。しかし、渡辺先生は、助研会（助手・研究生）での活動から、大学の外へ出て、日本の民主主義法律学の主導者として活躍する。それには、多くのすぐれた同期の学者達の支持があった。このことは、渡辺先生の研究水準の高さとともに、その人柄によるものである。

渡辺先生の研究は、主として法社会学ですぐれた成果をあげる。しかし、その法社会学は、指導教官であるとともに、生涯の恩師であった川島武宜先生が、「渡辺君は法解釈学においてもすぐれていた。とくに判例評釈は、もっとも適確であった」と述べられたように、法解釈学においてもすぐれ、その法律学は体系的であったのである。そうしてさらに川島先生は「法社会学は、法解釈ができなければ駄目だ」と言われた。これは、一般の法社会学研究者への指導の言葉であるとともに、私へのいましめとも受けとめた。私が川島先生の味気ないと思われた法解釈学の御教示が、法社会学・法制史学に結実したのを知るのは、後年のことである。

渡辺先生が人一倍すぐれていたことは、これも渡辺先生が師事され、尊敬した福島正夫先生も川島先生と同じように指摘されているから、渡辺先生にたいする先生方の信頼は、学問水準の高さとともに、その人柄にあったのである。

専門が違うが、私の兄も渡辺先生と同じようなコース（府立一中、第一高等学校、学徒出陣、東京大学経済学部特別研究生）で研究者の道を歩んだが、同期でありながら、助研会と調査を通じて渡辺先生を高く評価し、尊敬していた。渡辺先生は、学際的であり人格者だったのである。

私は、渡辺先生とは同じ、川島武宜先生の門下生でありながら、渡辺先生に師事するとともに同門の研究者として、渡辺先生と、鑑定書の作成、調査・研究等に同行した。また共同著書もある。

私は、渡辺先生に師事していたのであるが、渡辺先生は私を同僚として扱っていたのである。研究者冥利としか言いようがない。渡辺先生と私は、それだけ密接でありながらその洞察の深さ、多方面の知識や文才について気がつかなかった。「心の窓」・「南方の一年」・「詩」を通じて、渡辺先生の知らなかった一面を知り、さらに〝水をあけられた〟という思いがある。

川島武宜・福島正夫先生のもとにおいて、渡辺先生には兄のような思いを抱きながら師事することができたことを、今更のごとく感謝する次第である。

なお、渡辺先生の経歴と業績の詳細については、渡辺洋三先生追悼論集『日本社会と法律学』（二〇〇九年、日本評論社）を参照されたい。

なお、渡辺先生の母校・第一高等学校の第五三回の記念祭の寮歌（寄贈歌）のなかに、つぎのようなものがある。

悼

四、精神《こころ》の国に目覚めあひ　丘の門出の旅すがら
逝きて帰らぬ同窓《はらから》の　十指《とを》にも余るその数の
幸《さち》多かりし追憶《おもひで》を　我は代りて歌ふなり

挽歌

五、青き葉の　青きがまゝに　朽ち果て、
　　白き光に　何を夢見る
六、絆《きずな》より　解き放たれて　我が友は
　　今日の祭に　愉しかるらむ

（昭和十七年六月東大）

渡辺先生の「学徒出陣」のときには、すでに帰らぬ同窓生の学徒兵がいたのである。

（北條　浩）

例言

本書のうち「南方一年」と詩の若干は、二〇〇九年に新生出版から渡辺華子様によって自費出版されたことがある。

今回「南方一年」を再録するにあたっては、新かなづかいと当用漢字にしたほかは、難字についてはルビを附したが、原本をほとんど再現することにした。これについては渡辺華子様が編集についての全権限をまかす、ということであったので原本を尊重した方法をとったのである。それは、すでに前記出版の「南方一年」が読みやすくなっているからである。

また、未発表の「心の窓」についても、同じように原本に沿って再現した。その責任は、編集者の北條浩と村田彰にある。

著者紹介

渡辺　洋三（わたなべ　ようぞう）

1921年11月21日東京市（現在、都）に生まれる。

旧制第一高等学校、東京大学法学部卒業。法学部特別研究生。東京大学社会科学研究所助教授・同教授。帝京大学大学院法律学研究科教授。法学博士（東京大学）。
2006年11月没。

主要著書

『農業水利権の研究』1954年、東京大学出版会。『法社会学と法解釈学』1959年、岩波書店。『日本の社会と法』1965年、日本評論社。『法社会学研究（全8巻）』東京大学出版会。『法と社会の昭和史』1988年、岩波書店。『憲法と現代法学』1963年、岩波書店。『人権と市民的自由』1992年、労働旬法社。その他多数。

編者紹介

北條　浩（ほうじょう　ひろし）

帝京大学法学部教授、同大学院法学研究科教授、アメリカ・ヴァージニア州立ジョージメイスン大学客員教授、徳川林政史研究所客員研究員等を歴任。

村田　彰（むらた　あきら）

佐賀大学経済学部助教授等を経て、現在、流通経済大学法学部教授、同大学院教授。

「学徒《がくと》出陣《しゅつじん》」前夜《ぜんや》と敗戦《はいせん》・捕虜《ほりょ》・帰還《きかん》への道《みち》

2013年7月25日　第1版第1刷発行

著者　渡辺洋三

編集　北條　浩・村田　彰

発行者　橋本盛作

発行所　株式会社御茶の水書房

〒113-0033　東京都文京区本郷5-30-20
電話　03-5684-0751
FAX　03-5684-0753

Printed in Japan　DTP／(株)アイ・ハブ　印刷・製本／シナノ印刷(株)

ISBN978-4-275-01029-2　C1023